Sinner City –
Prince of my Dreams
Band 3

Von Kate Dark

SINNER CITY

Prince of my Dreams

Band 3

Von Kate Dark

Kate Dark
c/o autorenglück.de
Franz-Mehring-Str. 15
01237 Dresden

info@katedark.de
www.KATEDARK.de

Impressum

Sinner City
Prince of my Dreams

Von Kate Dark
c/o autorenglück.de
Franz-Mehring-Str. 15
01237 Dresden

info@katedark.de
www.KATEDARK.de

1. Auflage 2021

Umschlaggestaltung: Talina Leandro

Titelbild: Unter Verwendung von Bildmaterial von Adobe Stock

Buchsatz: Julia Antonia Reimann, Illustrationen erstellt unter Verwendung von Pixabay

Herstellung und Verlag:
BoD – Books on Demand, Norderstedt

ISBN: 9783 754352 984

WIDMUNG

Ich widme dieses Buch allen Menschen, die treu ihren Weg gehen und sich von nichts und niemandem abbringen lassen.

Macht weiter so!

»Ein Sinner gibt niemals auf! Er frisst den Dreck vom Boden und erhebt sich lächelnd! Ich war, bin und werde immer ein Sinner sein!«

15 JAHRE ZUVOR

Hormone waren scheiße! Pubertät ebenfalls. Und Männer sowieso.

Es war nicht leicht, ein vierzehnjähriges Mädchen zu sein, das inmitten von testosterongesteuerten Kerlen lebte. Die Hormone spielten verrückt und praktisch jedes männliche Wesen in der Nähe brachte einen zum Erröten. Vom ständigen Stottern und dem sich verändernden Körper ganz zu schweigen. Hoffentlich ließ dieser Scheiß bald nach. Wie lange hielt so etwas an? Und wenn Hailey schon bei Veränderungen war: Was hatte die Evolution sich bitteschön bei der monatlichen Blutung gedacht? *Hey, Mädchen, weil die Pubertät so lustig ist und Pickel nicht reichen, gibt es hier noch was zusätzlich. Und nein, nichts zu danken.*

Es war schlimm, selbst bei einem Gespräch mit Savior zu einem kichernden Etwas zu werden.

Dabei war Savior ihr Bruder. Nicht im familiären Sinne, sondern weil sie zusammen im Club der Sinners aufgewachsen waren. Einem Club, der dick im Geschäft mit Waffen, Drogen und Prostitution war und trotzdem eine gewisse Moralvorstellung besaß. Jetzt war Savior seit drei Jahren der Anführer und sie fand, er machte seinen Job recht gut. Zumindest war er besser als sein Dad Reaper.

Immerhin musste sie Savior zugutehalten, dass er sich nicht über sie lustig machte, wenn sie mal wieder peinlich wurde. Anders als ...

»Hey Sonnenschein.«

Hailey durchzuckte ein wohliger Schauer. Da war er. Ihr Kopf hob sich und sie starrte Thug an, der ihr durch die blonden Haare gewuschelt hatte. Er war Saviors rechte Hand und Vize. Dieser tätowierte Adonis war heiß. Furchtbar sexy. Und sowas von verboten – aus so vielen Gründen. Er war nicht nur acht Jahre älter als sie, sondern hatte auch die strikte Anweisung von Savior und Teddy, Haileys Dad, erhalten, sich von ihr fernzuhalten.

Offensichtlich waren die Männer in ihrem Leben der Meinung, sie könne keine eigenen Entscheidungen treffen. Was in Anbetracht der Tatsache, dass ihre Libido sich neuerdings permanent meldete, nicht das Schlechteste war. Trotzdem! Hätten sie das Verbot nicht für jemand anderen aussprechen können? Doc zum Beispiel oder Rock?

»Hey Thug«, murmelte sie und spürte, wie die Röte heiß über Hals und Gesicht kroch. Wenigstens hatte er den Anstand, sie nicht schon wieder deswegen aufzuziehen.

»Gehts dir gut? Hast du keine Schule?«

»Es sind Ferien. Immer noch«, erwiderte sie und

fragte sich, ob er sich das nicht merken konnte, oder sie nur verarschen wollte.

»Weiß ich doch.« Auch wenn er ihr antwortete, so lag sein Augenmerk auf einer der Club-Matratzen. Sie war neu im Clubhaus und spielte gerne. Dreier, doppelte Penetration in *einem* ihrer Löcher und blasen, bis zum Würgen – kein Problem für diese Dame.

Außerdem war sie Thugs aktuelle Favoritin.

Hailey hasste sie.

Innerlich stieß sie ein tiefes Seufzen aus. Die Club-Matratzen waren allesamt attraktiv, kurvenreich und strohdumm. Letzteres war der Grund, warum Hailey niemals werden wollte wie die. Lieber behielt sie ihre knabenhafte Figur, hatte dafür jedoch was im Köpfchen. Außerdem war sie sich zu schade, um jeden Tag abwechselnd mit irgendwelchen Kerlen Sex zu haben. Nicht, dass sie davon viel Ahnung hätte. Sie war Jungfrau. Natürlich. Wie sollte sie Sex haben, wenn sie für die Männer im Club tabu war und die Jungs an ihrer Schule sie für die gefährliche Sinners-Tochter hielten? Das war praktisch unmöglich.

Hailey würde als alte Jungfer sterben. Fuck.

Und außerdem - die viel wichtigere Frage war doch folgende: Wann bekam sie endlich richtige Brüste?

Sie schielte an sich hinunter. Dass sie problemlos ihre Füße sehen konnte, sprach nicht für einen tollen Vorbau.

»Ich hab was zu erledigen. Bleib sauber«, sagte Thug geistesabwesend und steuerte eins der Mädchen an, die für das persönliche Vergnügen der Männer herhielten. Seine Favoritin war besetzt, wie Hailey schadenfroh bemerkte.

Nein, dachte Hailey zwei Sekunden später, sie hatte sich getäuscht. Es schien für Thug kein Hindernis zu sein. Er mischte einfach mit.

Ein Dreier vor versammelter Mannschaft und einer Minderjährigen? Ebenfalls kein Problem.

Hailey wandte sich ab und verließ das Clubhaus. Sie konnte nicht mitansehen, wie Thug sich vergnügte. Wa-rum sah er nicht, dass sie auch ein Mädchen war? Lag es am Alter? Das war doch Bullshit. Viele der älteren Mitglieder amüsierten sich mit Frauen, die gute zehn, fünfzehn Jahre jünger waren.

Sowas von frustrierend.

Da sie das Gelände niemals alleine verlassen durfte, saß Hailey draußen auf dem *Grillen & Chillen* Platz, den Savior als neuer Anführer angelegt hatte. Unter Reaper hatte es so etwas nicht gegeben. Gott behüte, dass jemand Spaß hatte und fröhlich war.

»Wem muss ich den Arsch aufreißen, weil er dich traurig gemacht hat?«

Doc setzte sich zu ihr und bot ihr eine Zigarette an, die sie ablehnte. Savior hatte es ihm finanziell ermöglicht, Medizin zu studieren. Dafür hatte Doc sich verpflichtet, sein Bestes zu geben und jedes Wehwehchen der Sinners zu behandeln. Da sich in letzter Zeit die Revierstreitigkeiten mit den Raiders zuspitzten, war es nicht das Schlechteste, einen eigenen Arzt zu haben, der keine Fragen stellte.

»Niemandem.«

»Erzähl deine Lügen jemandem, der sie dir abnimmt. Ich erkenne es, wenn du traurig bist.« Doc pustete den Qualm seiner Zigarette in die Luft.

»Du bist doch Arzt, warum verseuchst du deinen Körper damit?«

Er lachte. »Weil es manchmal alles erträglicher macht und ich Alkohol schlimmer finde als Nikotin.

Irgendein Laster muss der Mensch doch haben, oder?«

Hailey hob gleichgültig die Schultern hoch. »Wenn du das sagst.«

»Ist Thug da drinnen wieder mit einer der Schlampen beschäftigt?« Doc musterte sie aus dunklen Augen. Er trat seine Kippe aus und steckte den Stummel in die Hosentasche. Savior wurde wütend, wenn auf dem Gelände Zigarettenreste oder Müll herumlagen.

»Ist das so offensichtlich?« Ihre Schultern spannten sich an. Das wäre superpeinlich, wenn jeder von ihrer Schwärmerei wusste.

»Für mich schon, ich bin eher ein Beobachter. Bin mir ziemlich sicher, dass Thug selbst es nicht weiß.«

»Dazu müsste er auch den Blick von den großen Titten der Weiber nehmen«, brummte sie. Eifersucht war scheiße hoch zehn.

»Du bist zu jung für Sarkasmus.« Doc richtete sich auf. »Pubertät ist grausam, aber da mussten wir alle durch.«

Hailey hob gleichgültig die Schultern und sah in Richtung des großen Tors. Eine Gestalt taumelte auf den Hof. »Wer ist das denn?«

Doc hatte sich schon in Bewegung gesetzt und fing den Typen gerade rechtzeitig auf, bevor er auf den Boden klatschen konnte.

»Hailey, hilf mir mal!«

Sie rannte los und stützte den Fremden auf der anderen Seite. Er schien bewusstlos zu sein. Sein Gesicht war blutüberströmt und das, was sie von seinem Körper erkennen konnte, wies auf weitere Verletzungen hin.

»Kennst du ihn? Er scheint in deinem Alter zu sein.«

»Nein, ich hab ihn noch nie gesehen.«

John hörte Stimmen. Etwas zog und zerrte an ihm. Shit, verprügelte der neue Stecher seiner Mutter ihn schon wieder? Oder waren es seine Freunde, die andere Dinge mit ihm anstellten?

Alles, nur nicht das, bitte.

Er hob die Hände, wollte sich verteidigen, doch er schlug ins Leere. Kein Ton verließ seinen Mund, so sehr er sich auch anstrengte.

»Er kommt zu sich. Hailey, komm mal her.«

Hailey?

John kannte niemanden, der so hieß. Vorsichtig öffnete er die Augen. Der einseitigen Sicht und dem Schmerz nach zu urteilen, war eins zugeschwollen. Es schien amtlich, er war tot und im Himmel, denn er blickte in das Gesicht eines Engels.

»Ich bin tot.«

»Nein, bist du nicht«, sagte der Engel lächelnd.

»Doch, denn ich rede mit einem Engel.«

Sie errötete und von hinten lachte jemand gehässig.

»Ich bin Hailey. Wie heißt du?«

»John.«

Hailey wurde beiseite geschoben und ein Typ mit dunklen Haaren und Bart erschien in seinem Sichtfeld. Er leuchtete ihm in die Augen.

»Wie fühlst du dich?«

»Wie vom Laster überrollt.«

»So siehst du auch aus. Was ist passiert?«

John überlegte und richtete sich panisch auf, während ihm alles wieder einfiel. »Ich muss gehen. Er wird sie töten.«

Schwindel erfasste ihn, als er aufstand. Er taumelte und wurde von dem Typen gestützt.

»Ganz ruhig, John.«

»Du gehst nirgends hin, bevor du nicht ein paar Fragen beantwortet hast.« Ein zweiter Kerl trat in sein Sichtfeld und John hatte das dumpfe Gefühl, dass er es jetzt mit dem Boss persönlich zu tun bekam. Aber Moment, wo war er eigentlich?

Er sah sich vorsichtig um und erkannte, dass er von finster dreinblickenden Typen umgeben war, die ihm eine Scheißangst einjagten.

»Du pisst dich jetzt aber nicht ein, oder?«, fragte ein Dritter.

John kniff das eine Auge zusammen. Ihm war schon eine Menge angetan worden, das meiste davon wünschte er nicht mal seinem schlimmsten Feind, eingepisst hatte er jedoch nie. Und damit würde er jetzt nicht anfangen.

»Lass gut sein, Thug. Du siehst doch, dass er verletzt ist und sich um etwas sorgt.« Hailey stellte sich vor ihn. Was John einerseits süß fand, andererseits ließ ihn das noch verweichlichter wirken.

»Du kannst jetzt gehen, Kleine. Das hier betrifft dich nicht.«

»Boah! Bist du ein Wichser, Savior. Lass ihn am Leben und gib ihm eine Chance.« Hailey lächelte John aufmunternd an, bevor sie mit einem letzten wütenden Blick in Richtung Savior das Zimmer verließ.

Savior ... es machte Klick und John wusste, wo er sich befand: Bei den Sinners. Er war am Ziel. Ob das nun gut oder schlecht war, würde sich zeigen.

»Weil ich Hailey liebe, bekommst du genau eine Chance. Wer bist du, wer hat dich so zugerichtet und was hast du hier zu suchen?«

»Ich bin John. Der neue Stecher meiner Mutter kann mich nicht ausstehen und ich brauche Schutz für meine Familie.«

»Schutz?« Dieser Savior beugte sich vor. Der gnadenlose Ausdruck in den Augen ließ John unweigerlich schlucken. »Wie soll der aussehen?«

Darüber hatte er sich vorher keine Gedanken gemacht. Er war hierher gekommen, halb totgeprügelt, und hatte gehofft, die Sinners würden ihn irgendwie aus der Scheiße holen. Es hieß, sie waren besser als die Raiders, der andere zwielichtige Club der Stadt.

»Leg ihn um, verscharr die Leiche im Wald und gut is'.«

»Ach halts Maul, Teddy. Ich bring doch kein Kind um, das so zugerichtet wurde und nach Schutz sucht.«

»Das ist dein Fehler, wir sind kein Wohltätigkeitsverein, *Boss*.« Dieser Teddy sprach das Wort so höhnisch aus, dass John sich fragte, ob es hier Kompetenzgerangel gab.

»Ich kann arbeiten«, meinte John schnell. »Was immer es zu erledigen gibt, ich mache es. Aber bitte, schützt meine kleinen Schwestern.«

Savior musterte ihn ausführlich und nachdenklich. Es fühlte sich merkwürdig an, so unter die Lupe genommen zu werden. Der Boss wandte sich an die Männer, die um ihn herum standen. »Was denkt ihr?«

Ein Narbengesicht inspizierte John von allen

Seiten. »Ich nehme den Jungen unter meine Fittiche und bringe ihm alles bei, was er zum Kämpfen und Überleben braucht. Dann kann er seine Familie selbst beschützen. Bis es so weit ist, mache ich das.«

»Bist du dir sicher?«, hakte dieser Thug nach und Narbengesicht nickte.

Saviors Augen wirkten kalt und abgestumpft, dabei konnte er nicht mal Mitte zwanzig sein. Was musste er schon alles erlebt haben? »Folgendes wird jetzt passieren: Du bist mein Anwärter, meine persönliche kleine Hure. Hat jemand aus dem Club einen Job für dich, wirst du den machen. Kein Gemecker, keine Zicken, sonst bist du weg. Dom unterrichtet dich und du wirst verdammt noch mal der beste Schüler sein, den er sich wünschen kann. Ab sofort steht deine Familie unter dem Schutz der Sinners. Gib uns die Adresse.«

»Danke«, brachte John erstickt hervor. »Ich danke euch tausendfach. Ihr werdet es nicht bereuen.«

Seine Augen brannten. Er blinzelte. Das kam bestimmt nur von den Verletzungen.

»Dank uns lieber nicht zu früh«, sagte das Narbengesicht Dom mit harter Stimme. »Und jetzt reiß dich zusammen, wisch dir das Blut aus dem Gesicht und führe uns zu deinem Elternhaus.«

Eine halbe Stunde später hatte Savior mit Huxley kurzen Prozess gemacht. Eine Drohung hier, ein Schlag in die Fresse da und dann war der Stecher seiner Mutter Geschichte. Er schwor blutige Rache.

Doch was konnte so ein Wicht schon ausrichten?

Es stellte sich heraus, dass Anwärter bei den Sinners zu sein ein wirklich, wirklich beschissener Job war. John musste die Klos putzen. Jeden Tag – morgens und abends. Genauso wie den Rest des Clubhauses. Und es schien, als gäben sich die Männer hier echt Mühe, alles so schmutzig wie möglich zu hinterlassen. Es war widerlich, doch er erledigte die Aufgaben ohne zu murren. John wohnte weiterhin bei seiner Mutter. Sobald einer der Sinners anrief, gerne auch mitten in der Nacht, kam er sofort zum Club. Sein Highlight des Tages war der Nachmittag, wenn er Hailey aus der Schule abholte. Ebenfalls ein Job, den er zugewiesen bekommen hatte, jedoch mit Freude erfüllte. Sie war was Besonderes. Er war jetzt schon seit einem halben Jahr im Club, wurde von den meisten akzeptiert und sie erklärten ihm die neue Welt, in der er lebte. Doch Hailey ... sie verbrachten jeden Tag miteinander. Die Abende, die Wochenenden und jede freie Minute. Sie hatten viel gemeinsam und selbst schweigen fühlte sich mit ihr anders an. Besser. Gut möglich, dass er sich verliebt hatte. In jemanden, der für ihn verboten war.

Hailey wartete nach der Schule auf John. Seine Anwärterzeit war nach knapp zwölf Monaten vorbei und Savior hatte ihn zum Sinner ernannt – mit gerade Mal siebzehn Jahren. Dom hatte ihm alles beigebracht und es schien fast, dass John den Meister übertrumpft hatte. Im Umgang mit dem Messer machte ihm keiner was vor. Diesen Wandel bemerkten auch die Club-Matratzen. Seine aufrichtige Fröhlichkeit und das attraktive Äußere ließen nicht nur Haileys Herz höher schlagen, sondern sorgte zusätzlich dafür, dass alle Frauen im nahen Umkreis ihr Höschen verloren. Auch wenn er nicht darauf einging, mit anzusehen, wie er ständig flirtete, war nicht besser.

Ein paar kichernde Mädchen standen neben ihr. Hailey verdrehte die Augen. Ihre *Freundinnen* warteten mit ihr zusammen. Sie trugen enge, zerrissene Jeans, und Tanktops mit dem Namen von Bands, die sie ohne Hailey gar nicht kennen würden – und vermutlich nicht mal hörten. Sie hatten sich Bandanas um die Oberarme gebunden oder an den Rucksack gehängt.

Was für ein Scheiß.

John fuhr vor und die Mädels neben Hailey brachten sich in Pose. Hände in die Seiten gestützt, Brüste vor und der Körper halb verdreht. Gott, war das peinlich. Zum Glück hatte sie selbst diese Phase überwunden.

Er parkte den Wagen und stieg aus. Sofort scharrten sich die Mädels um ihn. John schob sie beiseite.

»Hey Zuckerfee – startklar?«

Hailey nickte und verabschiedete sich von ihren Freundinnen, die ihr nachriefen, sie würden gerne mit in den Club kommen und sie solle Bescheid sagen, wenn dort die nächste Party stieg.

»Warum gibst du dich mit diesem billigen Abklatsch ab?«

»Es ist ganz nett, zur Abwechslung mal nur von zwei Drittel der Schule gemieden zu werden. Sie stehen auf dich.« Hailey sah ihn von der Seite an.

»Aha, und deshalb kopieren sie dich? Ich wette um fünfzig Mäuse, die haben keinen Schimmer, wer *Sworn Enemy* überhaupt ist oder welche Art Musik sie machen.«

Sie hob die Schultern.

»Baby, du bist doch ganz anders als diese Tussis.«

Ihr Herz flatterte aufgeregt in der Brust. Sie liebte es, wenn er sie *Baby* nannte. Zugegeben, sie hatte es immer albern gefunden, wenn einer der Jungs im Club das zu jemandem sagte. Doch bei John fühlte es sich anders an. Ehrlich. Nicht abwertend, weil er ihren Namen nicht mehr wusste.

»Ich hab eine Idee.« Ein verschmitztes Grinsen trat in sein Gesicht. »Hast du schon mal die Straßenkameras gehackt?«

Sie stieß ein amüsiertes Schnauben aus. »Willst du mich verarschen? Komm wieder, wenn du was Großes vorhast.«

Vor einer Weile hatten sie herausgefunden, dass Hailey nicht die einzige war, die sich mit Computern und hacken auskannte. Was sie sich hart erarbeitet hatte, schien ihm einfach so zuzufliegen. Savior nannte sie beide schon das Teufelsduo, weil sie nur Unsinn im Kopf hatten und die Cops mehrfach auf der Matte gestanden hatten, da sie mal wieder in deren System geschnüffelt hatten.

»Können wir mal zum Drogeriemarkt fahren?«

Hailey hatte keine Lust mehr auf diese langweiligen blonden Haare. Es musste was Neues her. Sie wollte sich abheben. Und mit fast sechzehn durfte sie das auch, richtig?

Am Abend saßen sie beide im ersten Stock im Fernsehzimmer und sahen einen Film. Darauf konzentrieren konnte Hailey sich allerdings nicht. Ihre Beine lagen über Johns Oberschenkeln und sie war sich seiner Hände, die knapp über dem Knie ruhten, allzu sehr bewusst. Federleicht streichelten seine

Finger immer wieder gedankenverloren über ihre Haut. Hätte sie mal besser kein Kleid angezogen. Jetzt war es zu spät und sein Parfüm kitzelte in ihrer Nase. Hailey seufzte.

»Alles gut?« Seine lebenslustigen blauen Augen strahlten sie an. Es sollte verboten sein, so gut auszusehen. Sie konnte schon verstehen, warum so viele Mädels scharf auf ihn waren.

Sie waren sich so nah. Sie bräuchte sich nur etwas vorlehnen und die Lippen spitzen, um seine zu berühren.

Wo kam denn der Gedanke auf einmal her?

Mist!

»Haben Savior oder mein Dad dir irgendwann mal gesagt, du sollst die Finger von mir lassen?«

Alarmiert lehnte er sich ein Stück zurück. »Nicht direkt in diesen Worten.«

»Gut zu wissen.« Hailey nahm all ihren Mut zusammen und presste ihre Lippen auf seine.

John keuchte überrascht auf und sie nutzte die Chance, um ihre Zunge in seinen Mund zu schieben. Kraftvoll zog er sie auf seinen Schoß. Seine Hände schoben sich unter ihr Kleid und ruhten fest auf ihrem Hintern. Seine Lippen waren so weich und Hailey rutschte ein wenig auf ihm umher. Sie wollte Sex! Sie hatte es satt, eine verdammte Jungfrau zu sein. Ihre Finger krallten sich in seine Haare. Eine bessere Chance bekam sie nicht und ...

»Auseinander!«, donnerte es von der Tür aus und alles in Hailey verkrampfte sich.

John hielt sie fest und sah genervt zu Thug. »Verpiss dich.«

Sie musste sich nicht umdrehen, um zu wissen, dass er das besser nicht gesagt hätte. Mit ein paar wenigen Schritten stand Thug neben ihnen.

»Provozier mich nicht, Kleiner.«

»Müsste ich nicht, wenn du dich um deinen eigenen Scheiß kümmern würdest.«

»Schon gut, beruhigt euch«, sprang Hailey dazwischen und stieg von John herunter. »Es gibt keinen Grund, jetzt etwas Unüberlegtes zu tun.«

»Teddy wartet unten auf dich, Sonnenschein, geh nach Hause.«

»Gute Nacht, John.« Sie beugte sich vor und küsste ihn auf die Wange. Vielleicht war es besser, dass sie nicht zu weit gegangen waren. Das würde alles zwischen ihnen kaputt machen. Die Sorglosigkeit, die Freundschaft.

Was hatte sie sich nur dabei gedacht?

Und warum fühlte sie noch immer seine weichen Lippen auf ihren?

»Bis morgen, kleine Zuckerfee, schlaf schön.«

Sie lächelte und ging zu ihrem Dad ins Erdgeschoss, der bereits ungeduldig wartete. »Na endlich.«

»Mist, ich muss noch mal nach oben.«

»Warum?« Der irre Blick ihres Dads ruhte nun auf ihr, anstelle der halbnackten Weiber um sie herum.

»Weil ich mein Handy dort vergessen habe.«

Er hob gleichgültig die Schultern. »Von mir aus. Lass dir Zeit.« Dann drehte er sich um und griff grob nach dem Handgelenk einer Club-Matratze. Ihr Körper prallte gegen seinen und er nutzte die Chance, um sie über den Tisch zu beugen.

Hailey sah zu, dass sie von hier weg kam. Das musste sie echt nicht sehen. Sie stieg die Treppen hoch und hörte schon die aufgebrachte Stimme von Thug: »Ich traue dir nicht. Lass die Finger von Hailey. Du bist nicht gut genug für sie.«

Sie schlich höher und sah die Männer auf dem Flur stehen. Sie standen einander gegenüber, die Hände zusammengeballt, die Mienen wutverzerrt.

»Aber du schon?«

»Was?«

John lachte. »Glaubst du, ich bin blind? Ich bemerke ganz genau, wie deine Augen ihr immer überall hin folgen und wie sehr es dich ankotzt, dass sie nicht mehr ständig an deinem Rockzipfel hängt.«

»Mach dich nicht lächerlich. Sie ist ein fünfzehnjähriges Kind, was man gut daran sieht, dass sie sich die Haare rosa gefärbt hat.«

Der Satz schmerzte mehr in Haileys Brust, als er sollte.

»Mhm, schon klar. Die Sache ist ganz einfach. Hast du Gefühle für sie? Würdest du auf sie warten, bis sie ein Alter erreicht, damit selbst du sie anrühren darfst? Ist sie dir wichtig genug, um alle Schlampen im Club links liegen zu lassen? Beantwortest du eine Frage mit Nein, solltest du dich mit deinen Forderungen zurückhalten.«

Sie hielt den Atem an. Über ihre Schwärmerei für Thug hatte sie schon länger nicht mehr nachgedacht. Seit John da war, um genau zu sein. Das bedeutete aber nicht, dass sie sich nicht sofort auf ihn stürzen würde, sollte er jetzt das Richtige sagen. Gottverdammte Hormone!

»Macht doch alle, was ihr wollt«, fauchte Thug und schüttelte den Kopf. »Du solltest dich lieber an echte Frauen halten, Kleiner, als hier den Babysitter für ein kleines Mädchen zu spielen, dass den schnellen Fick nicht wert ist.«

Hailey keuchte verletzt auf. Zwei Köpfe drehten sich erschrocken in ihre Richtung. Ihre Sicht verschwamm und sie rannte die Treppen hinunter.

»Hey mein Hübscher«, säuselte eine affektierte Stimme hinter John und falsche Titten pressten sich an seinen Oberarm. Zum Teufel, was war nur mit diesen ganzen Weibern los, dass die sich ständig an ihm reiben mussten? Der Nächsten, die das bei ihm machte, würde er einen verdammten Kratzbaum kaufen.

Er hatte kein Interesse daran, mit irgendwelchen Schlampen zu vögeln. John war lange genug missbraucht worden, um nicht leichtfertig mit jemanden zu schlafen. Anvertraut hatte er es bislang nur Savior. Er wusste nicht, wie die restlichen Sinners darauf reagieren würden. Mitleidig? Verachtend? Egal, was es war, er brauchte weder das eine noch das andere. Savior hatte genickt und gefragt, ob er reden will. Danach hatten sie sich betrunken und nie wieder ein Wort darüber verloren.

»Zisch ab«, brummte John und scheuchte die Club-Matratze weg. Für ihn gab es nur eine, das war Hailey. Jenes Mädchen, das seit Tagen verschlossen herumsaß und traurig war.

John pfefferte einen wütenden Blick in Thugs Richtung. Daran war nur dieser Bastard schuld. Nicht, dass er in dieser Hinsicht irgendwie Einsicht gezeigt und sich entschuldigt hätte. Keine Ahnung, was Hailey an diesem Kerl fand.

»Blicke können nicht töten.« Dom setzte sich zu ihm und verschränkte die Finger miteinander. John sah ihn nicht nur als seinen Mentor an, sondern auch als besten Freund.

»Deshalb hoffe ich immer noch auf spontane

Selbstentzündung.« John steckte das Cuttermesser in die Gesäßtasche seiner Jeans. Er konnte auch später weiterarbeiten.

Dom prustete laut los. »Nicht in diesem Leben.« Er wurde ernst. »Du solltest mit Hailey reden oder dich mit Thug aussprechen. Diese schlechte Stimmung im Club geht ganz schön aufs Gemüt.«

John sah sich um und entdeckte finster dreinblickende Kerle. Kein Lachen, nur Abwehrhaltungen. Und ein Savior, der angepisst zwischen ihm, Hailey und Thug hin und her blickte.

»Thug sollte sich entschuldigen. Was er über Hailey gesagt hat, war unterste Schublade.«

»Das müssen die beiden klären. Halt dich da raus.«

»Ich kann nicht.« Er hob verzweifelt die Schultern. »Sie geht mir unter die Haut.«

»Erzähl mir was Neues, Kleiner. Geh zu ihr.«

Doch dazu kam es nicht. Sein Telefon klingelte. Ein Anruf von zuhause. »Was ist los?«

»John?« Das war Zoey, seine kleine Schwester, und sie flüsterte. »Kannst du nach Hause kommen? Er ist wieder da und er tut uns weh.«

John hörte einen Schrei. Er sprang auf. Sein Herz raste. Die Atmung kam abgehackt.

»Ja, Johnny Boy, komm nach Hause.«

»Du verdammter Wichser, ich bring dich um«, brüllte John, ehe er wütend das Telefon gegen die Wand schmetterte und nach draußen zu seinem Wagen rannte.

Blind vor Wut fuhr er durch die Straßen und missachtete jede Verkehrsregel, bis er sein Elternhaus erkennen konnte. Er hatte geahnt, dass Huxley, der Stecher seiner Mutter, irgendwann erneut auftauchen würde. Es gab diese Sorte Mensch, die nicht verstand, wann es besser war, sich zu verpissen und nie mehr wieder zu kommen.

John sah Rauchschwaden aufsteigen. Er trat das Gaspedal durch. Zoey und Jacky! Er parkte halb auf dem Rasen, sprang aus dem laufenden Auto und rannte in das brennende Haus. Seine Augen tränten. Die Luft brannte in seinen Lungen.

»Zoey? Jacky?« John hustete.

Im Erdgeschoss war niemand. Er wollte nach oben, doch eine Bewegung im Garten ließ ihn innehalten. Zoey! John öffnete die Terrassentür und erhielt einen Schlag gegen den Kopf. Er sackte zu Boden. Feuchtigkeit lief über seine Stirn.

»John!«, kreischte seine kleine Schwester.

Benommen schüttelte er den Kopf und raffte sich auf. Er rannte Huxley hinterher, der mit Zoey im Arm in den Wald lief. John wischte sich das Blut aus den Augen.

Plötzlich blieb Huxley stehen. Sein diabolischer Gesichtsausdruck ließ John vorsichtig werden. So sah ein Mann aus, der nichts mehr zu verlieren hatte.

John musterte seine Schwester. Ihr helles Kleidchen war blutig, es lief ihr an den Innenseiten der Schenkel hinunter. Ihre Augen waren rot und geschwollen.

»Du bist tot.« John erkannte seine eigene Stimme nicht.

»Das denke ich nicht, Johnny Boy. Du willst doch deine Schwestern lebendig zurück, oder?« Er presste eine Pistole auf Zoeys Brust, der andere Arm lag um ihren Hals. Sie wimmerte ängstlich.

»Wo ist Jacky?«

»Hast du sie im Haus nicht gefunden?« Er

kicherte. Die Augen waren geweitet, John tippte auf Drogen, vermutlich Crystal oder Koks.

»Da war niemand«, sagte er mehr zu sich selbst, als zu Huxley.

»Sicher?« Wieder dieses Kichern. »Entscheide dich, Johnny Boy, Zoey oder Jacky?«

Wenn seine Brüder ihm gefolgt waren, konnten sie Jackys Leben retten, sollte sie sich tatsächlich im Haus befinden. Er machte einen Schritt auf Zoey zu.

»Wusstest du, dass man für so hübsche Mädchen viel Geld auf dem Markt bekommt? Es gibt da diese Frau, die handelt verdammt gute Preise aus. Hat Kontakte in die ganze Welt. Überleg es dir. Wir könnten für diese Kleine hier eine Menge Kohle bekommen. Die Mexikaner mögen so etwas. Selbst beschädigte Ware. Ich konnte einfach nicht widerstehen. Aber du bist ja auch beschädigte Ware.« Er lachte irre.

John betrachtete Huxley angewidert. Er würde ihn umbringen. Dass er sich an seiner siebenjährigen Schwester vergangen hatte, war sein Todesurteil.

Es gab eine Explosion. John zuckte zusammen und blickte erschrocken zurück. Von seinem Elternhaus war kaum noch etwas zu erkennen.

»Du stirbst allein in diesem Wald. Lass Zoey los.« Trotz seiner starken Worte taumelte er leicht. Hatten die Sinners Jacky retten können? Ihm war speiübel.

Sirenen erklangen in der Ferne.

Huxley wurde nervös. »Sie sollte längst hier sein.«

»Wer?«

»Sie kommt nicht.« Huxleys Hand zitterte.

John sah zu Zoey. Tränen liefen ihr über das

Gesicht. Ihre Augen zeigten Angst, aber auch Vertrauen in John. Dass er sie rettete. Dass er Jacky rächte. Dass er alles regelte.

Er hob beschwichtigend die Hand. »Lass sie gehen.«

Der irre Blick huschte wild umher. »Nein, das war so nicht abgesprochen.«

»John?« Zoey streckte weinend die Arme nach ihm aus. Im gleichen Moment löste sich ein Schuss.

John rannte los, die Augen starr auf seine kleine Schwester gerichtet, der Blut aus dem Mund lief und die in seine Richtung taumelte. Er konnte den Blick nicht von dem Loch nehmen, das ihre Brust zierte.

John riss das Cuttermesser aus seiner Gesäßtasche und rammte es Huxley ins Auge. Der brüllte vor Schmerz auf.

Zoey fiel auf den Boden. John nahm sie in die Arme und streichelte mit zitternden Fingern über ihr Gesicht.

»Erzählst du mir das Ende von Nancy Drew?« Blaue Augen blickten ihn glasig an. Ihr Puls war langsam, kaum vorhanden.

John liefen Tränen über die Wangen. »Ich lese dir und Jacky heute Abend die Geschichte zu Ende vor.«

»Das schaffe ich nicht, John.« Ihre Lider flatterten. Die sanfte Stimme war nur noch ein heiseres Flüstern.

»Doch, Kleines, das schaffst du. Was soll ich denn nur ohne euch Nervensägen machen?« Er versuchte, sie beruhigend anzulächeln. Sie schloss die Augen. »Zoey? Zoey, wach auf!«

Er stieß einen qualvollen Schrei aus und drückte den kleinen Körper fest an sich. Schlaff hingen ihre

Arme herunter. Der Kopf sackte nach hinten.

Dann hörte er Huxley jammern. John legte Zoey behutsam auf dem Rasen ab. Eine innere Ruhe überkam ihn, als er sich Huxley näherte, dem noch immer das Cuttermesser im Auge steckte. Er zog es langsam hinaus, der Typ heulte und jaulte.

»Du denkst, das sind Schmerzen? Warte, bis ich mit dir fertig bin.« John stach abermals mit dem Cuttermesser zu.

KAPITEL 2

Hailey brütete stillschweigend vor sich hin. Männer konnten ihr gestohlen bleiben. Oder vielmehr Thug. Der Arsch. Als er gesagt hatte, sie sei den Fick nicht wert, war ihr eines klar geworden: Auch wenn seine Worte sie zutiefst verletzt hatten, dass John sie in dem Moment nicht verteidigt hatte, war schlimmer.

Lautlos seufzte sie und senkte den Kopf, um nicht schon wieder in seine Richtung zu starren. Sie würde gerne mit jemandem reden, aber im Club gab es niemanden, dem sie sich anvertrauen konnte. Den Männern brauchte sie mit ihren Problemchen nicht kommen und die Frauen? Die wenigen, die hier Respekt genossen, hatten ebenfalls keine Zeit, sich die Sorgen einer fast Sechzehnjährigen anzuhören.

Im Grunde lief es doch auf zwei Sachen hinaus: Entweder das mit John und ihr war was Ernstes oder nicht. Sie mochte ihn – mehr als gut für sie beide war. Und offensichtlich beruhte das auf Gegenseitigkeit, denn er machte immer wieder Anspielungen und ignorierte andere Mädels. Außerdem hatte er Hailey mit zu sich nach Hause genommen. Sie hatte seine zauberhaften Zwillingsschwestern kennengelernt und die Mutter, die wenig begeistert gewesen war.

»Du verdammter Wichser, ich bring dich um«, brüllte John plötzlich und feuerte sein Handy gegen die Wand. Er stürmte durch die Tür nach draußen. Erschrocken sah sie zu Dom, der die Schultern hob. Sie setzten sich in Bewegung. Auf dem unbefestigten Weg, der zum Clubgelände führte, konnten sie nur noch die Rücklichter seines Autos erkennen.

»Steig ein«, rief Dom ihr zu.

Hinter sich hörte sie die anderen, die herauskamen und zu ihren Autos liefen.

Das liebte Hailey an den Sinners. Sie stellten keine Fragen und unterstützten einander bedingungslos.

Sie folgten John zum Haus seiner Mutter und in Hailey stieg ein merkwürdiges Gefühl auf. Ihre Handflächen waren feucht und sie wischte sie an der Hose ab.

»Du bleibst im Wagen«, warnte Dom. »Wir wissen nicht, was uns erwartet, und ich will dich nicht in Gefahr bringen.«

Sie nickte beklommen und schlug sich im nächsten Augenblick die Hand vor den Mund. »O Shit.«

Von dem kleinen baufälligen Haus stiegen dunkle Rauchwolken auf.

Hailey sprang, Doms Anweisung ignorierend, kurz nach ihm aus dem Wagen und suchte John. Wo war er? Sie lief links entlang, einmal um das Gebäude herum. Doch vergebens. Sie konnte ihn nicht finden. Wohin war er gelaufen? In das kleine Waldgebiet? Hätte sie ihn dann nicht sehen müssen? Sie eilte zurück. Ein paar Sinners sprachen mit der

Feuerwehr, die angerückt war. Jemand hatte Johns Auto vom brennenden Haus weggefahren. Andere telefonierten. Hailey sah sich abermals um und rannte nochmals um das Haus herum, soweit die Feuerwehr das zuließ. Sie war gerade bei Savior angekommen, als es eine Explosion gab. Die Druckwelle riss sie zu Boden. Ihre Ohren piepten.

»Fuck, Hailey, alles in Ordnung?« Savior zog sie hoch und musterte sie besorgt.

»Ich kann John nicht finden.« Sie zitterte und Panik überfiel sie. War er im Haus gewesen? »Du musst mir helfen, ihn zu suchen.«

»Alle herhören«, brüllte Savior über den Platz. »John wird vermisst. Wir müssen ihn finden.«

»Das haben wir bereits.« Thug nickte in Richtung der Bäume.

Hailey wandte den Kopf und rannte los. John war blutüberströmt. Die Augen leer. In den Armen hielt er seine kleine Schwester.

»Sie ist tot«, krächzte er mit heiserer Stimme. »Der Wichser hat sie umgebracht. Habt ihr Jacky? Ist sie bei euch? Jacky! Jacklyn, Süße, bist du hier?« Hektisch sah er sich um. Die Verzweiflung in seiner Stimme trieben ihr Tränen in die Augen.

Hailey schluckte und schüttelte beklommen den Kopf. John brach schluchzend zusammen, die kleine Zoey immer noch fest umklammernd.

Hailey legte die Arme um ihn. Er weinte, während er den leblosen Körper an sich presste und Worte murmelte, die sie nicht verstand.

»Die Cops kommen gleich, du musst abhauen.« Savior zog John auf die Beine. »Ich erledige das mit der Feuerwehr, hau ab - jetzt.«

Thug hielt die Arme auf. »Gib sie mir. Ich kümmere mich um deine Schwester.«

Die beiden Männer tauschten einen Blick. Vorsichtig übergab John den Körper. »Im Wald liegt ... ich hab ihn ...«

»Bring ihn weg, Hailey. Nimm meinen Wagen, dann hält dich niemand an.« Savior drückte ihr grob die Autoschlüssel in die zitternden Finger. »Rock, Dom, herkommen!«

»Komm, John.« Sie zog an seiner Hand und Savior verpasste ihm zusätzlich einen Stoß, damit er sich in Bewegung setzte.

Gerade rechtzeitig fuhren sie los. Die Cops kamen ihnen entgegen, doch niemand machte sich die Mühe, sie anzuhalten. Zum Glück – denn einen Führerschein besaß sie nicht. Und wie hätte sie ihnen den unverletzten, aber mit Blut besudelten John erklären sollen, der apathisch vor sich hin starrte?

Das Clubhaus war bis auf ein paar Club-Matratzen leer. Hailey ging mit John nach oben in eins der Zimmer. Er sprach nicht und sie traute sich nicht, Fragen zu stellen.

»Geh duschen, ich besorge dir Klamotten.«

Im Erdgeschoss befand sich Thugs Büro, das mit seinem Schlafzimmer und dem Bad verbunden war. Hailey rannte hinein, riss Hose und Shirt aus dem Schrank, und anschließend wieder zurück in den zweiten Stock.

John befand sich noch immer an der Stelle, an der sie ihn zurückgelassen hatte.

Vorsichtig berührte sie ihn an der Wange. »Zieh dich aus und geh duschen.«

»Ich kann nicht«, flüsterte er.

Hailey nickte verstehend, nahm seine Hand und führte ihn ins Bad. Sie stellte die Dusche an und zog sie beide bis auf die Unterwäsche aus. Gemeinsam quetschten sie sich sitzend auf den Boden der engen Kabine.

Das Wasser färbte sich rot.

John starrte lethargisch auf seine zitternden Finger. »Ich muss stark sein. Ich bin ein Sinner.«

Hailey legte die Hände um sein Gesicht, zwang ihn dazu, sie anzusehen. »Hier bin nur ich. Niemand sonst sieht dich.«

Er nickte und weinte. Und das war okay, denn die Tränen vereinten sich mit dem Wasser und beseitigten alle äußerlichen Spuren.

Sie nannten ihn Cutter. Ein Name, an den er sich erst gewöhnen musste. Sein Clubname. Eine Hommage an Huxley und dessen, was John mit ihm angestellt hatte.

Einer der Cops hatte angeblich gekotzt, als sie den Leichnam aus dem Wald geholt hatten.

Cutter strich sein Hemd glatt. Nervös glitten die Finger immer wieder über den Stoff – bis Hailey seine Hand in ihre nahm.

Viele fremde Menschen waren nicht gekommen. Aber das hatte Cutter auch nicht erwartet. Seine Familie hatte kaum Freundschaften gepflegt und weitere Verwandtschaft hatte er keine, soweit er wusste. Aber das spielte keine Rolle. Die Sinners waren jetzt seine Familie. Und die stand vollständig geschlossen hinter ihm. Im wahrsten Sinne des Wortes.

Cutter starrte auf das Grab seiner Schwestern. Statt Blumen steckte er bunte Windräder in den Boden. Seine Mädchen hatten diese Dinger geliebt und in allen möglichen Variationen besessen. Er konnte nicht fassen, dass sie tot waren. Seine geliebten kleinen Engel.

Cutter wollte nicht vor allen Anwesenden heulen. Und seine Augen brannten auch nur wegen der Sonne. Garantiert war es eine Allergie.

Er wollte wirklich stark sein. Seine Unterlippe bebte. Er biss hinein. Seine Sicht verschwamm. Er schluchzte und sank auf die Knie. Tränen tropften heiß auf das Grab und seine Finger gruben sich in die frische Erde.

Von seinem Elternhaus war nichts übrig geblieben. Das Haus war baufällig gewesen, die Explosion hatte ihm den Rest gegeben. Die Gerichtsmedizin hatte festgestellt, dass Jacky noch vor der Explosion gestorben war – Kohlenmonoxidvergiftung. Die Cops hatten erst einen Tag später herausgefunden, was Cutter im Wald bereits gewusst hatte: Huxley hatte Rache genommen, Jacky und die Mutter an die Heizungsrohre im Keller gekettet und elendig verbrennen lassen.

Savior hatte alle Probleme aus der Welt geschaffen, Cops und Feuerwehr bestochen. Offiziell war Huxley mit im Haus gewesen und ebenfalls verbrannt. Tatsächlich hatten Thug und Savior den Leichnam tiefer in den Wald gebracht und dort vergraben.

Hailey sank in die Hocke und legte zwei *Nancy Drew* Bücher auf die Gräber. Wenn sie nicht gewesen wäre, er wüsste nicht, wie er die vergangenen Tage überstanden hätte.

»Hast du was herausgefunden?« Er stand auf, strich abermals sein Hemd glatt, um seine Hände zu beschäftigen, die noch immer zitterten.

»Nein«, sagte Hailey. »Sie hat Geld von Huxley bekommen, aber je tiefer ich grabe, desto mehr verläuft die Spur in tausend verschiedene Richtungen. Ich finde den Ursprung nicht.«

Cutter nickte. Also stand er wieder bei Null. Er hatte Geld von seiner Mutter geerbt. Sehr viel Geld. Es stank bis zum Himmel und ließ ihm keine Ruhe. Huxley hatte gesagt, es gäbe einen Markt für Mädchen wie seine Schwestern. Aber die waren beide tot. Woher kam das Geld? Er würde sich selbst darum kümmern, und herausfinden, wer der Geldgeber war.

Eine Weile standen sie schweigend nebeneinander, während die Sinners ihrerseits Windräder in den Boden des Grabes steckten. Es sah so fröhlich aus. Geliebt. Cutter blickte in den Himmel und wusste, sollten Jacky und Zoey das sehen, würden sie lächeln und sich freuen.

Schließlich seufzte er. »Lass uns zurück fahren.«

Im Clubhaus ließen sie ihn zum Glück in Frieden. Rollins, der Kerl hinter der Bar, stellte ihm ein Glas Wodka hin. Er war kein Mann vieler Worte und so gerne Cutter auch plauderte, heute war ihm das willkommen. Genau wie der Alkohol, auf den er für gewöhnlich verzichtete.

Wieder kam Hailey zu ihm und setzte sich kommentarlos auf den Barhocker. Cutter liebte sie. Das hatte er von der Sekunde an, als er das erste Mal ihr Gesicht gesehen hatte. Sie schwebten auf einer Wellenlänge.

Seit ein paar Tagen schliefen sie im gleichen Bett, aber nie miteinander – auch wenn er nichts dagegen einzuwenden hätte. Savior war zwar nicht begeistert, duldete es jedoch. Cutter konnte sich nicht vorstellen, mit einer der Club-Matratzen Sex zu haben.

Es widerte ihn an, wie die Frauen sich benutzen ließen und im Anschluss beim nächsten Typen auf dem Schoß saßen. Es sandte unangenehme Schauer über seinen Rücken.

»Ich bin durch.« Cutter erhob sich und küsste Hailey auf die Wange. Heute war er besonders empfänglich für ihren süßen Duft nach Zuckerwatte. Er brannte sich in seine Nase und machte ihn unglaublich an. Besser, wenn er rechtzeitig die Flucht ergriff. Mit schnellen Schritten ging er durch den Hauptraum, der neben Sofas, Sesseln, Tischen, einer sehr gut ausgestatteten Bar auch Billard- und Kickertische besaß.

Er hatte gerade die Tür zu seinem Zimmer geschlossen, da stürmte Hailey hinein. »Was ist denn in dich gefahren? Du rennst, als ob die Cops hinter dir her sind.«

Cutter hob die Schultern hoch. »War mir zu viel da unten.« Er zog sich bis auf die Boxershorts aus, faltete seine Kleidung ordentlich zusammen und legte sie auf dem Stuhl ab. Unordnung konnte er nicht leiden. Er kippte das Fenster und stieg ins Bett. Hailey schlüpfte hinterher. Die Klamotten wie immer im gesamten Zimmer verteilt.

Lautlos seufzte er.

»John?«

Er brummte etwas und versuchte, an den Bettrand zu rutschen, weit weg von ihr.

»Schlaf gut.« Sie kuschelte sich an seine Seite und sein Körper erstarrte.

Er konnte das nicht. Nicht heute. »Hailey? Du musst auf Abstand gehen.«

Sie richtete sich auf. »Warum?«

»Weil ich heute nicht die Kraft habe, es selbst zu tun.« In der Dunkelheit spürte er ihren Atem an seinem Gesicht und öffnete die Augen.

Zarte Finger strichen über seine Wange. »Ach, John.«

Er war zu überrascht, um sie von sich zu schieben, als ihre Lippen plötzlich verlangend auf seinen lagen. Cutter schloss die Augen und genoss den Kuss. Es war eine willkommene Ablenkung, um all die Scheiße zu vergessen.

Niemals hätte er angenommen, an diesem Abend mit Hailey zu schlafen und ihr die Jungfräulichkeit zu nehmen.

GEGENWART

Dunkelheit. Alles verschlingende Dunkelheit, Schreie und Blut. So viel Blut. Keuchend erwachte Hailey und setzte sich in ihrem Bett auf. Tränen benetzten ihr Gesicht. Bevor sie realisierte, wo sie war, durchströmte sie die Trauer, die seit vielen Wochen Besitz von ihr ergriffen hatte. Sie ließ sich zurückfallen und inhalierte tief den Geruch des Kissens. Cutters Duft war fast verschwunden. Neue Tränen brannten in ihren Augen. Sie fühlten sich trocken an, als hätte sie Sand in ihnen. Sie vermisste Cutter schrecklich. Jeden Tag wurde es schlimmer und Hailey wusste nicht, wie sie aus dieser Abwärtsspirale herausfinden sollte. Es war leicht, sich in der Trauer zu verlieren. Einfacher, als wieder normal in den Alltag zu starten und zu vergessen, dass Cutter bestialisch abgeschlachtet worden war.

Es war ungerecht, dass Cutter für Saviors Tat hatte büßen müssen.

Blut für Blut.

Wut stieg in ihr hoch. Wäre diese blöde Schlampe Gina damals nicht aufgetaucht, wäre all das gar nicht passiert. Hailey rappelte sich auf, zog irgendwelche Kleidung an, die auf dem Boden verstreut lag, und eilte durch das Zimmer hinaus auf den Flur. Wenn jemand büßen musste, dann war es Gina. Hailey war fest entschlossen, diese Frau lange leiden zu lassen. Sie hatte ihr Cutter genommen. Ihren Geliebten. Ihren besten Freund. Ihre große Liebe.

»Wo willst du hin?«

Hailey zuckte ertappt zusammen. Wieso tauchte Thug in letzter Zeit immer in den unpassendsten Momenten auf? Es schien fast, als würde er vor ihrem Zimmer hausieren. Stets auf Abruf, sollte die arme, kleine Hailey am Ende doch noch durchdrehen und sich etwas antun wollen. Oder wie in diesem Fall jemand anderem.

Nicht, dass der Gedanke abwegig war. Hin und wieder hatte sie sich gefragt, ob ihr Leben noch einen Sinn machte. Den Mut, diesen endgültigen Schritt durchzuziehen, hatte sie nie auch nur annähernd aufbringen können. Dafür hing sie dann doch zu sehr an allem - den Sinners, ihrem Job und nicht zuletzt dem Leben.

»Gib mir deine Waffe, Sonnenschein.« Auffordernd hielt Thug die Hand auf.

Hailey runzelte die Stirn und blickte langsam zu ihrer Hand. Sie erschrak über sich selbst. Ihr Herz raste. So weit war es schon mit ihr gekommen? Sie bemerkte es nicht einmal mehr, wenn sie nach ihrer Waffe griff? Mit zitternden Fingern überreichte sie Thug ihre Pistole.

»Was hattest du damit vor?«

Ausdruckslos starrte sie diesen elenden, hübschen Bastard an. Wie konnte sie ihm darauf antworten, wenn sie es selbst nicht wusste? Sie wollte zu Gina und solange auf sie einschlagen, bis sie sich besser fühlte, aber ermorden? Nein, das hatte sie nicht gewollt. Oder doch?

Hailey bekam Kopfschmerzen und ihr Magen zog sich zusammen. Sie konnte und wollte jetzt nicht weiter mit Thug reden und musste weg von ihm, bevor sie zusammenbrach. Hailey drehte sich um, aber er hielt sie auf. Seine Hand umklammerte sanft ihren Unterarm. Früher hätte ihre Haut an der Stelle gekribbelt, jetzt war alles in ihr tot und sie fühlte gar nichts. Sie war taub, für jegliche Art der Gefühle, außer Schmerz und Trauer.

»Ich mache mir Sorgen um dich.«

Angestrengt atmete sie aus. Seit wann sorgte er sich um jemanden? Es hatte ihn doch sonst auch nicht interessiert, was mit ihr war. Im Gegenteil. Sie hatten sich zweimal aufeinander eingelassen und beide Male war es schief gelaufen. Erst in Form von Cassy und dann in Form von Gina. Thug hatte Hailey das Herz herausgerissen und sich nicht im Mindesten darum geschert, wie sie sich dabei fühlte. Ein drittes Mal würde sie es nicht zulassen. Außerdem war es dafür ohnehin zu spät. Cutter hatte ihr Herz an den Ort mitgenommen, an dem er sich jetzt befand. Wo auch immer der war.

Deshalb hatte sie es fast fünfzehn Jahre hinausgezögert, sich auf ihn einzulassen. Er allein besaß die Macht, sie zu zerstören. Das war ihr klar geworden, als er den ersten Tag einen Fuß ins Clubhaus gesetzt hatte. Hailey hatte Cutter sofort ins Herz geschlossen. Wie könnte sie auch nicht? Aber sie hatte Angst vor ihren eigenen Gefühlen gehabt und ihn deshalb auf Abstand gehalten. Nur beste Freunde, die einander verbotenerweise liebten. Und dann hatte sich alles geändert. Ihr Herz hatte sich geschlagen gegeben und für ihn geöffnet.

Hätte er sie doch bloß nie geküsst. Wäre sie doch bloß nie schwach geworden. Könnte sie doch bloß die Zeit zurückdrehen.

»Hailey«, murmelte Thug zerrissen und hob ihr Kinn vorsichtig an. »Rede mit mir.«

Leere breitete sich in ihr aus und sie spürte regelrecht, wie die Dunkelheit von ihr Besitz ergriff.

»Lass mich in Ruhe!« Sie betonte jedes einzelne Wort und entzog ihren Kopf seinen Fingerspitzen. Sie konnte es nicht ertragen, konnte ihn nicht ertragen. Seine Berührung. Sein Anblick. Sein Duft. Selbst seine Stimme war zu viel für sie.

Schluchzend rannte sie zurück ins Zimmer und schloss die Tür von innen ab. Die Jalousien waren heruntergelassen. Es war stockfinster. Ihr Herz zog sich abermals qualvoll zusammen. Es tat so schrecklich weh! Sie rollte sich auf dem Bett zu einer Kugel und umklammerte das Kissen, in das sie all ihre Trauer und Wut hineinschrie. Ungehindert liefen die heißen Tränen an ihren kalten Wangen hinunter. Laute Schluchzer entkamen ihrem Mund, während wieder ein dumpf pochender Schmerz in ihrem Innern einsetzte. Ob es jemals besser wurde? Sie wollte das nicht mehr. Hailey wollte wieder aufstehen, ohne zu trauern, und vor allem wollte sie nicht mehr das kleine bedauernswerte Mädchen sein, für das sie alle momentan hielten. Aber wäre das nicht Verrat an Cutter, wenn sie jetzt keinen Schmerz mehr empfand? Einfach weitermachte?

Der Druck in ihrem Magen nahm zu.

Müde schleppte sie sich ins Bad und schaltete das Licht ein. Geblendet von der Helligkeit kniff sie kurz die Augen zusammen und erbrach sich rechtzeitig in die Toilette. Ihr Hals brannte von der sauren Galle. Hailey spülte und richtete sich auf. Sie erschrak. Aus dem Spiegel starrte ihr ein blasses Geistergesicht entgegen mit eingefallenen Wangen und trüben Augen über dunklen Schatten darunter. Selbst ihre rosa Haare hingen traurig und kraftlos herunter. Ein blonder Ansatz war deutlich zu erkennen. Hailey hatte immer auf ihr Äußeres geachtet. Jetzt interessierte es sie nicht mehr. Was spielte das noch für eine Rolle?

Sie öffnete den Spiegelschrank und starrte wieder mal auf die Rasierklingen, die Cutter immer auf Vorrat gelagert hielt. Ihr Herz raste, als ihr zum x-ten Mal ein grauenhafter Gedanke durch den Kopf schoss. Ihre Finger zitterten. Sie streckte die Hand aus. Mit Wucht knallte Hailey den Schrank zu und stützte sich schweratmend auf dem Waschbecken ab, bevor sie leise zurück in das Bett kroch, die Decke bis zum Kinn zog und die Augen schloss. Vielleicht hatte sie dieses Mal Glück und schlief ein, ohne wieder aufzuwachen.

»Aufwachen, Amigo.«

Ein Tritt in die Rippen weckte Cutter. Er blinzelte benommen und fokussierte seinen Blick. Er lag in einem Zimmer, das er vorher noch nie gesehen hatte. Scheiße, wo war Hailey? Hatte er sich etwa besinnungslos gesoffen? Hatte er sie betrogen? Mit wem? Fuck!

Er versuchte, sich zu erinnern, was passiert war. Aber nur Bruchstücke blitzten in seinem Kopf auf. Er war in die Stadt gefahren, um Kondome zu kaufen. Seltsamerweise waren ihm die ausgegangen. Cutter erinnerte sich noch, wie er aus dem Drogeriemarkt gekommen war. Und dann ... nichts als Schwärze.

»Wo bin ich?«

»Steh auf.« Ein weiterer Tritt in die Seite begleitete die Worte.

Cutter stützte sich auf die Arme und erhob sich schwerfällig. Er taumelte. Ihm gegenüber standen drei Typen. Einen erkannte er. Der war vor der Kneipe gewesen und hatte die Herausgabe Haileys gefordert.

Was ging hier vor sich?

»Du sollst zum Boss, also beeil dich lieber.«

Cutter nickte schwach. Wer auch immer der Boss war, dachte er und folgte den Männern. Savior würde es wohl nicht sein.

Aufmerksam sah er sich um. Die Menschen, an denen er vorbei kam, sprachen spanisch. Ein Blick aus dem Fenster verriet ihm, dass sie sich in einem Wüstengebiet befanden. Verdammte Scheiße, hatten diese Wichser ihn etwa außer Landes gebracht? Warum? Was wollten sie von ihm?

Jemand stieß Cutter in einen Raum. Er stolperte, war immer noch benebelt. Mit dem Finger fuhr er über eine Stelle am Hals, als er sich wieder erinnerte, dass jemand ihm eine Nadel dort hineingestochen hatte.

Hinter einem gigantischen Teakholzschreibtisch saß José Ramírez, der selbsternannte Pate des mexikanischen Kartells.

Ach du Schande. Cutter kannte ihn von den Aufnahmen aus Teddys Wohnung. Braungebrannt, Goldkettchen um Hals und Handgelenk, passend aufeinander abgestimmte Kleidung und ein kalter Ausdruck in den Augen.

»Setz dich«, wies ihn der Pate an.

Misstrauisch nahm Cutter Platz. Die Männer, die ihn in diesen Raum geführt hatten, verteilten sich und behielten ihn im Auge.

»Du wirst ab sofort für mich arbeiten.«

Cutter verzog grinsend das Gesicht. »Wirklich? Das glaube ich eher nicht.«

Den Schlag von rechts hatte er nicht kommen sehen. Cutter keuchte kurz, griff in das Shirt des Mannes, zog ihn zu sich herunter und krachte mit seiner Stirn auf dessen Nase. Das spritzende Blut war eine Genugtuung. Sofort stürmten die anderen herbei und hielten ihn fest. Er wehrte sich nicht mal und sparte seine Kräfte. Wer wusste schon, was die noch vorhatten?

»Das reicht.« Der Pate hob die Hand. »Lasst ihn los.«

Cutter kreiste mit den Schultern. Er hasste den Faustkampf und verteidigte sich lieber mit dem Messer. Er schielte zum Brieföffner. Zur Not würde er auch damit jemanden abstechen.

»Geh zu Carlos und lass dich verarzten, Alejandro.« Josés emotionsloser Blick zuckte zurück zu Cutter. »Das war ein Fehler, Gringo.«

»Den Satz höre ich öfter.« Er beurteilte seine Lage neu. Die Typen waren mit Maschinengewehren bewaffnet. Selbst wenn er einen erledigte, bekäme er von dem nächsten sofort eine Kugelsalve in den Kopf. Kam also nicht in Frage. Die ganze

Situation erinnerte ihn daran, wie er vor vielen Jahren in seinem Zuhause überfallen worden war. Er schüttelte den Kopf, durfte sich nicht in Gedanken an längst vergangene Tage verlieren. Er musste in dieser gefährlichen Gegend aufmerksam bleiben.

»Wie lautet dein Name?«

»Solltest du den nicht wissen? Immerhin hast du mich entführen lassen.« Cutter zog spöttisch die Augenbrauen nach oben. Er verstand das alles nicht. Und Sarkasmus war seine Art, damit umzugehen.

»Gringo - dein Name lautet Gringo - und du wirst für mich arbeiten.«

»Sieh mal, Kumpel, anscheinend handelt es sich um eine Verwechslung. Weder heiße ich Gringo, noch werde ich für dich arbeiten. Im Übrigen ist es ziemlich rassistisch jemanden Gringo zu nennen. Wenn ich bedenke, dass ihr als Tacofresser bezeichnet werdet, solltet ihr dann nicht vorsichtiger mit eurer Wortwahl sein?«

Ein Nerv zuckte unter dem Auge des Paten, der offenbar keinen Sinn für Humor besaß. Savior und er würden sich bestens verstehen. »Deine große Klappe werden wir dir schon abgewöhnen. Ich beobachte dich schon länger. Wie lautet dein Name?«

»Cutter«, gab er so selbstbewusst wie möglich in Anbetracht seiner misslichen Lage zurück. Was meinte José damit, er hatte ihn beobachtet? Das gefiel ihm ganz und gar nicht.

»Das war die falsche Antwort, Gringo. Ich bin der König und du befindest dich in meinem Königreich. Hier tut jeder das, was ich befehle. Doch wer nicht hören will ...« Der Pate lehnte sich mit einem sardonischen Lächeln vor. »Schafft ihn weg und bringt ihm Manieren bei.«

Anstatt ihn wieder in das Zimmer zu bringen, in dem er aufgewacht war, führten sie ihn in die andere Richtung und eine Treppe hinunter. Sofort schlug ihm der Geruch von Schimmel, Blut und Fäkalien entgegen. Cutter versuchte, nicht durch die Nase zu atmen. Was sich als schwierig gestaltete und würgte leicht, als er es doch tat. Der Keller sah fast so aus wie der im Clubhaus, nur ließen die Sinners niemals irgendwelche Beweise zurück. Er bemerkte mehrere Personen in abgetrennten Zellen. Die meisten hatten sich in die letzte Ecke verkrochen, nur eine starrte ihn an. Die Frau blinzelte nicht einmal und Cutter fragte sich, ob sie überhaupt geistig anwesend war.

Er schluckte. Tja, da hatte seine große Klappe ihn ganz schön in den Schlamassel hineingeritten. Aber er musste nur solange durchhalten, bis seine Rettung eintraf. Sein Club würde weniger als eine Woche brauchen, um hier einzumarschieren und ihn rauszuhauen. Das würde Cutter mit Leichtigkeit aushalten. Er hatte Schlimmeres überstanden.

Einer der Männer schloss eine Zellentür auf. »Geh rein.«

Cutter wägte ein weiteres Mal seine Chancen ab, da zog der andere die Waffe aus dem Hosenbund und hielt sie ihm an die Stirn.

»Ihr müsst viel ruhiger werden, Jungs.« Beschwichtigend hob er die Hände und ging hinein.

»Ausziehen.«

Cutter neigte leicht den Kopf zur Seite. »Wie bitte?«

»Zieh dich aus.« Der Mexikaner grinste boshaft. »Oder soll ich das übernehmen?«

»Ich zerstöre nicht gerne deine Träume, aber an diesen Körper kommen keine fremden Hände.«

Cutter zog sich bis auf die Boxershorts aus.

»Die auch«, forderte der andere und er kam dem zögerlich nach.

»Und jetzt?«, wollte er angespannt wissen. Mit seiner Nacktheit hatte er keine Probleme, aber er traute den Kerlen nicht über den Weg und fürchtete sich davor, was in deren Köpfen vor sich gehen könnte.

»Jetzt schauen wir mal, ob du immer noch so eine große Klappe hast, wenn wir mit dir fertig sind, Gringo.« Sie schlossen die Zellentür und kamen auf ihn zu.

KAPITEL 3

Hailey schlich sich in ihr Zimmer. Oder vielmehr in Cutters. Sie hatte ihr gesamtes Zeug dorthin verfrachtet und beschlossen, dass das jetzt ihr Revier war. Sie konnte den Gedanken nicht ertragen, dass jemand anderes dort ein- und ausging. Sie vergrub die Nase im Kissen und atmete tief ein. Gott, sie vermisste ihn so sehr. Sein Lachen, seine Stimme, die Gespräche, seine Berührungen. Sie biss sich auf die Unterlippe, um die Tränen zurückzuhalten. Vergebens. Unaufhaltsam liefen sie ihr über die Wangen.

Vorsichtig wurde die Klinke zu Haileys Zimmer hinuntergedrückt. Sie kniff die Augen zusammen. Ihre Tür war verschlossen. Aber manchmal hörte sie Stimmen. Thug und Savior saßen oft im Flur vor ihrem Zimmer und unterhielten sich. Sie belauschte die Gespräche, um auf dem Laufenden zu bleiben.

So hatte sie auch mitbekommen, dass Doc ziemlich oft und lange bei Missy war.

Jemand seufzte hörbar auf. Das war bestimmt Thug. Seit Hailey diesen einen winzigen

Nervenzusammenbruch hatte, bei dem sie eine Wodkaflasche in Rollins´ Schnapsregal geschmissen hatte, ließ er sie kaum aus den Augen. Das war lächerlich. Sie brauchte keinen Schatten, der ihr ständig folgte. Es hatte Zeiten gegeben, da hätte sie alles für seine Aufmerksamkeit getan. Gehofft, dass er sie bemerkte und mit einem Zwinkern oder einem zweideutigen Lächeln bedachte. Und jetzt? Sie war froh, wenn sie in Ruhe gelassen wurde.

Erst kürzlich hatte sie ein Gespräch zwischen Thug und Savior belauscht. Der Vize hatte gestanden, dass sein Herz schmerzte, wenn er Hailey nur ansah. Dass er wegen ihr litt und es das schlimmste Gefühl war, was ihn jemals beherrscht hätte. Blöder Idiot! War er jetzt unter die Sensibelchen gegangen? Es hatte ihn vorher auch nicht gekümmert, was mit ihr war.

Hätten sie alle doch nur viel bewusster gehandelt, dann wäre Cutter noch am Leben.

»Hast du mit ihr gesprochen?« Hailey wurde aus ihren Gedanken gerissen und horchte auf. Das war Savior. Sie war im Club aufgewachsen, kannte jeden hier und wusste, wie sie tickten. Außerdem besaß er eine so markante Stimme, die würde sie unter hunderten heraushören.

»Keine Ahnung, wohin sie wollte, aber sie hatte ihre Waffe dabei. Sie sah verdammt entschlossen aus.«

Savior pfiff leise. »Das hätte schiefgehen können.«

Es war einen Moment ruhig. Sie stellte sich vor, wie die beiden vor ihrer Tür hockten, stumpf an die Wand starrten und sich Gedanken darüber machten, wie es mit ihr weitergehen sollte.

»Wer passt auf sie auf, wenn ich bald nicht mehr da bin?«

Hailey hielt den Atem an. Thug würde gehen? Wohin und warum?

»Ich hatte angenommen, in Anbetracht unserer derzeitigen Situation, würdest du es dir überlegen.«

»Ich kann nicht«, gab Thug leise zu. »Seit Cutters Tod verbringe ich meine Tage und Nächte auf diesem verschissenen Flur. Ich kann den Gedanken nicht ertragen, dass ihr etwas passiert, weil ich nicht rechtzeitig zur Stelle bin. Aber ich kann Hailey auch nicht an ihrer Trauer zerbrechen sehen. Das ist einfach zu viel für mich.«

»Das ist egoistisch, Bruder. Von uns allen bist du der Einzige, der ihr in ihrer Trauer beistehen kann.« Savior hatte wieder diesen ätzenden Tonfall aufgesetzt, der die meisten in die Schranken wies und gleichzeitig zur Weißglut brachte. Letzteres ganz besonders, weil er sich selbst nämlich nur selten etwas sagen ließ.

»Ich kann und will nicht akzeptieren, dass ich der Einzige sein soll, der ihr helfen kann. Meine Entscheidung steht fest. In vier Tagen geht es zum neuen Clubhaus und von dort zu José. Wir liefern ihm das Geschenk und hoffen darauf, Cutters Leichnam zu bekommen. Wenn Hailey ihn richtig beerdigen kann, wird sie ihren Abschluss finden und weitermachen können.«

Sie schnappte nach Luft. Mexiko? Cutter? Leichnam?

»Ich hoffe es. Denn so, wie es jetzt läuft, kann es nicht weitergehen. Rock übernimmt zwar provisorisch Haileys Job, aber das ist keine Dauerlösung. Er hat andere Aufgaben. Wenn sie nicht bald die Kurve bekommt, muss ich handeln. Du weißt, was das bedeutet.«

Hailey wurde das erste Mal das Ausmaß ihrer Situation bewusst. Sie würde alles verlieren, wenn sie sich von ihrer Trauer bestimmen ließ.

Thugs Stimme klang gepresst. »Willst du ihr auch noch den Job nehmen und ihren Platz im Rat? Reicht es nicht, dass sie Cutter verloren hat? Du bist ein verdammtes Arschloch, wenn du das durchziehst.«

Savior klang entschlossen und sie wusste, dass es jetzt keinen Spielraum mehr für Verhandlungen gab. »Um es mit deinen Worten zu sagen: Meine Entscheidung steht fest.«

Thug holte tief Luft, ehe er leise zugab: »Ich weiß nicht, wie ich ihr helfen soll. Es macht mich kaputt, sie leiden zu sehen.«

»Dann versetz dich mal in ihre Lage.«

Das Gespräch verstummte und Hailey rieb sich über das Gesicht. Sie wollte weder ihren Job noch den Platz im Rat verlieren. Thug würde den Club verlassen. Ihr Herz raste. Das Gefühl, was sie gerade verspürte, konnte sie nicht einordnen. Hatte sie noch Gefühle für den Vize der Sinners? Würde sie ihn vermissen? Egal, was sie fühlte, eins wusste sie mit Sicherheit: Sie musste sich aufraffen und Thug nach Mexiko begleiten. Denn sie wollte ihren Cutter nach Hause holen - sollte es tatsächlich stimmen. Dass er tot war, glaubte sie noch immer nicht. Aber sie würde den Teufel tun und die Chance verstreichen lassen, in Mexiko die Wahrheit herauszufinden.

Nackt und zitternd lag Cutter auf dem nassen, kalten Betonboden. Heißes Blut sickerte aus der Wunde an seinem unterkühlten Körper hinunter. Der Geruch verbrannten Fleisches hatte sich in seine Nase gefressen und schien sich dort festgesetzt zu haben. Eine einsame Träne rollte über seine Wange. Es war nicht das erste Mal, dass er gefoltert worden war. Alte Narben und neue Wunden waren der beste Beweis dafür. Er hatte sich fest vorgenommen, niemals einzuknicken. Er war verdammt noch mal ein Sinner und konnte eine Menge Schmerz ertragen! Aber, Junge, Junge, diese Kerle verstanden echt keinen Spaß und ehrlicherweise musste Cutter sich eingestehen, keine Ahnung zu haben, wie lange er das aushalten konnte. Er hoffte, dass Savior und die anderen Sinner ihn bald befreiten.

Er dachte an Hailey und sein Herz zog sich zusammen. Er vermisste sie und hoffte, sie kastrierte ihn nicht eigenhändig, wenn sie ihn aus diesem Loch holten.

Zwei Tage war es jetzt her, dass er in diese Zelle gesperrt worden war. Zwei Tage, in denen die Mexikaner all ihren Frust an ihm ausgelassen hatten. Sie wechselten sich mit den Besuchen in seiner Zelle ab und kamen mehrmals täglich. Sie schlugen ihn und verbrannten seine Haut, wenn sie nicht gerade mit einem Messer an ihm herumspielten. Vermutlich war es nur eine Frage der Zeit, bis sie ihm das erste Körperteil abschnitten.

Cutter richtete sich etwas auf und zuckte vor Schmerz zusammen. Mühsam schleppte er sich zu dem Feldbett an der Wand und kletterte rauf. Liegen tat nur halb so sehr weh wie sitzen. Er konzentrierte sich auf seine Atmung. Als Jugendlicher hatte er gelernt, seinen Schmerz weg zu atmen.

»Gib ihnen, was sie wollen.« Die Stimme kam aus der Zelle nebenan. Es war das erste Mal, dass er die Frau sprechen hörte. Er hatte schon angenommen, dass sie wegen ihrer Behandlung durch die Tacofresser so apathisch war, dass sie nichts mehr registrierte. Da hatte er sich wohl getäuscht. Auch wenn er glaubte, dass es für sie besser wäre. Mit ihr stellten sie noch schlimmere Dinge an, als mit ihm. Ihre Schreie und das Schluchzen würden ihn für den Rest seines Lebens begleiten.

»Nein.« Aufgeben kam für ihn gar nicht in Frage. Dann wählte er lieber den Tod.

»Du bist ein Idiot. Willst du hier drinnen sterben?«

Unter äußerster Anstrengung drehte Cutter den Kopf in die Richtung der Stimme. »Und was ist mit dir? Willst du hier drinnen sterben?«

Sie kroch zum Gitter und Cutter erschrak. Sie war jünger, als er angenommen hatte. Anfang zwanzig, wenn überhaupt. Das helle Haar hing ihr blutverkrustet in die Stirn. »Für mich ist es zu spät. Niemand wird mich retten. Du hingegen hast noch eine Chance und musst nur für sie arbeiten. Nimm beim nächsten Mal das Angebot an, und rette dich.«

Er überging ihren Rat, auch wenn ein Teil von ihm ihr recht gab. »Wie heißt du?«

»Ist das wichtig? Wir werden in diesem Loch elendig verrecken.« Sie zuckte zusammen und hielt sich die Seite. Ein dunkler Bluterguss hob sich deutlich von ihrer hellen Haut ab.

Cutter erhob sich, zog das Laken von der Trage

und schob es durch die Gitterstäbe. »Wir werden hier nicht sterben. Also?«

»Adrianna – Ari.« Sie zögerte, das Laken anzunehmen. »Das wird denen nicht gefallen.«

»Okay, Ari, dann erzähl mir mal, wo du herkommst und warum du in dieser Zelle sitzt.« Er keuchte und suchte eine Position auf dem Boden nahe der Nachbarzelle, die ihm keine Schmerzen bereitete.

»Das ist eine lange traurige Geschichte und ich möchte nicht darüber sprechen. Warum bist du hier und was macht dich so sicher, dass wir hier nicht sterben werden?«

Cutter grinste schwach. »Das ist eine lange traurige Geschichte.«

Ari lachte kurz und stöhnte im nächsten Moment auf. »Ich würde gerne daran glauben, dass wir hier herauskommen.« Eine Träne rollte über ihr junges Gesicht. »Aber das werden wir nicht. Sie sorgen dafür, dass unsere Familien unsere Leichen niemals finden. Oder wir werden in Einzelteile an sie versendet.«

»Bist ja ein richtiger kleiner Sonnenschein, was? Woher nimmst du nur deinen unerschütterlichen Optimismus?« Cutter lehnte den Hinterkopf an die kalte Betonmauer. »Wir kommen hier lebend raus.«

Eine Weile schwiegen sie und lauschten nur den abgehackten Atemzügen des anderen. Cutter hing seinen Gedanken nach. Er dachte an Hailey und was für Sorgen sie sich um ihn machen musste. Ob sie schon eine Spur zu ihm hatten? War das ein Trick, um an Hailey zu gelangen? Immerhin war das der Plan ihres Dads Teddy gewesen.

Cutter öffnete die Augen, als er Aris eiskalte

Hand, die sie durch die Gitterstäbe gestreckt hatte, auf seinem Unterarm spürte und sah sie erschöpft an. »Warum bist du dir so sicher, dass wir rauskommen?«

»Weil ich zu Hause eine Frau habe, die auf mich wartet.«

Überrascht blickte sie ihn an. »Das ist alles? Weil du eine Frau hast?« Enttäuscht nahm sie die Hand weg und rollte sich auf dem Boden zusammen, das Laken dicht um ihren Körper gewickelt.

»Du kennst mich und meine Entschlossenheit nicht.«

»Das brauche ich gar nicht. Wenn du nicht für sie arbeitest, werden sie entweder dich oder deinen Willen brechen. Und egal, auf was es hinausläuft, eins steht fest: Du wirst in Mexiko sterben. Die Frage ist nur wann und wie.«

Die Tür zum Keller öffnete sich und Alejandro kam mit einem seiner Bodyguards herunter. Cutter hatte herausgefunden, dass der Typ eine große Fresse hatte, aber nur dann, wenn er von jemandem beschützt werden konnte. Alleine traute er sich niemals in den Keller. Alejandros Nase war immer noch geschwollen. Das verschaffte Cutter eine Menge Befriedigung. Zumindest bis er sah, dass die beiden zielsicher die Zellentür von Ari ansteuerten.

Sie wimmerte. »Bitte, nicht schon wieder.«

Alejandro lachte, während er sich den Gürtel aus der Hose zog und ihn einmal auf den Boden peitschen ließ.

Cutter presste die Lippen zusammen und die Augen zu, als Aris erster Schrei durch den Keller hallte. In diesem Moment schwor er sich eins: Sollte er hier sterben, würde er diesen Wichser auf jeden Fall mitnehmen.

Hailey starrte in die Dunkelheit des Zimmers und wusste, dass sie sich jetzt wirklich langsam in das Leben zurückkämpfen musste. Sie hatte einen Job zu erledigen. Verpflichtungen. Das Problem war nur, dass sie sich nicht aufraffen konnte.

Cutters Geruch war längst aus der Bettwäsche verschwunden und selbst seine Shirts rochen nicht mehr nach ihm. Hailey schaffte es trotzdem nicht, irgendetwas davon zu waschen. Das würde ihr das Gefühl vermitteln, dass auch das letzte Bisschen von ihm verschwand. In ihrer jetzigen Situation würde sie das nicht verkraften. Vermutlich niemals.

Langsam kroch sie aus dem Bett, zog sich alte Klamotten an, die auf dem Fußboden verteilt lagen, und verließ das Zimmer. Hailey stieg die Treppe hinunter, ging durch den Clubraum nach draußen und kehrte dem Gelände der Sinners den Rücken zu. Niemand hielt sie auf.

Kaum hatte sie einen Fuß auf den unbefestigten Weg gesetzt, bemerkte sie den Wagen hinter sich. Sie drehte den Kopf und erkannte Thug, der am Lenkrad saß. Hailey ging zur Seite, damit er vorbeifahren konnte. Stattdessen ließ er die Scheibe herunter.

»Wo willst du hin?«

»Friedhof.«

»Ich fahre dich, steig ein.« Thug öffnete von innen die Beifahrertür und deutete auffordernd hinein.

Erschöpft kam sie der Aufforderung nach. Sein Verhalten ging ihr mordsmäßig auf die Nerven. Sobald sie nur das Zimmer verließ, klemmte er sich an ihre Fersen und verfolgte sie auf Schritt und Tritt. Sie würde sich schon nicht das Leben nehmen.

»Ich werde bald weg sein«, sagte er leise und ungewohnt ernst. »Mac hat ein leerstehendes Gebäude gefunden, das wir für unser neues Clubhaus nutzen werden. Es ist bereits alles in Sack und Tüten. In zwei Tagen geht es los.«

»Gut.« Sie blickte nach draußen, erstarrte und kreischte: »Halt sofort an!«

Thug legte unter Fluchen eine Vollbremsung auf der Straße hin. Hailey schnallte sich ab, riss die Wagentür auf und rannte auf die Stelle zu, an der sie eben Cutter gesehen hatte. Nur, dass dort niemand war – weit und breit nichts außer Bäume, Gräser und verschreckte Tiere.

»Was zum Teufel ist los mit dir?«, schrie Thug sie an und fuhr sich aufgebracht durch die Haare. »Hast du jetzt völlig den Verstand verloren?«

»Wie kann das sein?«, murmelte sie und sank auf die Knie. »Er war da, stand genau hier, zwischen den Bäumen.« Auf allen vieren kroch sie über den nasskalten Boden, hoffte, dass Cutter nur ein Spiel mit ihr trieb und sich versteckt hielt. Aber würde er das wirklich tun? Sie so erschrecken?

»Steig ins Auto.« Thug hob sie auf seine Arme und brachte sie zum Wagen zurück. An seiner Schulter weinte sie.

»Er war da«, flüsterte sie. »Ich hab ihn doch gesehen.«

»Hailey«, seufzte Thug und es schien, als müsste er sich mächtig zusammenreißen, damit er nicht brüllte. »Cutter ist nicht mehr am Leben.«

Vehement schüttelte sie den Kopf. »Er lebt. Das waren nicht seine Organe.«

»Weil eine Milz dabei war und Cutter keine mehr hatte«, antwortete er monoton, als hätte er es schon hundertfach gehört. Was vermutlich stimmte.

»Genau.«

»Ich will, dass du mich begleitest.« Thug warf ihr einen schnellen Seitenblick zu. »Komm mit mir und hilf uns beim Aufbau des neuen Clubhauses. Das wird dich ablenken, Sonnenschein. Das ist es, was du jetzt brauchst.«

»Ich begleite dich nach Mexiko, werde aber nicht im neuen Clubhaus bleiben.« Was, wenn Cutter zurückkam? »Ich habe hier einen Job.«

»Den du komplett vernachlässigt hast«, stieß er spöttisch schnaubend aus. »Rock kann das noch eine Weile für dich übernehmen. Du brauchst Abstand.«

»Nein.«

Thug fuhr auf den Parkplatz des Friedhofs und schaltete den Motor aus. Er drehte sich zu ihr herum. Seine Augen wirkten unendlich traurig und erschöpft. »In deinem jetzigen Zustand möchte ich dich nicht zurücklassen. Bitte, Hailey, bleib bei mir für die Dauer des Aufbaus.«

»Es geht nicht«, erwiderte sie erstickt.

Thugs Gesichtsausdruck wurde hart und verschlossen. »Gut, aber dann kriege dein Leben endlich wieder auf die Reihe. Ansonsten hole ich dich persönlich ab und lasse deine Ausreden nicht mehr gelten.«

Hailey stieg aus und ging auf Cutters Grabstein zu. Er war direkt neben seinen kleinen Schwestern begraben worden. Oder vielmehr das, was sie von ihm hatten. Eine Leiche gab es ja nicht. Tränen stiegen in ihr auf, sie sackte zusammen und legte sich auf den kalten, harten Boden. Leise weinte sie und krallte die Finger in die Erde, als könnte sie auf diese Weise erreichen, dass er emporstieg. Der Himmel färbte sich dunkel, erste Regentropfen fielen auf die Erde, doch sie spürte nichts. Sie lag einfach nur vor dem Grab und weinte. Nach einer Weile kam Thug und hob sie abermals auf seine Arme, um sie zum Auto zu tragen. An seiner Schulter weinte sie weiter.

»Hört es jemals auf, wehzutun?«

»Nein, aber wenn du Glück hast, wird der Schmerz vielleicht erträglicher.«

Selbst als sie wieder beim Club waren, nahm er sie auf die Arme und trug sie zu ihrem Zimmer.

»Wie wär´s, wenn ich dir in meiner Badewanne Wasser einlasse, ein paar Kerzen anmache und du ein schönes Bad nimmst?«

Hailey neigte den Kopf zur Seite und musterte Thug, als würde sie ihn das erste Mal sehen. Kerzen benutzte er doch normalerweise nur, um seiner Sexpartnerin das Wachs auf den Körper zu träufeln. Woher kam diese romantische Komponente? »Warum tust du das alles?«

Vorsichtig streichelte er über ihre Wange. Sein Blick war weich und nachdenklich. »Weil du mein Sonnenschein bist und es mich umbringt, dich so zu sehen.«

Cutter krümmte sich unter Schmerzen zusammen und spuckte Blut neben sich auf den Boden. Alejandro und seine Schläger waren gerade gegangen. In den vergangenen Wochen hatte er herausgefunden, wenn er sich bewusstlos stellte, verloren sie den Spaß an ihm und verpissten sich. Einen Handel hatten sie ihm nicht erneut vorgeschlagen, dafür hatte Cutter einen gemacht. Sein Leben für das von Ari. Wenn sie die junge Frau in Frieden ließen, durften sie zu ihm kommen. Und das taten sie. Tag für Tag für Tag.

Cutter war kein Kind von Traurigkeit – noch nie gewesen. Er nahm das Leben mit Humor, obwohl er so viel Scheiße durchlebt hatte. Bei den Sinners war er der Witzbold.

Scheiße, dachte er, die Zeiten waren eindeutig vorbei. Denn jetzt war es das erste Mal, dass er sich wünschte, endlich zu sterben. Nicht mal seine Jugend war so schlimm gewesen wie dieser Ort. Er hielt es nicht mehr länger aus. Seit wann war er schon in dieser Zelle? Wochen? Monate? Zum Anfang hatte Cutter noch die Tage gezählt, gewartet, dass die Sinners ihn retten würden. Doch irgendwann hatte er den Überblick verloren. Zu oft war er in die Bewusstlosigkeit geprügelt worden. Welcher Tag war heute? Wieso kam ihm niemand zu Hilfe?

Hatte seine Familie ihn vergessen?

Ari streckte die Hand durch die Gitterstäbe. »Bitte rede mit mir«, flüsterte sie.

»Alles ... bestens«, presste er unter Schmerzen hervor, sah aber nicht in ihre Richtung. Es war ein geringer Preis, wenn sie dadurch nicht mehr leiden musste. Die Qual war es wert.

Die Zellentür öffnete sich leise quietschend und er betete, dass es Zeit für seine tägliche Mahlzeit war und nicht für eine der Folterstunden. Der letzte Folterknecht war doch eben erst verschwunden, richtig?

»Gringo«, lachte der Mexikaner Alejandro und ging vor Cutter in die Hocke. »Heute ist dein Glückstag, Amigo. Der Pate will dich sehen.«

»Ich bin nicht dein Amigo, Wichser.« Er wusste, dass ihn diese Beleidigung noch teuer zu stehen kommen würde.

Beim letzten Treffen mit dem Paten hatte Cutter sich gegen eine Zusammenarbeit entschieden. Er war gespannt, was José Ramìrez diesmal von ihm wollte. Schlimmer konnte es nicht mehr werden. Er würde sich gerne Hoffnung auf Freilassung machen, aber so naiv war er nicht. Cutter wusste zu viel. Wegen seines IT-Wissens war er hierher verschleppt worden und wegen seines Wissens über die Mexikaner musste er bleiben, wo er war. Eine simple Rechnung und sollte ihm jemals die Flucht gelingen, würde das Kartell Himmel und Hölle in Bewegung setzen, um ihn zurückzubringen - egal ob tot oder lebendig.

Alejandro warf ihm abgenutzte Kleidung vor die Füße. »Hoffentlich kennst du mittlerweile deinen Namen und Stand. Du weißt, dieses Spiel können wir endlos weiterführen. Wir wissen, wie wir Menschen gerade so noch am Leben erhalten können.«

Das bezweifelte Cutter keine Sekunde. Sein linker Zellennachbar war immerhin schon seit Jahren in Gefangenschaft der Mexikaner. Zumindest hatte Ari das behauptet, als sie ein Gespräch zwischen Alejandro und seinem Handlanger übersetzt hatte. Was sie von ihm wollten, war ihm noch nicht klar. Dafür sprachen sie zu leise mit dem Gefangenen und der wiederum nicht mit Cutter. Das Gesicht hatte er bislang nicht gesehen.

Mühsam rappelte er sich auf und zog sich die Kleider über, konnte sich jedoch kaum auf den Beinen halten. Immer wieder knickten sie ein, sodass er der Länge nach hinfiel.

»Ein Trauerspiel«, kommentierte Alejandro spottend und verpasste ihm zusätzlich einen Schlag in den Rücken, damit er sich beeilte. Gott, er hasste diesen Kerl. Manchmal, wenn der Schmerz ihn nicht schlafen ließ, gab er sich Träumereien hin, wie er Alejandro zur Strecke bringen würde. Qualvoll und langsam.

Rache hielt ihn warm.

Rache hielt ihn am Leben.

Als er ins Freie trat, blendete ihn das Sonnenlicht. Cutter kniff die Augen zusammen, während er zusätzlich schützend die Arme hob. Sofort zuckte ein Schmerz durch seinen Körper und er stöhnte leise. Nach einer gefühlten Ewigkeit, die er mehr taumelte, als aufrecht ging, führte Alejandro ihn in ein Gebäude. Jegliche Gespräche verstummten bei ihrem Eintreten. Frauen sahen mitleidig, Männer verächtlich zu ihm. Ihre Blicke brannten sich in seinen misshandelten Körper.

Während seiner Folter hatten die Mexikaner selten sein Gesicht oder den Kopf verletzt. Sie brauchten das Wissen, das nur er besaß. Deshalb war er hier. Er war der Beste. Wochenlang hatten sie Cutter gequält und ihm eingeredet, sein Name wäre *Gringo*, denn Cutter war tot. Je schneller er das verinnerlichte, desto besser wäre das für alle Beteiligten.

Der Pate saß hinter seinem Schreibtisch aus massivem Teakholz. Der Blick aus den emotionslosen, tiefgelegenen Augen ruhte berechnend auf ihm. Er sagte etwas auf Spanisch und sie waren allein in dem Raum, was Cutter sehr mutig fand.

Wie leicht wäre es, den Brieföffner zu nehmen und dem Paten die Kehle aufzuschlitzen. Cutter berechnete es - vier Sekunden. Greifen, springen, schlitzen. Doch was dann?

»Setz dich«, großspurig deutete José auf einen Stuhl.

Matt plumpste Cutter in das weiche Leder und hielt sich gleich die Seite. Er vermutete eine gebrochene Rippe. Das Atmen fiel ihm schwer. Die Lunge hingegen war unverletzt, diesen Schmerz kannte er noch aus seiner Jugend. Eine kollabierte Lunge hatte ihn mit vierzehn fast das Leben gekostet.

Der Pate lehnte sich vor, die Finger lagen verschränkt auf der Schreibtischoberfläche. Sein weißer Leinenanzug und das passende Hemd unterstrichen die gebräunte Haut mit der Goldkette um seinen Hals. Der dazugehörige Hut lag neben ihm auf dem Tisch.

Cutter hätte gelacht, wenn es nicht so schmerzen würde.

»Die vergangenen Wochen hättest du dir ersparen können.« Noch immer war nicht die kleinste Gefühlsregung im Gesicht des Paten zu sehen. »Du solltest einen Arzt aufsuchen.«

»Sicher. Gebt ihr mir ein Auto?« Er deutete auf die endlose Steppe, die er durch das Fenster erkennen konnte. »Der Fußweg dürfte ziemlich weit sein.«

Der Pate sagte nichts. Ehrlicherweise hatte Cutter auch nicht damit gerechnet, dass José auf einmal seinen Humor hervorkramte und lachte – oder ihm tatsächlich ein Auto zur Verfügung stellte. Cutters Wissen war sein einziger Schutz. Vorerst. Aber jeder war ersetzbar, nicht wahr?

Ein Muskel am Kinn des Paten zuckte. »Nenne mir deinen Namen.«

Cutters Atmung beschleunigte sich. Alles oder nichts. Das war anscheinend seine zweite Chance. Leicht leckte er sich über die aufgerissenen Lippen. »Gringo«, murmelte er und hasste sich mehr denn je für diesen Verrat. »Ich heiße Gringo.«

Der Mexikaner verzog die Lippen zu einer sardonischen Fratze, die ein Lächeln darstellen sollte. »Willkommen in der Familie, Gringo.«

bwohl Thug Hailey ein heißes Bad eingelassen hatte, fror sie entsetzlich. Sie hatte das Gefühl, nie wieder richtig warm zu werden. Jeden Tag fragte sie sich, ob sie alles hätte verhindern können. Wenn sie Cutter eher eine Chance gegeben oder ihn an dem Tag nicht aus den Augen gelassen hätte. Wäre er dann noch bei ihr? Oder wenn sie dem Drang ihrer starken Gefühle nicht nachgegeben und sie einfach nur weiterhin Freunde geblieben wären, könnte Cutter dann noch an ihrer Seite sein? Einmal mehr wünschte sie sich, die Zeit zurückdrehen zu können.

»Brauchst du etwas?«, drang Thugs gedämpfte Stimme durch die Tür.

»Nein.«

Hailey stieß einen tiefen Seufzer aus. Vor ein paar Monaten hätte sie sich über so viel Aufmerksamkeit seinerseits gefreut. Und heute wäre sie einfach nur froh, wenn er ihr etwas Freiraum geben würde, damit sie auf ihre Weise mit dieser Situation umgehen konnte.

Hailey trocknete sich die Finger mit dem Handtuch ab, das Thug auf die Kommode gelegt hatte und griff nach ihrem danebenliegenden Smartphone. Sie öffnete die Fotos und ging erneut Bild für Bild die Organe von Cutter durch. Mit Hilfe des Internets, und im Nachhinein von Doc bestätigt, hatte sie jedes einzelne Organ identifizieren können. Es hatte eine Weile gedauert, aber sie hatte es ganz alleine geschafft. Sie war sich nach wie vor sicher, dass es sich dabei nicht um Cutters Innereien handelte. Er hatte ihr erzählt, dass nach einer schweren Prügelei seine Milz gerissen war und diese entfernt werden musste. Außerdem hatte sie herausbekommen, dass es sich bei dem Organ auf dem Foto um eine Fettleber handelte. Da Cutter immer gesund gelebt hatte, war es gar nicht möglich, dass es seine war.

Nur leider glaubte ihr niemand.

Alle hielten sie für verrückt.

Aber das stimmte nicht.

Hailey war gründlich und nahm nicht alles hin, was ihr verkauft wurde. Wie konnte sie die anderen von ihrer Meinung überzeugen? Ihr kam ein unschöner Gedanke und es war ihr zutiefst zuwider, aber sie hatte keine andere Möglichkeit: Sie musste Thugs Gefühle oder was auch immer zu ihrem Vorteil nutzen.

»Thug?«, rief sie und richtete sich in der Badewanne etwas auf. Meistens reichte es bei ihm schon, wenn er nur den Ansatz von Brüsten sah, um weichgekocht zu werden.

Als hätte er hinter der Tür gelauert, stürzte er sofort ins Badezimmer und richtete seinen panischen Blick auf sie. »Alles okay bei dir?«

»Setz dich, wir müssen reden.«

Misstrauisch ließ er sich auf den Hocker nieder, der vor der Wanne stand. Sein Blick huschte immer mal wieder kurz zu ihren Brüsten.

Sowas von durchschaubar, dachte sie erfreut und angewidert zugleich.

»Ich weiß, ihr haltet mich für verrückt«, begann sie vorsichtig das Gespräch.

»Niemand hält dich für verrückt«, warf er sofort ein.

Hailey sah ihn mit gehobenen Augenbrauen an.

»Vielleicht ein oder zwei Leute«, gab er zu und zog die Schultern hoch, als wäre es nicht von Wichtigkeit.

»Du weißt, dass ich immer gründlich arbeite, deshalb bin ich auch so gut in dem, was ich für den Club mache. Also habe ich mich lang und breit mit Cutters angeblichen Organen befasst.«

»Hailey«, seufzte Thug und sah sie mitleidig an.

»Lass mich bitte ausreden. Er hat keine Milz mehr, außerdem war das eine Fettleber. Er ist einer der gesündesten Menschen, die ich kenne. Woher sollte er eine Fettleber bekommen? Das sind jetzt bereits zwei Organe, die nicht zu ihm passen. Das ergibt keinen Sinn.«

Thug schwieg eine Weile und sie hatte schon Angst, dass er gleich entweder in Gelächter ausbrechen oder sie in eine Psychiatrie einweisen ließ.

»Sag doch was«, flehte sie und sah ihn kläglich an.

»Es ergibt keinen Sinn, da stimme ich dir zu. Wo ist Cutter? Wessen Organe lagen auf unserer Straße? Wieso sollte Saviors Schuld beglichen sein, wenn es nicht Cutter war, der ausgeweidet wurde?«

»Das weiß ich nicht.«

Thug erhob sich und starrte auf sie hinunter. Nicht mehr mitleiderregend, sondern entschlossen. »Ich sag dir was, Sonnenschein. Wenn du auch nur auf eine meiner Fragen eine plausible Antwort findest, bin ich bereit gemeinsam mit dir auf die Suche nach Cutter zu gehen. Bis dahin möchte ich, dass du dich zusammenreißt und deine Theorie nicht jedem unter die Nase reibst, verstanden?«

Hailey nickte hektisch, sprang auf und umarmte Thug. Wasser schwappte über den Rand und sie tropfte zusätzlich den Boden voll. »Ich danke dir. Du wirst sehen, ich bringe dir den Beweis dafür, dass Cutter noch am Leben ist.«

»Am besten beeilst du dich, denn in zwei Tagen reisen wir beide ab. Bis dahin will ich etwas Handfestes von dir.« Er schob sie von sich, riskierte erneut einen Blick auf ihre Brüste und schüttelte den Kopf. »Gottverdammter Dreck. Ich will nicht in Josés Haut stecken, wenn du recht behältst.«

»Nicht so schnell, jetzt kommen wir zu meinen Bedingungen.«

»Du willst verhandeln, Gringo?« José sah wütend aus, doch das war Cutter reichlich egal. Wenn er schon bleiben musste, dann zu seinen Bedingungen.

»Korrekt.« Er richtete sich etwas auf. »Solange ich für dich arbeite, hält sich dein Lakai Alejandro zurück.«

Der Pate nickte. »Das war´s?«

»Nicht ganz. Ich will, dass Ari freigelassen wird.«

»Ari? Du meinst Adrianna?« Ein hinterhältiges Lächeln umspielte Josés Mund. »Warum sollte ich dem zustimmen?«

Cutter hielt dem Blick stand. Er pokerte ziemlich hoch, dessen war er sich bewusst, aber was hatte er in seiner jetzigen Lage noch zu verlieren? »Weil ich es verlange und wenn das nicht passiert, werde ich den Tod wählen.«

José legte die Fingerspitzen aneinander. »Ich muss zugeben, du überraschst mich, Gringo.« Er zog einen gelben Umschlag aus der Schublade seines Schreibtisches und schob ihn in die Mitte der Platte.

Cutter zog die Augenbrauen zusammen, als er keine Anstalten machte, ihm den Inhalt zu zeigen. Er würde den Umschlag nicht öffnen. »Was ist das?«

»Nennen wir es eine Art Versicherung.« José zog ihn zu sich zurück. Er holte mehrere Bilder heraus und reichte sie an Cutter weiter.

Seine Hände zitterten, als er die Fotografien durchging. Sie alle zeigten Hailey - auf dem Friedhof, gemeinsam mit Abby auf dem Hof und in Thugs Armen mitten im Wald. Er schluckte und leckte sich über die trockenen Lippen. Was sollte das? Warum behielten die Mexikaner Hailey im Auge? Sein erster Gedanke war, dass er sie warnen musste. Sein zweiter, dass ihr nichts passierte, solange er sich an die Regeln hielt.

»Mein Informant meinte, Hailey wäre deine - wie sagt man gleich? - feste Freundin? Scheint, als wäre dem nicht so.«

Er legte die Bilder auf den Schreibtisch. »Ich bin froh, dass sie weitermacht und mir nicht hinterhertrauert.« Sein Herz war allerdings anderer Meinung. Es zog sich schmerzhaft zusammen und vielleicht zerbrach es auch gerade in tausend kleine Einzelteile, die von innen die Brust durchbohrten. Sie wieder mit Thug zu sehen, weckte unschöne Erinnerungen und unweigerlich musste er sich fragen, ob die wenigen Stunden, die Cutter und Hailey zusammen verbracht hatten, nicht echt gewesen waren und nur ihrer Ablenkung gedient hatten. War sie immer noch in Thug verliebt? Hatte sie Cutter nur ausgenutzt, um den Vize der Sinners eifersüchtig zu machen?

»Kommen wir zu deinen Bedingungen zurück, Gringo. Du sollst Adrianna bekommen. Ihr beide teilt euch ein Zimmer. Du bürgst für sie. Solltet ihr eine Dummheit planen, oder sie alleine, bezahlst du dafür mit deinem Leben.« Mit einem tiefgründigen Lächeln tippte er auf eins der Bilder vor sich. »Stirbst du, wird Hailey für dich einspringen. Hintergehst du mich, wird Hailey für dich einspringen. Denk daran, falls du einen Plan schmiedest, der mein Missfallen erregt. Das Mädchen ist nie alleine.«

Cutter nickte, auch wenn er eigentlich etwas anderes für Ari gefordert hatte. Aber er nahm, was er kriegen konnte. »Das wird nicht geschehen.«

»Da ich nun deine Loyalität besitze, kommen wir zum Geschäftlichen.«

Nein, dachte Cutter und hörte José gar nicht mehr zu, *meine Loyalität habe ich den Sinners geschworen – bis zum Tod.*

Was er dem Paten natürlich unter keinen Umständen sagen würde. Aber spielte es eine Rolle? Er würde bis an sein Lebensende in Mexiko festsitzen. Denn eins wusste er mit Sicherheit: Keinesfalls würde er Hailey in Gefahr bringen. Sie war sein Mädchen, ganz gleich, ob sie sich erneut in Thugs Arme begeben hatte. Hailey war Cutters einzig wahre

Liebe. Was den Gedanken, sie niemals wieder zu sehen, so viel schlimmer machte. Wenn Thug jetzt seine aufrichtigen Gefühle für Hailey erkannt hatte, würde er hoffentlich nicht wieder so ein Wichser sein und ihr wehtun. Vielleicht war sein Zuckerwattemädchen jetzt an der Seite des richtigen Mannes.

»Ich verlange jederzeit deine volle Aufmerksamkeit«, unterbrach José Cutters Gedanken mit scharfem Unterton.

»Sorry, die Schmerzen lenken mich ab«, log er und versuchte sich an einem demütigen Blick.

»Ich werde den Arzt herbringen lassen. Im Anschluss setzen wir unser Gespräch fort.«

»Erst hole ich Ari aus der Zelle. Sie braucht Kleidung und ebenfalls einen Arzt. Alejandro war nicht zimperlich, genauso wie seine Lakaien.«

Josés Nerv unter dem Auge zuckte. »Sag mir, Gringo, was genau meinst du mit *nicht gerade zimperlich*?«

Cutter verzog das Gesicht. »Sie wurde missbraucht und mit dem Gürtel ausgepeitscht«, sagte er langsam und vorsichtig, weil er sich nicht sicher war, wie er sich verhalten sollte.

Die Temperatur im Raum sank um ein Vielfaches. »Das war ein gewaltiger Fehler, Alé.« José zündete sich in Gedanken vertieft eine Zigarre an. »Ich lasse dir ein Zimmer in diesem Haus geben und nun geh Adrianna holen. Der Arzt sollte bald da sein. Wenn du Alejandro siehst, schicke ihn zu mir.«

Der Ton duldete keinen Widerspruch und in der jetzigen Lage hatte Cutter nicht vor, das auszureizen. Es war komisch, dass er von einer Sekunde auf die andere fest integriert wurde und dazugehörte. Obwohl er sich fragte, warum der Pate auf einmal so nachdenklich war. Seine Männer würden wohl kaum ohne seine Erlaubnis Hand an die Gefangenen legen, oder doch? Und was bedeutete dies dann für die Bedingungen, die Cutter mit ihm ausgehandelt hatte?

Auf dem Flur warteten zwei Typen, die er vorher noch nicht gesehen hatte. Sie begleiteten ihn, sprachen aber kein Wort. In den Kellerräumen öffneten sie Aris Zelle. Cutter ging hinein und weckte sie vorsichtig.

Als er sie an der Schulter berührte, zuckte sie zusammen und riss panisch die Augen auf.

»Komm, wir gehen.« Er half ihr hoch. Dabei hielt er das Laken fest, damit sie nicht entblößt vor den Männern stand.

»Was? Wohin gehen wir?« Ari wirkte genauso verwirrt, wie er sich immer noch fühlte.

Cutter zog sein Shirt aus und reichte es an sie weiter. Es war lang genug, um die wichtigsten Stellen zu verbergen. »Zieh das an. Ich erkläre dir alles andere später. Vertrau mir bitte.«

»Bin ich frei? Darf ich gehen?«, fragte sie hoffnungsvoll und ihre blauen Augen leuchteten.

»Wir sind so frei, wie wir es an diesem Ort sein können«, antwortete er ausweichend. »Komm jetzt.«

Gemeinsam verließen sie die Zelle. Die beiden Typen vom Flur führten sie in ein Zimmer, wo ein Arzt bereits dabei war, Verbandsmaterialien und Medizin bereitzulegen.

»Ich warte vor der Tür«, murmelte Cutter.

»Nein, bitte geh jetzt nicht weg.« Ari klammerte sich unerwartet kraftvoll an seinen Arm.

Er nickte knapp und bedeutete dem Arzt, mit ihrer Untersuchung anzufangen.

Hailey hatte sich einen Plan zurechtgelegt. Ihr blieb nicht viel Zeit für die Umsetzung, deshalb musste jetzt alles schnell gehen. Morgen würden sie und Thug zum neuen Clubhaus und anschließend zum Kartell nach Mexiko aufbrechen. Auch wenn sie der festen Überzeugung war, nicht lange dortzubleiben, konnte sie sich vorstellen, dass Thug es anders sah. Anscheinend war er der Meinung, Hailey bräuchte Hilfe und er wäre derjenige, der ihr diese geben konnte. Bullshit. Sie saß vielleicht in einem tiefen Loch fest, ohne Fenster, Tür oder Leiter, aber ein Wrack war sie deshalb noch lange nicht.

Schwungvoll stieß sie die Tür auf und krachte fast in Thug, der wieder mal vor ihrem Zimmer auf dem Flur saß und auf ihr Erscheinen lauerte.

Er rappelte sich vom Boden auf und fragte vorsichtig: »Wo willst du hin?«

Gerne hätte sie geantwortet, *an einen Ort, wo ich mir in Ruhe das Leben nehmen kann*, glaubte aber, dass er ihren Humor unter den gegebenen Umständen nicht verstehen würde.

»Ich wollte zu Abby.« Abby war die feste Freundin von Savior. Die beiden waren oftmals so explosiv, dass sie das Clubhaus mit ihren Auseinandersetzungen zum Beben brachten – oder durch ihren wilden Sex. Sie waren füreinander bestimmt und Hailey freute sich nicht nur für Savior, sondern auch für Abby. Die zwei hatten es verdient, glücklich zu sein. Sie kannte kein Paar, das besser zusammenpasste.

Thug rieb sich müde übers Gesicht. »Die müsste in ihrem Büro sein.«

»Danke«, flötete sie und war schon auf dem Weg in den ersten Stock, als der Vize der Sinners ihre Hand packte.

»Kann ich dir vertrauen, Sonnenschein?«

Hailey stieß genervt den Atem aus. »Ich hab mich im Griff, falls du das meinst. Das habe ich dir gestern Abend versprochen. Ich habe eine Mission: Zu beweisen, dass Cutter noch lebt.«

Er ließ ihre Hand los und nickte. »Morgen früh fahren wir los, halt dich bereit.«

Auch wenn Hailey sich freute, hier herauszukommen und sich auf die Suche nach der Wahrheit zu begeben, hatte sie Bedenken. Was, wann Cutter nicht tot war und zurück in den Club kam, nur um festzustellen, dass sie nicht hier war? Oder wenn er wirklich tot war und José Ramírez ihnen den Leichnam aushändigte? Oder, und das fand sie noch viel schlimmer, wenn er tot war, sie aber die sterblichen Überreste nicht ausgehändigt bekamen?

Sie klopfte an die Tür zu Abbys Arbeitszimmer, obwohl sie bezweifelte, dass ihre Freundin das hörte. Lautstark dröhnte der Song »Never Alone« von *40,000 Leagues* durch das geschlossene Holzblatt. Hailey hob die Schultern und öffnete die Tür.

Abby stand mit dem Rücken zu ihr. Hailey wartete, bis die Musik pausierte und räusperte sich kurz.

Ihre Freundin drehte den Kopf und strahlte, als sie Hailey erblickte. Die Musikanlage schaltete sie mit der Fernbedienung aus. »Komm rein und setz dich, ich bin gleich fertig.«

Sie lächelte dem Kerl auf der Liege höflich zu und beobachtete Abby bei ihrer Arbeit. Savior hatte sie zur neuen Clubtätowiererin gemacht, als sie damals hierher gekommen war. Francine, Abbys

Mutter und die Raiders, die Erzrivalen der Sinners, hatten es auf sie abgesehen und ihr Dad George hatte Abby zu ihnen geschickt. George war erst nicht glücklich über die Beziehung zwischen seiner Tochter und Savior gewesen, hatte sich aber mittlerweile daran gewöhnt. Er wusste, der Boss der Sinners trug Abby auf Händen, und das war alles, was zählte.

»Fertig.« Abby wischte mit einem Tuch über das Tattoo. »Ich brauche dir ja nicht mehr erklären, wie du das pflegen musst.«

Der Typ lachte. Dunkel und sinnlich und Hailey fragte sich unweigerlich, ob das normal war oder ob er versuchte, mit Abby zu flirten. Zusätzlich senkte er jetzt die Stimme, als würden sie ein Geheimnis teilen. »Das weiß ich noch von unserem letzten Mal.«

Hailey verzog das Gesicht. Du liebe Güte war der plump. Er streichelte über Abbys Oberarm, ihr aufgesetztes Lächeln gefror und sie ging auf Abstand.

»Ich mag es immer noch nicht, gegen meinen Willen berührt zu werden.«

»Hab dich nicht so, Abby, war doch nur der Arm.«

»Du hast genau eine Minute, aus meinen Augen zu verschwinden, bevor ich jeden deiner Finger einzeln breche.« Savior stand an der Tür und starrte den Typen finster an. Beinahe hätte Hailey gelacht. Savior war nie besitzergreifend gewesen, hatte sämtliche Mädels rumgereicht und geteilt, doch seit Abby in sein Leben getreten war, hatte sich das geändert. Es war ein Spaß, ihn von dieser Seite zu erleben.

Der Kerl warf das Geld auf die Liege und rannte an Savior vorbei.

»Es passt mir nicht, dass du außerhalb des Clubs tätowierst.«

Abby desinfizierte die Liege und reinigte ihre Arbeitsmaterialien. »Dann ist es ja gut, dass ich das selbst bestimme.«

Hailey gluckste leise.

Savior richtete seinen Blick auf sie. Er wirkte nicht mitfühlend oder beunruhigt. Wenigstens einer, der nicht gleich sentimental wurde, wenn er sie ansah. »Wie gehts dir?«

»Gut und dir?«

Er wirkte irritiert. »Ja, auch gut. Was machst du hier?«

»Ich lebe hier.«

Savior stieß einen frustrierten Ton aus und zeigte mit dem Zeigefinger abwechselnd auf die beiden Frauen. »Ich mag euch, aber reizt mich nicht.«

»Als würdest du es anders haben wollen«, spottete Abby und warf ihm eine Kusshand zu.

»Zumal du uns auch immer wieder reizt und auf die Palme bringst«, ergänzte Hailey.

Savior stemmte die Hände in die Hüften und trat weiter in den Raum. »Ich bin euer Boss, vergesst das nicht.«

»Als würdest du das jemals zulassen.« Abby zwinkerte ihm zu.

Er öffnete den Mund und klappte ihn geräuschvoll zu. Leicht kniff er die Augen zusammen, griff in Abbys Haare und presste seine Lippen auf ihre.

Hailey musste sich abwenden, da nicht nur Neid, sondern auch Trauer in ihr aufstieg. Wäre Cutter noch da, könnte sie das ebenfalls haben. Das Gewicht der Sehnsucht und des Schmerzes zwang sie in die Knie und sie musste sich setzen. Ihre Augen brannten.

»Hailey?« Abby hockte sich vor sie und nahm ihre Hände.

»Geht schon wieder«, krächzte sie und versuchte sich an einem Lächeln. »Hast du noch viele Termine?«

»Erst heute Nachmittag. Wollen wir was machen?«

»Ich wollte kurz in die Stadt rein. Gibt ein paar Sachen, die ich besorgen muss, bevor es morgen losgeht.«

Savior räusperte sich. »Hältst du das für eine gute Idee? Versteh mich nicht falsch, ich bin froh, dich außerhalb des Zimmers zu sehen, aber Mexiko?« Das unausgesprochene *mit Thug* schwebte zwischen ihnen.

»Ich bin es Cutter schuldig und muss mit eigenen Augen sehen, was mit ihm geschehen ist.«

Savior nickte, doch Hailey erkannte, dass es hinter seiner Stirn arbeitete. »Was ist mit dem neuen Clubhaus?«

»Ich schaue es mir an, fahre nach Mexiko und komme im Anschluss zurück.«

»Das alles gefällt mir nicht. José war hinter dir her, was sollte ihn davon abhalten, dich nicht gleich dort zu behalten?«

»Thug wird aufpassen, dass mir nichts passiert«, meinte Hailey zuversichtlicher, als sie sich fühlte. »Mac ist auch dabei. Und du ebenfalls. Wird schon alles gut gehen.«

»Ihr habt doch jetzt eine Geschäftsbeziehung, warum sollte er den Sinners in den Rücken fallen?«, fragte Abby.

Hailey erstarrte. »Wie bitte? Nach allem, was passiert ist, hast du einer Zusammenarbeit zugestimmt?«

Cutter saß in seinem Zimmer. Oder, nein, Gringo saß in seinem Zimmer. Alle nannten ihn so. Obgleich er diesen Namen abgrundtief verabscheute. Aber Cutter war tot.

Mittlerweile hatte er herausgefunden, dass er zwei Wochen in der Zelle gesessen hatte und drei weitere waren vergangen, in denen er sich nun frei bewegen konnte. Sofern frei das richtige Wort dafür war, wenn jemand ihn ständig beobachtete und verfolgte. Zumindest hatte er sich einigermaßen das Vertrauen des Paten erarbeitet und durfte technische Gerätschaften ohne Aufsicht betätigen. Anscheinend hatte er keine Angst mehr, dass Cutter Botschaften an die Sinners schicken würde. Stattdessen wurde er mit Geldtransfers beschäftigt und dem Führen von gefälschten Kassenbüchern.

Als wäre das alles auch nur annähernd eine Herausforderung. Derartige Aktivitäten hatte er schon mit sechzehn im Schlaf erledigt.

Cutter lehnte den Kopf an die Wand und schloss für einen Moment die Augen. Er vermisste die Sinners und ganz besonders sein Zuckerwattemädchen. Warum waren sie nicht gekommen? Diese Frage stellte er sich immer wieder. Er wusste, dass die Mexikaner seinen Tod vorgetäuscht hatten. Zumindest aber hatte Cutter angenommen, sie würden ihn rächen. Er stand vom Bett auf und zog das geöffnete MacBook zu sich heran. Es war ihm schon immer leichtgefallen, Netzwerke zu hacken. Hailey und er hatten ein eigenes System entwickelt und konnten auf alles zugreifen, wonach ihnen der Sinn stand.

Dafür bräuchte er nur das Programm noch mal neu zu schreiben.

Die Überlegung dauerte nur einen winzigen Moment, dann startete er. Cutter musste versuchen, mit ihnen in Kontakt zu treten.

Seine Finger schwebten über der Tastatur, als die Tür aufflog. Er wechselte auf die reguläre Oberfläche zurück.

»Was machst du da?«, fragte Ari misstrauisch.

»Ich arbeite.«

»Bring uns nicht in Gefahr«, sagte sie leise, bevor sie im Bad verschwand.

Cutter atmete tief durch. Was für eine waghalsige Idee. Sie hatte recht. Er brachte nicht nur sich in Gefahr, sondern auch sie und die Sinners.

Zwischen Ari und ihm herrschte eine Verbindung, die er sich selbst nicht erklären konnte. Manchmal wussten sie, was der andere dachte. Sie waren einander nah und verstanden sich. Aber es hatte nichts Romantisches oder Sexuelles an sich.

Geräuschvoll klappte er den Laptop zu. Vielleicht war jetzt noch nicht der richtige Zeitpunkt gekommen, um den Sinners einen virtuellen Besuch abzustatten.

»Verfluchte Scheiße«, rief er aus und schlug gegen die Wand. Cutter stürmte aus dem Raum, den Flur lang und in die Bar. Glücklicherweise brauchte er für den Alkohol nicht zu bezahlen. Er trank oft, um seine Erinnerungen an vergangene Zeiten auszulöschen. Es half. Mit jedem Tag verblasste sein altes Leben ein Stückchen mehr. Es war besser so, versuchte er sich einzureden. Nur stimmte das nicht. Es fühlte sich wie Verrat an. Er hatte sich verändert und das nicht zum Besseren. Es gab Tage, da konnte er nicht mal in den Spiegel sehen, weil er sich vor sich selbst ekelte.

Das Hemd klebte an seinem Körper. Es war so warm hier. Er hasste Mexiko. Alles hier war scheiße.

»Gringo«, riefen ihm einige der Anwesenden zu und lachten. »Komm her und trink was mit uns.«

Die Mexikaner feierten gerne und tranken viel - Aguardiente, Tequila, Corona. Am meisten liebten die Mexikaner jedoch ihren Selbstgebrannten. Es ätzte einem die Schleimhäute weg, dafür auch das Gedächtnis. Und seine Atemwege wurden ebenfalls wieder frei. Obwohl er bei dem ganzen Gestank in seiner Umgebung nicht wusste, ob das ein Vorteil war.

»Ich kann nicht arbeiten, wenn ich betrunken bin.« Er wollte sich nur mit einem kühlen Bier abreagieren und das Ganze nicht gleich wieder ausarten lassen.

»Du denkst immer nur ans Arbeiten, Gringo. Dabei verpasst du doch das Leben«, lachte Pedro und stellte ihm ein Glas vor die Nase.

Pedro war einer der wenigen, die Cutter wirklich mochte. Vielleicht lag es daran, dass er relativ locker war oder ihm nicht die Pest an den Hals wünschte. Cutter traute dem Kartell und seinen Machenschaften nicht. Solange er das tat, was sie verlangten, war alles in Ordnung. Widersetzte er sich, wartete José nur darauf, ihm Nachrichten aus der Heimat zu überbringen und zu erklären, dass noch immer jemand vor Ort war und die Sinners im Blick behielt.

Vorsichtig nippte er an dem Glas. Tequila.

»Gringo«, schallte es wütend durch den Raum und einige Anwesende zuckten sofort zusammen.

Genervt drehte Cutter sich um. Alejandro kam in großen Schritten auf ihn zu.

Alejandro war ein kleiner untersetzter Mann, der sich wichtiger nahm, als er tatsächlich war. Cutter überragte ihn um einen ganzen Kopf und genoss es, auf den kleineren hinabzustarren. Ohne seine Schläger war er nur halb so stark und Cutter erkannte es in den Augen, dass Alejandro diesen Umstand hasste. Wenn er wollte, könnte er den Typen in Grund und Boden stampfen. Trotz des Deals mit José hieß das oberste Gebot in Alejandros Nähe Aufmerksamkeit.

»Was willst du?«

Wenn Alejandro aufgeregt war, vermischte er Englisch und Spanisch miteinander. Die Worte verstand er dennoch deutlich genug. »Lass die Finger von meiner Schwester.«

Cutter verzog nachdenklich das Gesicht. »Deine Schwester? Wer soll das sein?«

Er hatte seinen Spaß daran, den Typen zur Weißglut zu bringen. Natürlich wusste er, wer Alejandros Schwester war. Cutter hatte bereits in der ersten Woche nach seinem Zellenaufenthalt sämtliche Familienverhältnisse in Erfahrung gebracht. Es war gut, stets zu wissen, auf wen man sich einließ. Und der lieben Camila hier und da ein Kompliment zu machen, gehörte zu seinen Aufgaben.

»Camila.«

Cutter hob belustigt die Achseln. »Sagt mir nichts, Kumpel.«

Grob wurde er an der Schulter herumgerissen. »Halte dich zurück, Gringo. Du bist nicht unentbehrlich.«

Er verzog die Lippen zu einem schiefen Grinsen.

»Ich denke schon, schließlich bin ich noch immer hier. Du nimmst jetzt lieber deine Pfoten von mir, cachái?«

»Alejandro, was geht hier vor sich?« José Ramírez betrat die billige Spelunke. Normalerweise verließ er sein Hochsicherheitsdomizil nicht. Es musste wichtig sein, wenn er sich nach draußen traute. Drei Bodyguards flankierten ihn, allzeit bereit, sich in die Schusslinie zu werfen und für ihn zu sterben.

Cutter drehte sich erheitert um, damit er unbemerkt die Augen verdrehen konnte. José sah wieder einmal aus, wie einem schlechten Film entsprungen. Hellbrauner Leinenanzug, weißer Hut und passendes Hemd, an dem die obersten Knöpfe offen standen und seine gebräunte Haut preisgaben. Die farblich abgestimmten Slipper, die Goldkette und die Zigarre im Mundwinkel vollendeten das Bild.

José war zwar ein wandelndes Klischee, doch unter keinen Umständen sollte jemand den Fehler machen und ihn unterschätzen. Er war grausam und ein emotionsloser Eisklotz. Seine Ehefrau hatte nichts zu lachen, ebenso wenig seine Geliebte. Niemand verließ das Kartell freiwillig, also erduldeten alle die Launen des Paten. Und davon hatte er eine Menge. In der einen Sekunde konnte er freundlich sein und in der nächsten zog er seine Waffe und schoss drauf los.

Alejandro und José redeten auf Spanisch miteinander. Cutter verstand nicht ein Wort. Das störte ihn auch nicht weiter. Sie würden schon in seiner Sprache reden, wenn sie etwas von ihm wollten.

»Es hat sich unerwartet Besuch angekündigt für morgen«, flüsterte Ari, die perfekt spanisch sprechen konnte.

Wo kam sie auf einmal her?

Plötzlich versteifte er sich, als er ein Wort ganz deutlich hörte: Sinners.

»Kennst du die etwa?«

»Was sagen sie?«, fragte Cutter leise zurück. Sein Herz schlug doppelt so schnell.

»Dass du heute noch nach Kolumbien fliegst.«

KAPITEL 5

Hailey brütete vor sich hin. Sie konnte nicht fassen, dass Savior eine Geschäftsbeziehung mit den Mexikanern eingegangen war. Selbst wenn sie dafür den kleinsten Funken Verständnis aufbringen könnte, war sie dennoch mächtig angefressen, dass es ausgerechnet in ihrem Metier sein musste. Mal ehrlich, konnten die verdammten Tacofresser sich nicht mit Dom und seinen Waffen verbrüdern? Oder mit Mac und den Drogen? Warum mussten es Frauen sein?

Abby berührte sie vorsichtig an der Schulter. »Tut mir leid, ich dachte, du wüsstest davon.«

»Du kannst nichts dafür.« Hailey rang sich ein Lächeln ab. »Du hingegen hast ein gewaltiges Problem.« Sie schaute Savior an, der ihr genervt entgegensah. »Warum ausgerechnet meine Laufhäuser?«

»Weil Prostitution bei denen nicht läuft – frag mich nicht, wie das sein kann.« Ratlos hob er kurz die Schultern. »Sie schicken ein paar Frauen, die Einnahmen gehen an die Mexikaner und irgendwann ziehen sie wieder ab.«

»Wow.« Hailey schüttelte den Kopf. »Das glaubst du doch selbst nicht. Sie werden nicht einfach Geld kassieren und danach abhauen. Wie stellst du dir das vor? Was soll ich meinen Angestellten erzählen, wer die sind?«

Savior kniff die Augen zusammen. »Das hat dich in den letzten Wochen auch nicht interessiert. Was sollte ich denn machen? Noch einen der Sinners opfern? Ich versichere dir, mir gefällt das alles genauso wenig.«

Hailey kam eine Idee. »Wenn das neue Clubhaus ohnehin an der Grenze zu Mexiko steht, warum eröffnen wir nicht dort ein Bordell? Ich muss meinen Frauen keine Ausreden präsentieren, und wirtschaftlich ist es auch von Vorteil, wenn wir uns dort ein Standbein aufbauen wollen.«

Savior hatte die Hände in die Seiten gestemmt und starrte durch das Fenster nach draußen. »Das könnte klappen. Ich überlege mir etwas, wie ihr José das schmackhaft machen könnt.«

»Wir?«

Savior drehte sich um und hob die Augenbrauen hoch. »Es war deine Idee.«

»Das meinte ich nicht«, wehrte Hailey ab. »Du kommst nicht mit nach Mexiko?«

»Ich lasse das Clubhaus nicht ungeschützt zurück. Nach allem, was war, traue ich José nur soweit über den Weg, wie ich ihn werfen kann.«

Sie blitzte ihn böse an. »Du bist es Cutter schuldig, dich nicht wie ein Feigling hier zu verstecken.«

Abby holte erschrocken Luft.

Savior beugte sich unheilvoll vor. Seine Augen glichen denen des Teufels - gefährlich, unnahbar und zu allem bereit. »Das mag deine Sicht sein,

Hailey. Aber, nur falls du es vergessen haben solltest, ich habe gleichermaßen jemanden verloren. Cutter war genauso mein Freund und Bruder! Ich bin nicht feige, sondern vorsichtig. Denn sollte auch nur irgendetwas in Mexiko schiefgehen, stehe ich persönlich dort auf der Matte und jage José eine Kugel in den Kopf.«

»Du solltest gleich mitkommen«, beharrte sie stur und lieferte sich mit dem Boss der Sinners ein Starrduell.

»Und dann verliert der Club nicht nur seinen Vize, sondern auch gleich noch den Anführer und ein weiteres Mitglied des Rats. Genialer Plan.« Er applaudierte spöttisch. »Ist es das, was du willst? Mich tot sehen, weil ich Cutter nicht retten konnte? Dann sag es doch gleich, oder noch besser ...« Savior zog seine Waffe aus dem Hosenbund, entsicherte sie und hielt sie ihr hin.

»Kilian«, warnte Abby mit sanfter Stimme und trat zwischen die beiden. Sie legte ihm die Hand auf die Brust. »Es ist genug jetzt.«

Hailey rieb sich über das Gesicht. »Ich muss raus hier.« Hatte er recht? Wollte sie ihn tot sehen, weil er Cutter nicht retten konnte? Gab sie ihm die Schuld für alles?

»Moment!« Savior hob die Hand und hielt sie auf. »Niemand verlässt alleine das Clubhaus. Wenn ihr unbedingt raus müsst, nehmt Giant und Grind mit.«

»Ist das denn notwendig?«, wollte Abby wissen.

»Ja und da gibt es keinen Verhandlungsspielraum. Entweder die beiden begleiten euch, oder ihr bleibt hier.« Savior verschränkte demonstrativ die Arme vor der Brust. Dass er angepisst war, strahlte aus jeder Pore.

»Alter Tyrann«, brummte Abby leise.

Wie ein Raubtier ging Savior auf seine Freundin zu. »Wie bitte?«

Hailey räusperte sich. »Ich geh mich mal umziehen.« Allerdings bezweifelte sie, dass einer der beiden sie gehört hatte. Kaum war sie aus dem Raum getreten, stöhnte Abby lustvoll auf.

Zurück im Zimmer zog sie sich andere Klamotten an. Sie blickte sich um. Cutter würde ausrasten, wenn er das sehen könnte. Alles lag unordentlich herum und sah chaotisch aus. Sobald es um Ordnung und Sauberkeit ging, war er ein regelrechter Fanatiker. Hailey hob die schmutzige Wäsche auf, brachte sie in den Waschsalon im Haus und schaltete die Waschmaschine ein. Anschließend räumte sie den restlichen Kram auf. Es war zwar nicht perfekt, aber besser als vorher. Sie hatte sich echt ganz schön gehen lassen.

Sie begab sich auf die Suche nach Grind und Giant. Letzterer saß an der Bar im Erdgeschoss bei Rollins, seinem Dad. Wie hatte Abby den Raum noch getauft - Orgienzimmer?

»Hey.« Hailey hob die Hand.

»Na, Mädchen, alles gut?«, fragte Rollins und polierte Gläser.

Sie zuckte mit den Schultern. »Eigentlich nicht, doch das wird schon wieder.« Sie drehte sich zu Giant. »Hast du was vor? Ich will in die Stadt, darf aber nur in Begleitung raus.«

Giant stand sofort vom Barhocker auf. »Bin dabei.«

Sie musste den Kopf in den Nacken legen, um Giant ins Gesicht zu blicken. Er war gute drei Köpfe größer als sie und doppelt so breit. Das Wort *Laborzüchtung* lag ihr auf der Zunge.

»Grind soll auch mit, hast du eine Ahnung, wo er sein könnte?«

»Fernsehzimmer«, erklang plötzlich Thugs Stimme hinter ihr. »Zieht sich schon wieder ne Serie rein, und ist unglücklich, weil er die ohne Abby gucken muss. Wo wollt ihr hin?«

»In die Stadt.«

»Geh Grind holen, Hailey und ich haben etwas zu besprechen.« Thugs Ton ließ keine Widerworte zu.

Giant machte sich sofort auf den Weg.

»Abby will auch mit«, rief sie ihm hinterher und drehte sich dann zu Thug. Er berührte sie am Arm. Hailey trat einen Schritt zurück und ignorierte den verletzten Ausdruck in Thugs Gesicht. Sie war einfach nicht bereit für seine Zuneigung.

»Gringo, komm mit.« Der Pate musterte ihn aus kalten Augen und wartete keine Antwort ab. Wenn José einen Befehl erteilte, gab niemand Widerworte.

Cutter erhob sich etwas schwerfällig und folgte ihm, den Bodyguards sowie Alejandro in sein Büro. Kolumbien. Er hatte keine Lust auf eine Reise. Er wollte hier sein, wenn seine wahre Familie kam. Aber wie konnte er das schaffen?

José Ramírez besaß in jedem der umliegenden Gebäude ein Büro, in das er seine Leute zitieren konnte. Seine eigentlichen Geschäfte - Drogen, Waffen, Frauen, Mord - erledigte er von seinem Domizil aus, das besser abgesichert war als Fort Knox. Das Leben als Pate war gefährlich. Ramírez hatte so viele

Menschenleben auf dem Gewissen, dass nicht nur CIA und FBI hinter ihm her waren, sondern auch FSB und Aman - der Inlandsgeheimdienst der Russischen Föderation und der Nachrichtendienst Israels. Ein weiterer Grund, dass immer Leibwächter dabei waren. Nicht dass es überhaupt soweit kommen würde. Feinde wurden schon vorher abgefangen. Niemand kam über die Grenze, ohne, dass der Pate seine Zustimmung gab. Das galt ebenfalls für den Luftraum.

Wann immer Cutters Stimmung umschlug, wurde er entweder besonders mutig oder wehmütig. Heute war einer dieser Tage, an denen er nur an Hailey denken konnte. Sein Mädchen, das er mehr als alles andere liebte. In diesem Moment hasste er Ramírez für das, was er ihm antat. Seine Finger zitterten und er ballte sie zusammen, bevor er das umsetzte, was ihm durch den Kopf ging - dem Paten verdammt noch mal die Kehle aufschlitzen und sich an dem Anblick des herumspritzenden Blutes ergötzen.

»Was erfreut dich, Gringo?« José musterte ihn misstrauisch.

Cutter winkte ab. »Nichts.«

»Ich bin mit deiner Arbeit zufrieden.«

»Freut mich«, gab Cutter ausdruckslos zurück. Im Grunde war es ihm scheißegal, was José von seiner Arbeit hielt.

»Ich habe einen neuen Auftrag für dich. Dazu wirst du nach Kolumbien fliegen.«

Er hob eine Augenbraue. »Ich habe keine Papiere. Der Zoll wird mich kaum unter *Gringo* einreisen lassen.«

Alejandro löste sich von der Wand und machte

einen Schritt auf ihn zu. »Du redest hier mit dem Paten, zeig etwas Respekt.«

José gab eine Anweisung auf Spanisch und sein Handlanger zog sich murrend zurück. Cutter würde sich heimlich die Sprache von Ari beibringen lassen müssen, damit er die Gespräche belauschen konnte.

»Darüber brauchst du dir keine Gedanken machen. Pack deine Sachen und komm zurück in mein Büro.«

»Ich fliege heute noch?«, rief er gespielt überrascht aus. *Was muss ich machen, um zu bleiben?*

»Ist das ein Problem?«, hakte José durchaus freundlich nach. Doch seine Augen funkelten bedrohlich.

»Das nicht, aber was ist mit Ari? Wird sie mich begleiten?« Er wollte sie nicht zurücklassen. Schon gar nicht, wenn Alejandro ebenfalls blieb. Cutter traute ihm nicht und war sich ziemlich sicher, dass der Mexikaner der Frau etwas antun würde, sobald sie nicht mehr unter Cutters Schutz stand.

»Das Mädchen bleibt, wo es ist.«

Cutter blickte zu Alejandro. »Dann soll er aber mitkommen.«

»Von mir aus.« José vollzog eine wegwerfende Handbewegung. »Adrianna wird nichts passieren. Du bekommst sie unversehrt zurück. Geh packen.«

»Wie lange bin ich weg?«

»Solange, wie es dauert und jetzt geh!« José war die Ungeduld anzuhören und Cutter verließ das Büro. Es behagte ihm nicht, Ari hier zu lassen. Leider hatte er keine andere Wahl.

Er stopfte ein paar wenige Sachen in eine zerschlissene Reisetasche. Da kam ihm ein Gedanke. Cutter hielt inne und ging zum Tisch. Er malte ein

Zeichen auf ein Stück Papier und faltete es zusammen.

»Was machst du da?«, fragte Ari und blickte ihm über die Schulter.

»Wenn der Besuch morgen kommt, musst du mir einen Gefallen tun.« Er drückte ihr die Botschaft in die Hand. »Gib das einem von ihnen unauffällig und sag, das ist für Hailey. Nur für sie! Niemand darf das mitbekommen.«

»Du riskierst unser Leben«, flüsterte sie aufgebracht. »Warum? Was ist an den Sinners oder Hailey so wichtig?«

»Sie sind meine Familie«, antwortete er schlicht. Er packte ihre Schultern und sah sie eindringlich an. »Bitte, Ari, tust du mir diesen Gefallen?«

Etwa eine halbe Stunde später verlief der Abschied von ihr kurz und schmerzlos. Cutter versicherte Ari, dass ihr nichts passieren würde und sie - optimistisch wie immer - meinte, er könne das gar nicht versprechen, weil er nicht da wäre, um sie zu schützen. Das mochte stimmen, und dennoch glaubte er, dass Ramírez ihm in dieser Angelegenheit kein Märchen erzählte. Cutter drückte Ari fest an sich. Er hatte sie ins Herz geschlossen, sie erinnerte ihn an seine kleinen Zwillingsschwestern, die viel zu früh gestorben waren. *Ermordet*, verbesserte er sich sogleich. In all den Jahren hatte er nie herausgefunden, woher das viele Geld gekommen war, das seine Mutter und Huxley erhalten hatten.

Plötzlich kam ihm ein Gedanke. Wenn sich in Kolumbien die Chance zur Flucht ergab, oder um Hilfe zu holen, würde er sie dann nutzen? Konnte er ruhigen Gewissens abhauen und Ari ihrem

Schicksal bei diesen mexikanischen Arschlöchern überlassen? Die Antwort lautete Nein. Was nicht bedeutete, dass er grundsätzlich aufgab und sich mit seinem eigenen Schicksal abfand. Cutter hatte da schon eine Idee, wie es ihm doch noch möglich wäre nicht nur sich, sondern auch Ari zu retten. Und dafür musste sie nur die Botschaft überbringen. Alles hing von Ari ab.

»Halt mal hier an«, forderte Hailey und der Wagen stoppte. Sie hielten vor dem Drogeriemarkt. Abby saß neben ihr, Grind und Giant vorne. »Ich bin gleich wieder da, muss nur kurz was kaufen.«

Hinter sich hörte sie die Tür zuschlagen und schon war Giant an ihrer Seite. »Sorry, Anweisung von Savior.«

»Alles klar«, brummte sie. Sie glaubte zwar nicht, dass jemand ihr auflauern würde, aber vermutlich war es besser, wenn sie sich vorsichtig verhielten.

»Was ist mit seinem Auto passiert?«, fragte Hailey unvermittelt und blieb mitten im Gang stehen. Sie blickte zu Giant hoch. »Weißt du, was mit Cutters Auto geschehen ist?«

Sie hatte es nicht auf dem Clubgelände gesehen. Savior würde es nicht verkaufen. Also musste es woanders sein.

»Wurde von Tara abgeschleppt.«

»Dann steht sein Wagen bei ihr auf dem Hof? Von wo hat sie es abtransportiert?«

Ratlos sah er sie an. »Keine Ahnung.«

Sie seufzte und steuerte die Frauenabteilung an. Giant wurde langsamer und sah sich skeptisch um. Zwischen Tampons und Schwangerschaftstests schien er sich nicht wohlzufühlen. Hailey grinste und bewegte sich zielstrebig auf die Haarfarben zu. Es war an der Zeit, dass sie ihrem blonden Ansatz den Kampf erklärte und sich wieder in die alte Hailey verwandelte. Die Hailey, die rosa Haare hatte und einmal die Woche ihre Plugs in den Ohrläppchen wechselte. Die Hailey, die sich nicht im Dunklen verkroch und sich allem stellte, was ihren Weg kreuzte. Die Hailey, die für ihren scharfen Verstand bekannt war, auf den sich die Sinners verließen. In den vergangenen Wochen hatte sie sich gehen lassen, getrauert und geheult. Wut und Schmerz über Cutters Verlust hatten die Oberhand gewonnen, das musste ein Ende haben. Natürlich vermisste sie ihn ganz furchtbar und ihr Herz bestand nur noch aus tausend kleinen Einzelteilen, die sich immer tiefer in die Eingeweide fraßen, aber das bedeutete nicht, dass sie weiterhin in dieser Blase leben durfte. Thug hatte recht, sie musste endlich wieder klar im Kopf werden und sich auf ihre Aufgaben besinnen. Und eine davon war zu beweisen, dass Cutter noch am Leben war. Auch wenn sie keinen Schimmer hatte, wie genau sie das anstellen sollte.

Oder doch, dachte sie und zog ihr Telefon aus der Hosentasche. Sie wählte Taras Nummer.

»Wie gehts dir?«, fragte Tara sofort ohne eine Begrüßung.

»Bestens«, presste Hailey hervor. Mal ehrlich, was sollte das ständig? Ihr ging es beschissen. »Du hast Cutters Auto auf dem Hof?«

»Ähm ja. Wieso?« Tara besaß eine Autowerkstatt mit Abschleppdienst. Sie kannte sich besser mit Autos aus, als so mancher Mann. Teddy, Haileys Erzeuger, hatte sie immer als Lesbe bezeichnet. Was sie nicht war. Tara ging nur nicht ständig mit ihren Männergeschichten hausieren, wie andere es taten. Sie war nicht das typische Mädchen, das Kleider trug oder sich über ihr Äußeres definierte.

»Von wo hast du es geholt?«

»Es stand auf dem Parkplatz der Drogerie. Willst du es abholen?«

Haileys Herzschlag beschleunigte sich. Sie sah sich um und lief nach draußen. »Nein, ein anderes Mal. Pass gut drauf auf, okay?«

»Natürlich.«

Hailey legte auf und überblickte den Parkplatz. Da! Videokameras an verschiedenen Stellen und über dem Eingang. Sie rannte wieder nach drinnen, schnappte sich ihre Haarfarbe und eilte zur Kasse. Giant warf ihr einen scheelen Seitenblick zu.

War es ein Zufall, dass sie sich an dem Ort befand, der ihr erster Anhaltspunkt zu Cutter zu sein schien? Nein, war es nicht. Es war ein Zeichen dafür, dass sie auf dem richtigen Pfad war.

»Speichert ihr die Aufnahmen der Kameras auf dem Parkplatz?«

»Keine Ahnung, das musst du den Manager fragen.« Die Kassiererin deutete gelangweilt auf den Gang, der zu den Büros führte.

»Danke.« Hailey bezahlte und eilte zurück.

»Was ist los?«, fragte Giant neben ihr und wirkte noch misstrauischer als vor wenigen Minuten.

Sie schüttelte den Kopf und klopfte an die Tür. Ein Mann mittleren Alters öffnete. Sein ängstlicher Blick huschte zu Giant.

»Speichern Sie die Videos der Parkplatzkameras?«

»Warum?«

»Weil ich gerne Einsicht nehmen würde.«

»Sind Sie von der Polizei?«, fragte der Mann. Die Antwort war ihnen beiden mehr als klar.

»Nein, aber von den Sinners.« Hailey lächelte vielsagend. Für gewöhnlich reichte das schon, damit sich sämtliche Türen öffneten. Niemand wollte sich mit dem Club anlegen.

Der Mann sah sich vorsichtig um und senkte die Stimme. »Eigentlich lautet die Anweisung, Videos nach einer Woche zu löschen. Aber manchmal halte ich mich nicht dran. Sie glauben gar nicht, was hier alles getrieben wird.« Er kicherte, verstummte jedoch, als er die Gesichtsausdrücke der beiden sah.

»Kann ich die Aufnahmen sehen?« Sie nannte den Tag und folgte ihm in das kleine Büro.

Der Manager ging die Dateien auf seinem PC durch und schüttelte den Kopf. Schweiß lief ihm über das Gesicht. »Tut mir leid, das letzte gespeicherte Video ist drei Tage danach.«

Hailey neigte den Kopf leicht zur Seite und kniff die Augen zusammen. »Haben Sie die Videos immer auf diesem PC gespeichert?«

»Ja.« Wieder ein nervöser Blick zu Giant. Er wischte sich mit einem Taschentuch über die Stirn.

Ihr Gesicht strahlte. »Perfekt. Rutschen Sie mal zur Seite.«

Hailey war ganz in ihrem Element und tippte wie von Sinnen auf der Tastatur herum. Das Hacken fiel ihr unglaublich leicht. Sie brauchte nicht großartig darüber nachdenken, welchen Schritt sie als Nächstes ausführen musste.

Zehn Minuten später hatte sie auf einem USB-Stick, den Giant ihr aus dem Drogeriemarkt gekauft hatte, das richtige Video und den Beweis, dass Cutter hier gewesen und von den Mexikanern entführt worden war. Das bedeutete zwar nicht, dass er noch lebte, aber jetzt kannte sie das Auto und konnte dank der Straßenkameras feststellen, wohin sie gefahren waren. Und wenn das nicht der direkte Weg zum Clubhaus gewesen war, bestätigte es ihre Theorie, dass es nicht Cutters Organe waren, die auf der Straße als Botschaft gelegen hatten.

»Können wir noch fix zum Krankenhaus fahren?«, fragte Hailey, als sie wieder im Auto saßen.

»Bist du krank?« Grind drehte sich vom Beifahrersitz nach hinten.

Sie klopfte leicht auf ihr MacBook. »Nein, ich muss was erledigen. Es reicht, wenn du auf den Parkplatz fährst, Giant.«

»Was hast du vor?« Abby musterte sie neugierig.

»Ich werde mich ins System des Krankenhauses hacken und die Akten von Cutter und Teddy kopieren.«

»Und was bringt dir das?«

»Klarheit.« Hailey fand es merkwürdig, dass Teddys Leiche verschwunden war und die Sinners nichts mehr von ihm gehört hatten. Ihr Erzeuger hatte in Saus und Braus gelebt, sie konnte sich gut vorstellen, dass es seine Organe waren, die auf der Straße vor dem Clubhaus gelegen hatten. Aber dazu brauchte sie ein paar Informationen, die sie nur von Ärzten bekommen konnte.

»Warum fragst du nicht Doc nach den Akten?«, wollte Grind wissen.

»Ich will ihn da nicht unnötig mit reinziehen. Er sollte nicht seinen Job riskieren, wenn ich auch anderweitig an meine Infos kommen kann, und jetzt seid leise, ich muss mich konzentrieren.«

»Also«, begann Cutter das Gespräch mit Pedro, »wie lange werden wir in Kolumbien bleiben?«

»Ein paar Tage.«

»Wie sieht mein Auftrag dort aus?«, bohrte er weiter und ignorierte die missbilligenden Blicke von Alejandro und seinen Schlägern.

Sie waren zu fünft zu einem abgelegenen Flugplatz gebracht worden und von dort in eine Privatmaschine des Paten gestiegen. In Kolumbien würden sie ebenfalls auf einem Privatgelände landen. Mit der kolumbianischen Behörde war bereits alles geklärt und niemand brauchte sich Gedanken um die Einreise zu machen - oder darum, von der Miliz abgeknallt zu werden.

»Du stellst zu viele Fragen«, lautete Pedros knappe Antwort.

Cutter hatte ihn redseliger in Erinnerung. Mochte auch an den anderen Passagieren liegen, dass er jetzt so verhalten reagierte. Und trotzdem, er hasste Stille in Flugzeugen.

»Ich brauche schon ein paar Informationen, damit ich mich vorbereiten kann.« Cutter tippte auf seinen Laptop.

»Du wirst rechtzeitig Auskunft erhalten, Gringo«, mischte sich Alejandro ein. Wenn sein Ton schon nicht dafür sorgte, dass Cutter den Mund hielt, dann auf jeden Fall der Blick.

Er stieß den Atem aus. Flugzeuge machten ihn nervös und er musste sich ablenken. Normalerweise würde er irgendeine App auf seinem Smartphone öffnen und spielen. Da er keins mehr besaß, fiel das flach. Auf dem Laptop hatte er nur sein spezielles Programm und Dateien, die mit den Geschäften des Kartells zu tun hatten. Finanziell waren sie ziemlich gut aufgestellt. Ihre Drogengeschäfte liefen wie am Schnürchen. Was hingegen kein Geld in die Kasse brachte, waren die Prostituierten. Was Cutter gar nicht verstand. Es gab ein paar Dinge, die immer liefen, selbst bei Rezessionen: Drogen, Alkohol, Waffen und Frauen.

Nun könnte er davon ausgehen, dass die Mexikaner geizig waren oder schlichtweg Schweine, die sich Frauen mit Gewalt nahmen, aber das glaubte er nicht. Jedenfalls nicht bei den Einheimischen. Die hatten zu große Angst vor José Ramírez und seinem Kartell. Die Leute unter dem Paten hingegen interessierte es oftmals nicht, ob die Frau willig war. Sie hatte zu gehorchen und den Mann glücklich zu machen. José hatte eine Ehefrau und eine Geliebte. Ari hatte ihm verraten, dass er auch sie als Affäre in Betracht gezogen hatte. Nachdem sie abgelehnt hatte, war sie in den Keller gesperrt worden. Das war die Art und Weise, wie José mit Problemen umging. Was Cutter hingegen noch nicht klar war, war der Umstand, dass José Alejandro hatte auspeitschen lassen, da dieser sich an Ari vergangen hatte. Besaß er doch so etwas wie Gefühle und hatte Mitleid mit ihr? Oder war er einfach nur sauer, weil Alejandro ohne Genehmigung gehandelt hatte? Auch wollte er sich nicht vorstellen, wie dieser alte Sack sich an Ari verging. Sie war viel zu jung und unschuldig für ihn.

»Wer hat vorher eure Buchhaltung gemacht?« Cutter sah Alejandro an, da er von Pedro keine Antwort erwartete. Vielleicht war er zu nüchtern, um zu reden? Cutter würde ihm später einen Tequila ausgeben, damit er mit der Sprache rausrückte, was die Sinners in Mexiko wollten.

»Juan Carlos.«

»Was ist mit ihm passiert?«

Alejandros Gesichtsausdruck veränderte sich von genervt zu boshaft. »Er redete zu viel.«

Okay, dachte Cutter, den Wink hatte er verstanden. Fürs Erste. Er musste wissen, auf was er sich mit den Mexikanern einließ. War es eine langfristige Zusammenarbeit oder hielt sie nur solange, bis der nächste Buchhalter vor der Tür stand? Und was bedeutete *er redete zu viel*? Im Sinne von ohne Ende plappern oder in Gegenwart der Bullen?

»Wir landen gleich.« Pedro zeigte mit dem Kinn in Richtung Fenster.

Der Privatflughafen lag inmitten eines dichten Waldstückes. Besonders vertrauenserweckend sah es nicht aus. Hoffentlich wusste der Pilot, wie er auf so kurzer Landebahn navigieren musste, um nicht in die Bäume zu krachen.

Cutter krallte die Finger in die Armlehnen und kniff die Augen zu. Sein Magen vollzog einen Salto. Fliegen war scheiße. Genauso scheiße wie Mexiko und garantiert auch wie Kolumbien. Er wollte zurück in seine Heimat. Sein letzter Gedanke galt Hailey. Verdammt, er vermisste sie. Ihren süßen Duft, das sanfte Lächeln und den scharfen Verstand. Sie hätte bestimmt längst einen Weg gefunden, fucking Mexiko hinter sich zu lassen.

Holprig setzte die Maschine auf der Landebahn

auf und legte eine Vollbremsung hin. Er lockerte den Griff um die Lehne und entspannte seine Finger ein wenig. Die Augen hielt er lieber noch einen Moment geschlossen. Sicher war sicher. Sein Magen rumorte ganz schön und er hatte keine Lust, irgendwem auf die Schuhe zu kotzen.

»Statistisch gesehen, wird immer mehr geflogen, aber die tödlichen Flugzeugunfälle nehmen ab. Das ist positiv«, kommentierte Pedro beim Aussteigen.

»Aha.« Beruhigend fand Cutter es trotzdem nicht. Genauso wenig wie die Männer mit den geschulterten Maschinenpistolen, die sie in Empfang nahmen. Er entspannte sich nur geringfügig, als sich die Mexikaner mit den Kolumbianern unterhielten und niemand eine Waffe zog. Das musste nicht zwingend bedeuten, dass sie alle Freunde waren.

Cutter hätte auch gerne wieder eine Waffe. Seine *Smith & Wesson* hatte so gut in der Hand gelegen, wie ein knackiger Frauenhintern, obwohl er mit dem Messer besser war. Mit einer scharfen Klinge konnte er die schönsten Dinge anstellen. Das Handwerk hatte ihm Dom beigebracht. Als Soldat hatte der nicht nur eine Nahkampfausbildung genossen, sondern auch ne Menge über Waffen gelernt. Niemand machte ihm etwas vor, deshalb war er der Ansprechpartner bei den Sinners, wenn es um Waffengeschäfte ging. Und davon hatten sie eine ganze Menge.

Alejandro stieß ihm grob den Ellbogen in die Seite. »Auf gehts.«

Die Kolumbianer grinsten schmierig und zeigten ihre dunklen Zähne. Cutter schluckte. Das sah gar nicht gut für ihn aus.

KAPITEL 6

Nachdem Hailey den Server des Krankenhauses durchsucht und die nötigen Akten kopiert hatte, fuhren sie zurück ins Clubhaus. Sie packte ihre Tasche für drei Tage. Hailey hatte nicht vor länger wegzubleiben. Sie verstaute ihre technischen Geräte. Thug hatte schon angedeutet, dass es eine lange Autofahrt werden würde. Sie hatte echt keine Lust, mehrere Stunden so eng mit Thug zusammen zu sein. Sie hatte gehofft, dass Mac und seine Frau Sandy bei ihnen mitfuhren. Aber nein, die fuhren mit ihrem eigenen Auto, weil sie länger blieben, und Gina kam ebenfalls mit. Gina, die als Geschenk an die Mexikaner übergeben wurde. Ihre Zukunft war besiegelt und Hailey konnte nicht behaupten, auch nur ansatzweise Mitleid mit dieser verdammten Schlampe zu verspüren.

Es klopfte. »Ich bin es.«

Hailey öffnete Abby die Tür.

»Willst du wirklich mit?«, fragte Abby sofort ohne Begrüßung. Sie trat ein und schloss die Tür hinter sich.

»Ich muss das alles mit eigenen Augen sehen und dabei sein.«

»Das verstehe ich. Es wird nur so ätzend ohne dich.«

Hailey feixte. »Du hast doch Cassy hier.«

Abby verdrehte die Augen und setzte sich auf das Fensterbrett. »O ja, die herzensgute Cassy, die seit zwei Wochen meckert, weil der Entbindungstermin immer näher rückt und Troy ihr nicht mehr von der Seite weicht.«

Hailey sah auf. »Das lässt Savior zu?«

»Momentan geht es nicht anders.« Abby senkte die Stimme. »Aber wenn du mich fragst, will Savior nur sehen, wie die beiden miteinander umgehen, und zwingt seiner Schwester deshalb ihren *Verlobten* auf.«

Hailey biss sich kurz auf die Unterlippe. »Denkst du, das Kind ist von Thug?«

Abby ließ sich mit einer Antwort Zeit und meinte dann diplomatisch: »Ich bin noch nicht lange genug hier, um mir davon ein Bild zu machen. Ich würde sagen, wir schauen uns das Baby mal an, wenn sie entbunden hat.«

Hailey ging ins Bad, zog das Bandana aus den Haaren und begann, sich die Haarfarbe aufzutragen. Abby folgte ihr, ein leichtes Grinsen auf den Lippen.

»Warum freust du dich so?«

»Ich finde es gut, dass du ein bisschen nach vorne blickst.«

»Ich habe Ziele vor Augen«, meinte Hailey nur.

»Und gehört zu diesen Zielen ein gewisser Ryan-Reynolds-Verschnitt der dich immer mit traurigen Hundewelpenaugen ansieht?«

Hailey stieß einen Ton aus, der halb Schnauben, halb Lachen war. »Eher nicht.« Sie drückte den letzten Rest aus der Tube und verteilte diesen. »Die Sache mit Cutter ist zu frisch. Ich brauche erst mal Gewissheit, was mit ihm ist, und dann mache ich mir Gedanken darüber, wie meine Zukunft aussieht.«

»Du kommst doch aber zurück, richtig?« Abby sah sie erschrocken an.

»Natürlich! Als könnten die Jungs hier ohne mich klarkommen.« Hailey grinste. Wenn auch alles ungewiss war, aber eines wusste sie: Ihre Zukunft lag bei den Sinners. Für nichts und niemanden auf der Welt würde sie den Club aufgeben.

Nachdem Abby gegangen war, föhnte Hailey sich die Haare, wechselte die Plugs in den Ohren und tauschte ihre Nasenringe aus. Sie stieß die Luft aus und fühlte sich nach langer Zeit wohl in ihrer Haut. Sie verspürte endlich mal wieder Appetit und nicht nur diesen Druck im Magen.

Sie ging in die Küche und war nicht überrascht, dort die meisten Sinners vorzufinden. Es war Abendbrotzeit und Savior hatte erst vor kurzem eingeführt, dass alle Mitglieder, die im Club lebten, diese Mahlzeit gemeinsam einnahmen. Für diesen Zeitraum wurde das Haupttor verschlossen und ein Bildschirm in der Küche aufgestellt, der Liveaufnahmen der Kameras übertrug. Sie stutzte.

»Wir haben eine neue Kamera?«

Die Blicke sämtlicher Sinners richteten sich auf sie.

»Ja.« Mehr sagte Savior nicht, aber das brauchte er auch gar nicht. Die neue Kamera zeigte den Bereich der Straße, an dem die menschlichen Organe verteilt worden waren.

Thug klopfte auf den freien Stuhl neben sich. »Setz dich, Sonnenschein.«

Hailey war froh, dass mit ihrer selbsterwählten Familie alles so normal war. Niemand machte ihr Vorwürfe oder warf ihr einen komischen Seitenblick zu. Mit Ausnahme von Cassy. Obwohl Hailey angenommen hatte, dass sie ihren Disput überwunden hatten, rümpfte sie ständig die Nase und warf ihr einen abschätzigen Blick zu, der deutlich machte, wie wenig sie von ihr hielt.

Am Tisch plauderte Hailey mit Abby und Dom und aß nebenbei das Gericht von Rollins. Er liebte das Kochen und sorgte oftmals dafür, dass sie alle immer einen vollen Kühlschrank hatten oder, so wie heute, ein verdammtes Festmahl auf dem Tisch. Hailey nahm gerade einen Bissen Fisch, als sie eine federleichte Berührung an ihrem Nacken spürte. Ein sanftes Auf und Ab, das in krassem Widerspruch zu den mordenden Händen standen. Sie wollte Thug sagen, dass er das lassen sollte, dass er sie nicht auf diese Weise berühren durfte. Aber Hailey konnte es nicht. Sie war wie erstarrt.

»Hailey?«

Sie sah sich um. Sämtliche Blicke waren auf sie gerichtet. Jetzt spürte sie die Tränen, die über ihre Wangen liefen. »Ich ... ich kann das nicht.«

Hailey sprang auf und rannte aus der Küche. Ihre Füße trugen sie in die Waschräume. Erst dort hatte sie das Gefühl, wieder atmen zu können. Sie sank auf die Knie, umschlang sich mit den Armen und weinte.

»Ich bin da«, flüsterte Abby hinter ihr und strich mit der Hand beruhigend über Haileys Rücken.

»Tut mir leid«, murmelte Hailey. »Aber das war

zu viel. Ich kann seine Berührungen nicht ertragen.«

Thug kam herein. Sein Gesichtsausdruck war ... betrübt oder doch eher ausdruckslos? Es war schwer, ihm eine Reaktion anzusehen.

»Mann, Thug, das ist die Damentoilette«, meinte Abby und stellte sich ihm in den Weg.

»Lass mich vorbei, Abby.«

Sie hob den Finger und Hailey hätte beinahe gelacht, weil Abby so winzig war im Gegensatz zu Thug. »Ich fange an, Taylor Swift zu singen.«

Thug blickte sie entrüstet an. »Das wagst du nicht.«

Sie begann lauthals den Refrain des Liedes *King of my Heart* zu singen.

Er schnappte empört nach Luft. »Du bist ein böses Mädchen, Abigail Waters.« Die Tür knallte hinter ihm zu.

»Taylor Swift?«, hakte Hailey schmunzelnd nach. Mit dem Ärmel wischte sie sich die Nase ab.

»Nicht der Rede wert«, wehrte Abby ab. Sie setzte sich auf den Fliesenboden, streckte die Beine aus und legte den Arm um Hailey.

Wer auch immer behauptet hatte, Familie könne man sich nicht aussuchen, lag falsch.

»Na toll, jetzt hab ich nen Ohrwurm«, murmelte Hailey nach einer Weile und lehnte den Kopf an Abbys Schulter.

»Ich kann das Lied auswendig. Soll ich für dich singen?«

»Lass mal. Du solltest lieber beim Tätowieren bleiben, anstatt eine Gesangskarriere anzustreben.«

Cutter hatte sich nicht getäuscht. Kolumbien war scheiße. Sein Zimmer war noch heruntergekommener als das in Mexiko. Und wow, dass das möglich war, hatte er nicht mal annähernd vermutet. Die Wände waren mit Schimmel übersät, der Putz bröckelte und im Fußboden waren Löcher. Er glaubte sogar, dass kleine, runde, leuchtende Augen zu ihm aufsahen. Angewidert musterte er das Bett. Keine zehn Pferde würden ihn dazu bringen, sich dort draufzusetzen, geschweige denn sich hineinzulegen. Er schüttelte sich und sehnte sich einmal mehr nach seinem Zuhause. Dem richtigen Zuhause. Wo es chaotisch und laut war, aber auch liebevoll, freundschaftlich und wo Zusammenhalt immer an erster Stelle stand.

Cutters Brust wurde eng. Erst in der Einsamkeit seiner eigenen Gedanken wurde ihm bewusst, wie allein er war. In Mexiko hatte er wenigstens noch Ari, die er nerven konnte, doch hier? Er hoffte sehnlichst, dass sie die Chance bekam, um einen der Sinners die Botschaft zukommen zu lassen. Den Code, den er hinterlassen hatte, würde Hailey entschlüsseln können. Es war das Zeichen, das sie benutzt hatten, als sie ihr Programm geschrieben hatten. Ihre Signatur. Wenn sie es erkannte, würde sie hoffentlich so schlau sein und ihren Laptop starten. Ab da war es ein Kinderspiel. Sie könnten sich versteckte Botschaften schicken und einen Plan ausklügeln, wie die Sinners ihn und Ari befreien konnten, ohne dass ein Sturm losbrach.

In der Theorie klang es simpel. Jetzt musste nur Ari mitspielen. Alles hing von ihr ab.

Draußen war es dunkel und Cutter entschied sich, sein Zimmer zu verlassen. Er wollte sich ein wenig in seiner neuen Umgebung umsehen, auch wenn er bezweifelte, dass der Aufenthalt hier länger dauerte. Die Sinners würden nicht ewig bei José verweilen, höchstens zwei Tage, vermutlich kürzer. Das bedeutete also, sobald sie weg waren, konnte er wieder zurück nach Mexiko.

Das Wohnzimmer, oder was auch immer dieser versiffte Raum darstellen sollte, war völlig verqualmt. Angewidert verzog Cutter das Gesicht. Seine mexikanischen Begleiter spielten mit den Kolumbianern irgendein Kartenspiel, während ein paar abgewrackte Weiber nackt in der Ecke ohne Musik tanzten.

»Wohin des Wegs, Gringo?«, rief Alejandro, ohne von seinem Blatt aufzusehen.

»Spazieren. Das trockene, heiße Klima ist wie dafür gemacht in dieser sternenklaren Nacht.« Cutter warf ein spöttisches Grinsen in die Runde und begab sich in Richtung Tür.

Alejandro rief etwas auf spanisch und Pedro sprang auf, um Cutter zu folgen. Er verbarg ein Schmunzeln, denn das gab ihm die Gelegenheit mit Pedro was zu trinken und ein paar Informationen zu erhalten.

Cutter prägte sich alles genau ein. Die Kopfsteinpflasterstraße, die kleinen Hütten, die wie Reihenhäuser aneinander standen und die Kids, die in den dunklen Gassen herumlungerten. In diesem Dorf war die Zeit stehen geblieben. Und trotzdem, die Kulisse im Hintergrund mit den Bergen war traumhaft. Das machte seinen Aufenthalt zumindest ein bisschen erträglicher. Es war besser als die endlose Steppe in Mexiko.

»Du bist ruhig, ich dachte, du würdest mich mit

Fragen löchern.« Pedro zündete sich eine Zigarette an.

»Lohnt es sich denn? Würdest du mir Antworten geben und die Wahrheit sagen?«, hielt er dagegen und lehnte die angebotene Kippe ab. Zwar hatte er in letzter Zeit nicht besonders gut darauf geachtet, aber für gewöhnlich lebte er nach dem Credo: Mein Körper ist mein Tempel.

»Schauen wir mal«, antwortete Pedro.

»Wie lange bleiben wir in Kolumbien?«

»Solange dein Auftrag dauert, aber mindestens drei Tage.«

»Was soll ich denn für euch tun?«, wollte Cutter wissen.

»Das weiß ich auch noch nicht.«

»Wer ist zu Besuch nach Mexiko gekommen?« Innerlich hielt er die Luft an.

Pedro warf ihm einen Blick zu. »Spielt es eine Rolle?«

»Das nicht, aber es ist meiner Neugier geschuldet und die will befriedigt werden.« Sie kamen an einem weißen Gebäude vorbei, aus dem mehrere Frauen traten.

»Es ist nicht gut, wenn du deine Nase in die Angelegenheiten des Kartells steckst. Du erfährst das, was du wissen musst.« Die Frauen sprachen sie an und Pedro erwiderte etwas auf spanisch. »Es scheinen nicht nur die mexikanischen Frauen auf dich zu stehen.«

»Ich bin auch verflucht sexy.« Cutter grinste. »Ich stecke schon tief genug in den Machenschaften des Kartells. Ich kenne eure Konten. Eure Geschäftspartner. Eure Verbindungen in die Welt.«

»Sag das lieber nicht zu laut, Gringo. Der Pate schätzt es nicht, wenn jemand zu viel redet.«

»Wie sieht meine Lebenserwartung aus?«

»José kann dich momentan ertragen, das ist dein Vorteil, aber du solltest vorsichtiger sein, was Alejandro anbelangt. Wegen der Sache mit Adrianna ist er im Ansehen gesunken und dafür gibt er dir die Schuld.«

Cutter biss die Zähne zusammen. »Das hat er selbst zu verantworten.«

»Mag sein, dennoch ist er nicht zu unterschätzen. Er hat Mittel und Wege dich zu beseitigen, ohne dass José etwas davon mitbekommt.«

»Wie das?«

»Er genießt zu viele Freiheiten und hat sich in den letzten Jahren sein eigenes kleines Netzwerk aufgebaut. Unfälle passieren.« Pedro blickte in den Himmel. »Wir sollten zurückgehen.«

Kurz bevor sie ihre Unterkunft betraten, blieb Cutter stehen. »Ist er eine Gefahr für den Paten?«

»Vorerst nicht. Längerfristig gesehen? Ja.«

Cutter nickte und verkniff sich ein Lächeln. Das waren Informationen, mit denen er arbeiten konnte. Nicht umsonst hatten die Sinners ihm zusätzlich den Namen Meister der Geheimnisse verpasst.

Hailey musterte das Gebäude vor sich. Es war definitiv anders als erwartet.

»Das ist das neue Clubhaus?«, fragte sie vorsichtshalber nach.

»Es muss noch ein bisschen Liebe reingesteckt werden«, murmelte Sandy, Macs Frau, verlegen.

»Bisschen frische Farbe und das Unkraut entfernen«, ergänzte Mac hingegen enthusiastisch.

Thug und Hailey tauschten einen Blick und dachten vermutlich das Gleiche: *Fuck!*

»Immerhin sind die Türen und Fenster unversehrt«, brummte Thug und schnippte seinen Zigarettenrest auf die Straße, nachdem er das Gebäude einmal umrundet hatte.

Hailey seufzte laut. Die Farbe blätterte von der Fassade ab, Graffitis beschmutzten die Wände und das Unkraut wucherte so hoch, dass ein Kleinkind sich locker darin verstecken konnte.

»Innen sieht es besser aus, kommt mit.« Mac ging voran und schloss die Tür auf. Die Klinke fiel herunter. Er zog einen Schraubenschlüssel aus seiner Weste und hielt ihn triumphierend in die Höhe. »Das kann ich sofort reparieren.«

»Ihr könnt mich hier nicht sitzen lassen«, kreischte es auf einmal hinter ihnen.

Hailey drehte sich um. Gina saß auf der Rückbank von Macs Wagen, mit den Händen am Kopfteil des Vordersitzes gefesselt.

»Unrecht hat sie nicht. Wenn die Bullen vorbeifahren, haben wir gleich Ärger am Hals.«

Thug knurrte etwas Unverständliches und ging zum Wagen. Hailey folgte Sandy nach drinnen. Es sah zwar tatsächlich besser aus, aber das Wahre war es nicht.

»Wenn erstmal aufgeräumt und der Boden vom Schmutz befreit ist, wird es viel wohnlicher.«

Das bezweifelte Hailey, doch sie ließ Mac in dem Glauben.

»Höre ich auch nur einen Ton von dir, kriegst du nen Knebel verpasst, klar soweit?« Thug stieß BigTits in den Raum.

»Mac - wo sollen wir schlafen?« Hailey blickte sich suchend um.

»Das Beste habt ihr noch gar nicht gesehen.« Mac klatschte in die Hände und deutete auf die Treppe, die nach oben führte. »Es hat zwar nur zwei Etagen, aber hier unten könnte der Hauptraum sein und oben die Zimmer. Holy shit, ich sehe es schon direkt vor mir.«

»Alles, was ich sehe, ist eine verfickte Baustelle.« Vor der Tür erklangen Motoren und Stimmen.

Mac strahlte. »Die Verstärkung.«

»Sei geduldig mit ihm«, ermahnte Sandy Thug und folgte ihrem Mann.

»Du bleibst schön an meiner Seite.« Thug packte Ginas Oberarm, die daraufhin schmerzhaft das Gesicht verzog.

Hailey zog die Ärmel ihres Shirts über die Hände. Sie wollte endlich nach Mexiko und mit José sprechen. Ihr war nicht nach Smalltalk und schon gar nicht wollte sie hier mit Gina abhängen und so tun, als wären sie Freundinnen.

Vor der Tür standen Männer und Frauen mit Arbeitsmaterialien.

»Wo hast du die so schnell aufgetrieben?«, wollte sie von Mac wissen.

»Die sind ganz scharf darauf, den Sinners zu helfen. Sie hoffen, dass wir Arbeitsplätze in den Ort bringen und sie Schutz vor Banden erhalten. Anscheinend ist das hier ein beliebter Durchgangsort für Kriminelle.«

»Nicht zu vergessen, dass wir Mitglieder brauchen, die den Laden beleben«, meinte Hailey und besah sich die Meute Neuankömmlinge genauer. Es waren ein paar vielversprechende junge Männer dabei, denen sie es durchaus zutrauen würde, sich als loyal und vertrauenswürdig zu erweisen. Aber das hatten sie vorher auch schon von einigen gedacht und waren bitter enttäuscht worden. Hailey sollte also lieber nicht zu weit vorpreschen. Während Mac die Aufgaben verteilte, Sandy mit ein paar Frauen Essen und Getränke vorbereitete, stand BigTits neben ihr und starrte missmutig auf den Boden.

»Mach dich nützlich und hilf mit.«

Gina warf ihr Haar zurück und stampfte nach drinnen. Zum Glück, denn Hailey hätte es keine Sekunde länger neben ihr ausgehalten. Sie war schuld, dass Cutter nicht bei Hailey war. Dass sie an José ausgeliefert wurde, war nur ein kleiner Trost für Hailey. Aber besser, als eine Kugel in den Kopf und ab in ein Loch. Sie war kein grausamer Mensch, doch wenn es um BigTits ging, versagte Haileys klarer Verstand.

Hailey hörte ein Keuchen und schreckte auf. Was zum Teufel? Sie schlich um das Haus herum und blieb mitten in der Bewegung stehen. Thug fickte irgendeine Tussi an der Hauswand, der er vorsorglich die Hand auf den Mund gelegt hatte. Wahrscheinlich hatte er Angst, dass sie das ganze kleine Kaff zusammen schrie.

»Ernsthaft?«, platzte es aus Hailey heraus. »Wir sind noch nicht mal ne Stunde hier.«

Die Tussi quiekte erschrocken, während Thug sich nicht aus der Ruhe bringen ließ und kontinuierlich die Hüften vor und zurück bewegte. »Ein Mann hat Bedürfnisse, Sonnenschein. Du willst ja nicht.«

Hailey ließ die beiden stehen und hoffte, dass Thug sich nicht das einzige Stück Fleisch ausgesucht hatte, das einen Mann im Innern des Gebäudes hatte. Konnte dieser Kerl immer nur an das Eine denken? Sie bekam Kopfschmerzen und massierte sich die Schläfen.

»Alles gut bei dir?« Thug stand plötzlich neben ihr.

»Was denn - schon fertig?«

Er hob die Schultern hoch. »Druckabbau.«

»Weiß sie das auch?«

»Sofern sie in der Lage ist zu denken, sollte sie es wissen. Gehts dir nicht gut?«

»Kopfschmerzen. Nichts Dramatisches. Wann fahren wir zu José?«

Thug sah an dem Gebäude hoch und warf einen Blick nach innen. »Jetzt. Wir brauchen von hier ungefähr drei Stunden. Mac und Sandy sind beschäftigt.«

»Du willst ohne Mac fahren?«

»Ja.« Er winkte Besagten nach draußen.

»Was gibts?«

»Hailey und ich bringen jetzt BigTits zu José.« Thugs Worte ließen keinen Widerspruch zu.

»Ich sollte mitkommen«, meinte Mac nachdenklich.

»Bleib hier und behalte die Leute im Blick. José will eine Zusammenarbeit im Vergnügungssektor, deshalb nehme ich Hailey mit.«

»Das gefällt mir nicht.«

»Wir werden heute Abend bei ihm ankommen. Vorausgesetzt, wir können erst morgen irgendwann mit ihm reden, sollten wir spätestens nachts wieder hier sein, richtig?«

Mac und Thug nickten.

»Na also, sind wir bis zum nächsten Morgen nicht zurück oder haben keine Nachricht geschickt, kannst du uns immer noch Verstärkung hinterherschicken. Auch wenn es dann vermutlich zu spät sein wird.«

»Wunderbarer Optimismus«, grunzte Mac. »Savior wird mir den Arsch aufreißen.«

Thug winkte ab. »Den lass mal meine Sorge sein. Ich gebe ihm Bescheid, wenn wir bei José sind. So hat er ausreichend Zeit, wie ein Berserker zu wüten. Ich hole jetzt unser Geschenk und dann fahren wir los.«

Während Thug hinein ging, blieben Hailey und Mac stehen.

»Traust du dir das auch wirklich zu?« Mac blickte sie väterlich an.

»Das wird schon. Ich brauche einfach Gewissheit über Cutter und dann geht es auch wieder aufwärts.« Sie versuchte sich an einem Lächeln.

»Haltet mich auf dem Laufenden und passt auf euch auf. Ich bin zu alt, um noch mehr Verluste hinzunehmen.« Macs Blick richtete sich ernst in die Ferne. »Der Junge war eine Nervensäge, trotzdem war er wie ein Sohn für mich.«

Hailey schluckte und unterdrückte die Tränen. »Ja«, krächzte sie. »Er war einer der Besten.«

»Du hast jedes Recht zu trauern, Hailey, ganz gleich wie lange es dauert und wie verzweifelt du bist.« Mac nahm sie kurz in die Arme und ging in das künftige Clubhaus.

Ein Tag war vergangen und Cutter hatte seinen Auftrag noch nicht erhalten. Ihm war langweilig.

Außerdem war er müde, denn auf einem unbequemen Holzstuhl schlief es sich schlecht. Zusätzlich machte er sich Gedanken um Ari. Würde sie alleine klarkommen?

Zusammen mit Pedro, Alejandro und seinen Bodyguards sowie den beiden kolumbianischen Soldaten saß er im *Wohnzimmer* und beobachtete zwei Tussen dabei, wie sie in der Küche das Essen zubereiteten. Es waren die gleichen, die gestern getanzt hatten. Offensichtlich waren sie die Mädchen für alles.

»Du wirkst unruhig, Gringo.«

»Mir ist langweilig«, gab er zu und hob eine Schulter hoch. Das Programm auf seinem Laptop hatte er fertig geschrieben. Es wartete nur auf seinen Einsatz. Aber das konnte erst erfolgen, wenn sein Auftrag hier erledigt war. Noch durfte er nicht riskieren, dass jemand durch Zufall seinen Trojaner fand.

»Hier sind Weiber.« Alejandro deutete in die Küche. »Hab Spaß.«

»Kein Interesse.« Innerlich schüttelte er sich. Diese Frauen würde er nicht mal mit einem fremden Schwanz ficken wollen.

Einer der Soldaten musterte ihn wütend. »Sind sie deinem Schwanz nicht gut genug?«, erkundigte er sich in gebrochenem Englisch.

Cutter sah ihn gelangweilt an. »An meinen Schwanz kommt nur erlesene Ware. Diese beiden abgewrackten Nutten gehören nicht dazu.«

Nach einem Moment grinste der Soldat schmierig. »Wenn du den Auftrag erledigst, zeige ich dir gute Muschis.«

Cutter bezweifelte das, lächelte aber höflich.

Unter keinen Umständen würde er irgendeine kolumbianische Tussi vögeln. Er hatte die Befürchtung, dass die ihm gleich ein Kind und einen Ring andrehten oder eine Krankheit. Weder das eine noch das andere klang verlockend. Lieber würde er den Rest seines Lebens enthaltsam bleiben.

»Habt ihr Messer hier?«, wollte er wissen und deutete auf die zerrissenen Bilder an der Wand.

Der Soldat gab ihm eins und Cutter wog es in der Hand. Es war nicht richtig ausbalanciert und ein Test mit dem Daumen verriet ihm, dass die Klinge stumpf war. Er seufzte, als er außerdem die Rillen in der Schneide sah. Wer ging denn so mit seinem Messer um?

»Was hast du vor, Gringo?« Alejandro musterte ihn misstrauisch und wachsam.

»Keine Sorge, ich habe nicht vor, dir die Kehle mit einem stumpfen Messer aufzuschneiden. Das hebe ich mir für ein anderes Mal auf. Ich brauche eine Beschäftigung, um nicht durchzudrehen.« Cutter visierte mit der Spitze des Messers das Bild an der Wand an, holte aus und warf es direkt darauf zu. Es blieb mitten im Gesicht von einem Pornosternchen stecken.

»Das schaffst du kein zweites Mal«, sagte der andere Soldat und überreichte ihm sein Messer.

»Lass uns einen Wetteinsatz draus machen«, schlug Cutter vor und beugte sich über den Tisch, »hundert Mäuse, wenn ich dreimal hintereinander treffe.«

»Fünfmal und du machst ein Muster.« Der Soldat legte die Messer und das Geld auf den Tisch.

»Abgemacht.« Cutter beäugte vor jedem Wurf die Messer und überlegte, wie er sie am besten ausbalancieren konnte, damit er sein Ziel traf. Nach wenigen Minuten prangte ein C in der Wand und die Soldaten lachten.

»Nicht schlecht.« Sein Wettgegner holte die Messer und verstaute sie wieder in seinem Kampfanzug. Das Geld schob er über den Tisch.

»Die Firma dankt«, murmelte Cutter und steckte die Scheine ein.

Alejandro erhielt einen Anruf und entfernte sich vom Tisch. Immer wieder blickte er zu Cutter.

»Wieso werde ich das Gefühl nicht los, dass er gerade über mich spricht?«

»Weil es so ist«, antwortete Pedro.

»Worüber redet er?«, bohrte Cutter weiter.

»Das geht dich nichts an, Gringo.«

Alejandro beendete sein Gespräch und kam zum Tisch zurück. Er wechselte ein paar Worte mit Pedro. Anschließend nahm er seine Karten wieder auf und setzte das Spiel fort. Innerlich kochte Cutter. Er wollte verdammt noch mal wissen, mit wem Alejandro gesprochen hatte und worum es ging. Gab es Probleme? Waren die Sinners schon da?

»Geht es Ari gut?«

»Nur aus Interesse, fickst du sie?«, fragte Alejandro und sah dabei höchst amüsiert aus.

Cutter hingegen hatte ein riesengroßes Fragezeichen im Kopf. Hatte er irgendwas verpasst?

»Und?«, hakte Alejandro nach, als er nicht antwortete. »Tust du es?«

»Nein, ich schlafe nicht mit ihr.«

»Solltest du unbedingt nachholen, wenn du zurück bist. Du verpasst was.«

Pedro verdrehte die Augen. »Du bist eklig.«

Cutter war kurz davor, Alejandro die Faust in

die hässliche Visage zu schlagen. Es war abartig, dass der Wichser sich jetzt damit brüstete, Ari vergewaltigt zu haben. Vielleicht hatte der Mexikaner es in seinem Gesicht gesehen, auf jeden Fall hob er beschwichtigend die Hände. »Kein Grund, gleich auszurasten, Gringo.«

Cutter lehnte sich leicht über den Tisch, den Blick unablässig auf Alejandro gerichtet. »Erste und letzte Warnung. Das nächste Mal mach ich dich kalt, Arschloch.«

»La comida esta lista.« Eine der Frauen trat an den Tisch und stellte Teller ab. Die zweite setzte den Suppentopf in der Mitte ab.

»Essen ist fertig«, übersetzte Pedro. In dem Fall hätte Cutter sich das selbst denken können. Diese wässrige Pampe schmeckte nach nichts. Und was sollte das überhaupt sein? Er schob etwas grünes Glitschiges an den Rand. Seine Laune sackte noch weiter ab.

»Du solltest dich stärken.« Alejandro wies mit dem Kinn auf Cutters vollen Teller. »Wer weiß, wann du das nächste Mal etwas zwischen die Zähne bekommst.«

KAPITEL 7

Es donnerte gegen die Tür. »Los, Gringo, die Arbeit ruft.«

Showtime, dachte Cutter, und schnappte sich seine Tasche mit den Arbeitssachen.

Er war misstrauisch, als vor dem Eingang ein gepanzerter Wagen auf ihn wartete. Er verlangsamte seine Schritte, bis er gänzlich stehen blieb und die Szene genauer in Augenschein nahm. Zwei Männer von der Miliz mit Maschinengewehren im Anschlag, samt Alejandro und Pedro, aber ohne die Schläger. Auch die beiden anderen Soldaten waren nicht zugegen. Er seufzte. Gerade, wenn er sich an jemanden gewöhnt hatte, passierte etwas Unvorhergesehenes.

»Kleiner Ausflug?«

»Steig ein, Gringo, wir haben keine Zeit für lange Gespräche.« Pedro warf ihm einen auffordernden und gleichzeitig flehenden Blick zu.

Cutter gab sich geschlagen und folgte der Aufforderung. Sofort setzte sich Pedro neben ihn, Alejandro gegenüber. Seine sonst blasierte Miene war etwas anderem gewichen. Einem Ausdruck, der auch ihn verunsicherte: Angst.

Die hügelige Landschaft Kolumbiens zog an ihm vorbei, doch er hatte keinen Blick dafür. Er wünschte sich wirklich eine Waffe zur Hand. Das letzte Mal war er unbewaffnet gewesen, als er von Huxley verprügelt worden war. Ein unangenehmes Gefühl überkam ihn. So sehr Cutter auch geforscht hatte, er hatte nie herausgefunden, wer die Frau war, auf die Huxley gewartet hatte. Jene, die seine kleinen Schwestern gekauft hatte. Jene, die Schuld daran trug, dass beide tot waren. Bei dem gewaltigen Netzwerk der Mexikaner fragte er sich, ob er José um einen Gefallen bitten konnte.

»Wir sind da.«

Cutter hob den Kopf und zog die Augenbrauen zusammen. »Sicher?«

»Ja.« Einer der Kolumbianer drehte sich auf seinem Sitz und sah zu ihm nach hinten. Er reichte ihm einen Zettel mit Zugangsdaten und ein Gerät - einen WLAN Booster.

Cutter ließ seine Schultern kreisen, öffnete das MacBook und startete mit seiner Arbeit. Seine Finger flogen mit Leichtigkeit über die Tastatur, während seine Augen die Codes auf dem Bildschirm verfolgten. Für manche mochte das nur ein Wirrwarr an Zahlen und Zeichen sein, aber für ihn war es Entspannung. Diese ganzen verschiedenen Quellcodes waren sein Leben. Nicht umsonst hatte er damit bei den Sinners seinen Unterhalt verdient. Er hatte Geld gewaschen, Summen investiert und darauf geachtet, dass es dem Club an nichts fehlte. Das alles ging ihm so leicht von der Hand wie Zähneputzen.

»Ich bin drin«, sagte er und dehnte kurz seine Nackenmuskulatur. »Was soll ich machen?«

Wieder wurde ihm ein Zettel gereicht, diesmal

mit mehreren Kontoverbindungen. »Räume das oberste Konto komplett leer und verteile das Geld ungleichmäßig auf die anderen Konten.«

Cutter hob den Kopf. »Das wird einige Zeit in Anspruch nehmen.«

Der Kolumbianer lächelte und zeigte dabei eine Reihe gelblicher Zähne. »Du hast eine halbe Stunde. Schaffst du es nicht - nun, lass uns lieber hoffen, dass du es hinbekommst.«

Cutter rieb sich übers Gesicht. Was für ein Scheiß. Nur weil er sich ins System gehackt hatte, bedeutete das nicht zwingend, dass es mit den Konten auch so einfach klappte. Die Firewall konnte er problemlos umgehen. Blieb nur zu hoffen, dass ihm kein Fehler unterlief und er irgendeine Spur hinterließ, die zu ihm führen konnte. Das würde er im Anschluss noch mal genauestens prüfen müssen.

Er sah kurz zur Uhr. Ihm blieben zehn Minuten, um das richtige Passwort für das Konto zu finden und es im Anschluss leer zu räumen.

Schweiß lief über seinen Rücken und tropfte von der Schläfe auf sein MacBook.

»Wir kriegen Besuch.«

Cutter hob den Kopf und sah zwei bewaffnete Männer auf den Wagen zukommen. Seine Finger flogen schneller über die Tastatur. Er hatte nicht vor, in diesem gottverdammten Drecksloch zu sterben.

Immer, wenn er sich um diese Art der Geschäfte kümmerte, fühlte er sich wie in einem Tunnel. Die Wände neben ihm waren dunkel, aber vorne, dort erkannte er Licht. So war es auch jetzt. Er sah nichts weiter als Zahlen und Transfercodes.

Alejandro und Pedro rutschten nervös auf ihren Sitzen umher.

Endlich hatte sein Programm das richtige Passwort gefunden und konnte den Kontoschutz aushebeln. Seine Augen huschten zwischen Bildschirm und Zettel hin und her. Jeder Fehler kostete Zeit und die hatte er nicht.

Zum Glück für sie alle, konnte er unter Druck besonders gut arbeiten.

»Geschafft«, sagte Cutter und bewegte die Finger, um sie von dem Druck zu entlasten. Er blickte aus dem Fenster und sah die beiden Männer draußen misstrauisch ihren Wagen inspizieren.

»Wurde auch Zeit«, brummte Alejandro, die Erleichterung stand ihm ins Gesicht geschrieben. »Können wir jetzt fahren?«

Die Soldaten auf den vorderen Sitzen warfen sich einen Blick zu. Einer zog sein Telefon aus der Tasche, tippte mehrfach darauf herum und nickte schließlich. »Vamos.«

Sie setzten sich in Bewegung. Die Bewaffneten sahen ihnen hinterher.

Cutter wusste, dass die Kolumbianer geprüft hatten, ob er das Geld auch tatsächlich überwiesen hatte. Also wirklich! Als würde er diese bewaffneten Typen hintergehen. Er grinste in sich hinein. Das hob er sich für später auf, denn die Zugriffsdaten auf die verschiedenen Konten hatte er abgespeichert. Wenn Alejandro sich bereits ein kleines Netzwerk aufgebaut hatte, würde Cutter dafür sorgen, dass es finanziell richtig blühte. Er würde einige Gelder transferieren und José darüber stolpern lassen.

»Warum grinst du so, Gringo?«, fragte Alejandro misstrauisch.

»Ich freue mich, dass alles so gut gelaufen ist.«

Die beiden Milizanhänger ließen sie vor ihrer

Unterkunft aussteigen und fuhren davon. Die Soldaten im Haus grinsten.

»Gute Arbeit, Gringo. Heute Abend - Muschis auf meine Kosten.«

Cutter rang sich ein Lächeln ab und ging ohne ein Wort in sein Zimmer. Er startete seinen Laptop und legte Konten an. Dank Alejandros Schwester Camila kannte er den richtigen Namen. Je eher Cutter das hinter sich brachte, desto schneller konnte er José Hinweise zukommen lassen. Er hoffte auf diese Weise, einen Gefallen vom Paten zu erhalten, den er zu gegebener Zeit einlösen konnte. Außerdem verschaffte es ihm Genugtuung, dass Alejandro das erhalten würde, was er verdiente.

Nach getaner Arbeit stürmte Cutter gut gelaunt ins Wohnzimmer und auf den Kolumbianer zu. »Na schön, Kumpel, zeig mir die Frauen, die meine Aufmerksamkeit wert sein sollen.«

»Habt ihr keine Angst, dass ich an der Grenze ausplaudere, dass ihr mich entführt habt und jetzt wie Vieh verkaufen wollt?«

»Halt die Klappe«, murmelte Hailey und rieb sich die Schläfen. Ihre Kopfschmerzen wurden immer schlimmer und das dumme Gequatsche von der Rückbank war nicht gerade förderlich. Seit sie losgefahren waren, versuchte BigTits sie davon zu überzeugen, sie gehen zu lassen. Als würden sie das auch nur annähernd in Betracht ziehen.

»José weiß, dass wir kommen, und er wird dafür gesorgt haben, dass man uns erwartet. Die bessere

Frage ist also, was wir im Gegenzug aushandeln können, damit wir deinen Arsch endlich loswerden.« Thug nahm eine Kippe, doch bevor er sich die anzündete, blickte er zu Hailey. »Stört dich das?«

Sie winkte ab. »Mach ruhig.«

Eine knappe Stunde später wussten sie, dass José tatsächlich Maßnahmen ergriffen hatte, um sie ohne Umwege zu seinem Königreich, wie er es nannte, zu geleiten. Sobald sie die Grenze überschritten hatten, wurden sie an die Seite gewunken. In gebrochenem Englisch erklärte ihnen ein junger Mexikaner, dass sie seinem Wagen folgen sollten. Hailey und Thug tauschten einen Blick.

»Als ich damals mit Teddy und Missy hier war, hatten wir ebenfalls das Vergnügen.«

»Ich werde die Nacht nicht überleben, wenn ihr mich José ausliefert.« Ginas übliche herablassende Art hatte Panik Platz gemacht. »Bitte lasst mich gehen.«

»Vergiss es. Du hattest die Chance, uns alles zu sagen, doch du hast dich anders entschieden. Jetzt musst du mit den Konsequenzen leben.«

»Du kannst nicht so grausam sein, Thug. Bedeutet dir unsere gemeinsame Zeit gar nichts?«

»Nein«, antwortete er resolut und lachte kalt. »Wir haben gefickt, das ist alles. Und jetzt halt die Klappe, bevor ich dir den Mund zuklebe.«

»Pam ist tot.«

Hailey spannte sich an. »Was?«

»Woher weißt du das?«, fragte Thug. Anscheinend war ihm das nicht neu.

»Als Alejandro bei mir war, erzählte ich ihm, dass sie Saviors Exverlobte wäre. Er wollte Rache für seinen Cousin.«

Hailey schwieg, ehe sie leise meinte: »Wenn das stimmt, ist Cutter nicht tot. Dann hätte die Botschaft *Blut für Blut* eine ganz andere Bedeutung.«

Sie erreichten Josés Königreich. Die Anlage war wie eine eigene kleine Stadt angeordnet, mit Häusern und normalen Einrichtungen, wie Bars und schäbigen Motelzimmern. Soweit ihr bekannt war, lebte er jedoch an einem anderen Ort. Hier wickelte er nur seine Geschäftstermine ab.

Thug parkte den Wagen gerade vor einem weißen Gebäude, als der Pate nach draußen trat. Hailey überlief ein Schauer, als sie in sein emotionsloses Gesicht sah. Sie hatte die Worte noch genau in den Ohren, wie er gemeinsam mit Teddy den Mord an Savior geplant hatte und wie sie und Missy verschachert werden sollten.

Hailey und Thug stiegen aus. Sie blieb am Auto stehen, während er Ginas Handschellen öffnete.

José wirkte weiterhin wie versteinert. Hatte er überhaupt einmal geblinzelt?

»Wollen wir?«

Hailey nickte und stieg neben Thug die zwei Stufen zur Veranda hoch.

»Alejandro wird erfreut sein, dich wieder bei sich zu haben. Er kommt in den nächsten Tagen zurück, solange bleibst du bei mir.« Josés kalte Augen zuckten von BigTits zu Hailey und Thug. »Folgt mir.«

Der Pate ging mit seinen Leibwächtern voran. Hailey blickte sich im Innern des Gebäudes um. Es war eine Bar mit Hinterräumen, die für Wohnzwecke und Sex genutzt wurden. Die kannte sie von ihrem letzten Besuch. Hailey spürte einen stechenden Blick und sah sich um. Eine blonde Frau stand hinter der Theke und musterte sie interessiert. Wobei Frau vielleicht auch das falsche Wort war. Sie konnte nicht älter als zweiundzwanzig oder dreiundzwanzig sein, wirkte aber viel kindlicher und zu jung für diesen Ort. Und viel zu hübsch. Sie sah vertraut aus und doch war Hailey sich sicher, dass sie das Mädchen nie zuvor gesehen hatte. Keine der beiden Frauen wendete den Blick ab.

Sie verschwand erst aus Haileys Sichtfeld, als sie das Büro im hinteren Teil des Hauses erreicht hatten.

»Bitte, setzt euch.« José wies auf die beiden Stühle vor seinem Schreibtisch. Sein Augenmerk richtete sich abermals auf Gina. »Du darfst dich zu meinen Füßen niederlassen.«

BigTits sank auf den Boden und gab nicht einen Mucks von sich.

Der Pate legte die Fingerspitzen aneinander. »Das Geschenk ist angekommen. Was kann ich sonst noch für euch tun?«

»Savior lässt seine Grüße ausrichten«, wählte Thug die Worte mit Bedacht. »Was die Frauen anbelangt, hat er einen Vorschlag für dich.«

»Der wäre?« José hielt Gina das Ende einer Zigarre hin. Sie biss es ab und spuckte es in den Mülleimer, während er sich die Zigarre anzündete.

»Momentan sind wir vermehrt auf dem Radar der Cops, deshalb haben wir uns nahe der Grenze ein Gebäude gesucht, um dort ein Clubhaus zu eröffnen. Wir werden Frauen brauchen, um Geld in die Kasse zu bekommen.«

José paffte und starrte Hailey an. »Wie lautet deine Meinung? Du selbst leitest Bordelle. Wirst du dieses auch übernehmen?«

»Ich werde hin und wieder vorbeischauen. Die

Idee kam von mir. Ich habe den Standort vorab geprüft. Hier gibt es keine Konkurrenz. Du kannst die Frauen nach Belieben austauschen, ohne ständig große Touren auf dich nehmen zu müssen. Es ist die unauffälligste Lösung für uns alle.«

»Ich mag deinen Verstand, Hailey«, sagte der Pate. »Du würdest gut zu meinem neuen Team passen.«

»Wo ist Cutter?«, brach es aus ihr heraus und Thug stöhnte neben ihr genervt auf. Er nahm ihre Hand und drückte sie warnend, was nicht unbemerkt blieb.

»Ich nehme an, ein Teil wird hier sein.« José wedelte mit der Hand in der Luft. »Ein Teil wird dort sein und ein weiterer Teil - nun, wer weiß das schon so genau?«

Haileys Herz raste. »Nein«, hauchte sie, »das glaube ich nicht.«

»Er ist nicht hier, oder?« Wieder vollzog José diese raumumgreifende Geste mit der Hand.

»Lügner«, schrie sie und sprang vom Stuhl hoch, um sich auf den massiven Schreibtisch zu stützen. Hailey beugte sich vor. »Du hättest dich besser informieren sollen. Cutter hat keine Milz mehr, die Botschaft auf unserer Straße enthielt jedoch eine. Außerdem wissen wir, dass Alejandro Pam getötet hat. Wenn du wirklich Cutter ermordet hast, würde das bedeuten, dass das Kartell zwei von uns getötet hat.«

»Hailey!«, warnte Thug.

»Und jetzt sag mir, José, ist es das, was ich meinem Boss sagen soll, wenn wir zurück sind?« Hailey richtete sich auf. »Wir sind hier fertig, Thug.«

Seufzend erhob er sich.

»Nicht so schnell.« José lehnte sich zurück. »Ihr kommt in mein Reich und denkt, wilde Behauptungen über mich aufstellen zu dürfen? Wo sind die Beweise?«

»Ich weiß, dass er am Leben ist. Ihr habt ihn vom Parkplatz der Drogerie entführt, seid allerdings nicht zum Club gefahren, sondern zu einem Privatflugplatz, der Grund ist mir bislang nicht klar. Doch auch das erfahre ich noch. Und die Sache mit Pam? Frag deinen Freund Alejandro.«

Nur minimal zuckte die Ader unter Josés Auge. Für Hailey reichte das vollkommen aus. Sie hatte in das Wespennest gestochen und José wusste, dass sie ihm auf der Spur war.

»Ich glaube, eure Zeit ist um.«

Thug ergriff abermals warnend Haileys Hand und warf ihr einen bedeutungsvollen Blick zu.

»Sagt eurem Boss, dass ich bald auf ihn zukommen werde. Am besten vergessen wir dieses unangenehme Gespräch.« José erhob sich und deutete auf die Tür.

»Wo sind Teddy und die Raiders?«, wollte Thug plötzlich wissen und überragte den Paten um mehr als eine Kopfgröße.

»Ihr solltet gehen, solange ihr freies Geleit bekommt.«

Thug verzog den Mund zu einem arroganten Grinsen. »Die Sache ist die: Mein Boss ist ziemlich ungeduldig. Für das Geschenk erwartet er eine Gegenleistung. Entweder wir bekommen Cutter oder eben die Raiders.«

»Weder der eine, noch die anderen sind für mich in greifbarer Nähe.«

»Ich gehe nicht, ohne irgendeinen Hinweis auf die Raiders oder Cutter.«

José blickte sie beide ungerührt an. »Geht jetzt.«

»Das wird mein Boss für zukünftige Geschäfte im Hinterkopf behalten. Ein Fehler, José, ein riesengroßer Fehler. Savior vergisst nichts!«

»Meine Geduld ist am Ende. Verschwindet, bevor es euch ebenso wie unzähligen anderen vor euch ergeht.«

In der Bar wanderten Haileys Augen automatisch zu dem Mädchen. Ihre Blicke kreuzten sich abermals. Sie wollte wissen, wer das war. Erneut überkam sie dieses Gefühl der Vertrautheit.

»Lass uns zusehen, dass wir unbeschadet von hier wegkommen«, brummte Thug und zog sie gnadenlos hinter sich her.

»Hier findest du die besten Frauen.« Großspurig deutete der kolumbianische Soldat auf das schäbige Gebäude.

Cutter hob eine Augenbraue. »Bleibt abzuwarten«, murmelte er und folgte den Männern nach drinnen.

Er kannte eine Menge Bordelle. Die Sinners betrieben mehrere Laufhäuser. Selbst die Schuppen der Raiders waren ihm bekannt. Aber das hier, das war genau der Ort, an dem er seinen Schwanz eindeutig in der Hose lassen würde. Käfer krabbelten über den klebrigen Boden. Es stank erbärmlich. Die Frauen sahen noch abgewrackter als Cracknutten aus. Cutter schüttelte sich. Igitt. Hier bekam er vielleicht Krankheiten, aber keinen Ständer.

Eine Schwarzhaarige kam auf ihn zu getorkelt, ihr Blick leer, der Körper ausgemergelt. Ihr Lächeln wirkte künstlich und gleichzeitig unendlich traurig. Die Hand mit den schmutzigen Fingernägeln legte sich auf seine Brust. Sie nuschelte irgendwas, was er nicht verstand. Mit einem falschen Lächeln zog Cutter ihre Hand weg.

»Sag ihr, dass ich kein Interesse habe.«

Der Kolumbianer übersetzte und die Frau ging zu Alejandro. Der hob die Schultern und folgte ihr nach hinten.

»Gringo, was ist dein Problem mit Frauen?« Die Soldaten sahen ihn von Neugier erfüllt an. »Oder willst du lieber einen Mann?«

»Ich liebe Frauen. Aber im Vergleich mit denen, die ich für gewöhnlich an meinen Schwanz lasse, schneiden eure verflixt schlecht ab. Nichts für ungut«, setzte Cutter noch hinterher und grinste schief.

»Loch ist Loch«, protestierten die beiden. »Völlig egal, wo du deinen Schwanz reinsteckst.«

Er lehnte sich auf der Sitzbank zurück und verschränkte die Arme. »Siehst du, das ist der Unterschied. Für mich sind Frauen sinnliche Wesen. Ich liebe es, sie zu befriedigen und im Gegenzug von ihnen verwöhnt zu werden. Aber diese Frauen hier, die würde ich nicht mal mit deinem Schwanz ficken. Die sehen nicht gesund aus und schon gar nicht machen sie den Eindruck, freiwillig hier zu sein.«

»Hast du nie eine Frau gegen ihren Willen genommen?«

Cutter deutete auf sich. »Sehe ich aus, als hätte ich das nötig? Die meisten Frauen verlieren ihr Höschen alleine bei meinem Anblick.«

Pedro zog sein Telefon aus der Hosentasche

und hielt es sich ans Ohr. Das Gespräch dauerte nur knappe zehn Sekunden. »Auf gehts, wir können nach Hause.«

Er hielt Pedro am Arm fest. »Warum so plötzlich? Wer war zu Besuch?«

»Niemand, der dich noch etwas angeht.«

Danach ging alles sehr schnell. Die Kolumbianer fuhren sie zur Unterkunft, wo sie ihre Sachen holten, und dann saßen sie auch schon im Privatjet und flogen zurück nach Mexiko.

Cutter atmete tief durch, als er wieder festen Boden unter den Füßen hatte.

Ari fiel ihm sofort um den Hals, sobald er einen Schritt in die Bar gesetzt hatte.

»Alles gut bei dir?«, wollte er wissen und musterte sie einmal von oben bis unten.

»Nichts passiert.« Verstohlen sah sie sich um und flüsterte: »Es waren drei Leute hier. Einer mit vielen Tattoos, eine mit großen Brüsten und dicken Lippen und eine mit rosa Haaren. Aber nur zwei sind wieder rausgegangen.«

Cutters Herz klopfte. »Hailey! Hast du ihr den Zettel geben können?«

»Welche ist das?«

»Die mit den rosa Haaren.« Er packte Aris Schultern und wiederholte seine Frage. Diesmal eindringlicher. »Hast du ihr den Zettel geben können? Sag schon!«

»Nein.« Ari verschränkte die Arme vor der Brust. »Ich habe ihn verbrannt, kurz nachdem du weg warst.«

»Was? Hast du den Verstand verloren?«, brüllte er und fuhr sich aufgebracht durch die Haare. Etwas leiser sagte er vorwurfsvoll: »Das wäre unser Weg hier heraus gewesen.«

»Ich riskiere nicht mein Leben für eine wahnwitzige Idee.«

Cutter unterdrückte einen Fluch und ließ sie stehen. Er musste sich abreagieren und lief nach draußen. Es dauerte nur ein paar Minuten, da wurde er von einem Bodyguard abgefangen und zu José gebracht.

Zwei Leibwächter standen im Büro an der Wand. Cutter fragte sich immer wieder, ob die verstanden, was gesagt wurde oder ob sie nur spanisch sprachen.

»Saviors Vize und Hailey waren hier, um mir ein Geschenk zu bringen«, begann der Pate ohne Umschweife.

Er war überrascht, dass José ihm das bereitwillig mitteilte. »Deshalb musste ich nach Kolumbien? Damit sie mich nicht sehen.« Er nickte verstehend und setzte sich erschöpft auf den freien Stuhl. »Was ist das für ein Geschenk?«

»Sie lieferten mir Gina. Alejandro wird seinen Spaß mit ihr haben.«

Das bezweifelte Cutter keine Sekunde. Ihm war es scheißegal, was mit BigTits passierte. Für ihn zählte einzig und allein Hailey.

Der Pate legte den Kopf schief. »Das Mädchen ist faszinierend. Offensichtlich glaubt sie nicht daran, dass du tot bist.«

Cutter schnaubte. »Warum sollte sie? Solange meine Leiche nicht vor ihrer Tür liegt, wird sie das niemals glauben.«

»Ich muss gestehen, das kam unerwartet.«

Cutter stützte den Kopf in die Hände. Hailey war zum Greifen nahe gewesen.

»Sie wird keine Ruhe geben.«

»Nein, wird sie nicht«, gab Cutter zu.

»Ich habe einen Auftrag für dich.« Er gab eine Anweisung auf spanisch und die Leibwächter ließen sie alleine im Büro zurück.

Cutters Neugier war geweckt. Es schien wichtig zu sein, wenn er sogar seine Bodyguards hinausschickte.

»Ich mache mir Gedanken um Alejandro.«

»Wieso?« Cutter sah den Paten aufmerksam an.

»Er handelt, ohne Anweisungen zu erhalten. Ich will wissen, was er noch hinter meinem Rücken treibt.«

»Ich soll ihm hinterherspionieren?«

»Ich will, dass du seine Aktivitäten überprüfst. Von wem bekommt er Geld? Wem bezahlt er welches?«

Er kniff die Augen leicht zusammen. »Dann möchte ich im Gegenzug Hailey kontaktieren.«

»Du willst schon wieder verhandeln, Gringo? Mir scheint, ich lasse dir zu viele Freiheiten.«

»Mir scheint, dir ist die Sache mit Alejandro nicht wichtig genug.« Cutter stand auf und ging zur Tür.

Hailey und Thug hatten auf der Rückfahrt zum neuen Clubhaus nicht viel miteinander geredet. Auch ohne diesen Austausch war ihnen bewusst, dass José etwas verbarg. Sie hatten vor, noch zwei Tage zu bleiben, bevor sie wieder zurück zu Savior fuhren.

Ihr Telefon kündigte eine Nachricht an. Sie legte

den Pinsel in den Farbeimer und zog ihr Smartphone hervor.

Der Absender war unbekannt: Schalte deinen Laptop ein.

»Hey Mac, ich muss mich kurz um was kümmern.«

»Alles klar«, rief er gut gelaunt und winkte mit dem Schraubenzieher in ihre Richtung. Sie bewunderte seinen Optimismus aus dieser Bruchbude ein Clubhaus zu machen.

Hailey ging nach oben zu den Schlafzimmern und schaltete ihren Laptop ein. Ihr Herz hämmerte wie verrückt und sie fragte sich, was das für eine kryptische Botschaft war. Und von wem.

Sie brauchte nicht lange warten. Es wurde eine Verbindung hergestellt. Ihre Augenbrauen zogen sich zusammen. Es gab nicht viele, die auf ihren Laptop zugreifen konnten.

Ein Video startete und Hailey sog tief die Luft ein, als sie das geliebte Gesicht auf dem Bildschirm erkannte. »Cutter«, flüsterte sie und legte ihre Fingerspitzen an den Monitor.

»Komm schon, Baby, schalte die Kamera ein, oder muss ich das auch noch für dich machen?«

Tausend Fragen kreisten durch ihren Kopf. Sie war nicht fähig, eine einzige davon zu formulieren, während sie seiner Aufforderung nachkam.

»Es tut gut, dich zu sehen. Wir haben nicht viel Zeit.« Cutter lächelte und sie fing an zu weinen. Er neigte den Kopf zur Seite. »Heulst du vor Freude oder weil ich doch nicht tot bin?«

»Du Spinner.« Sie zog kichernd die Nase hoch. »Wo bist du? Was ist passiert? Wann kommst du zurück? Warum zum Teufel meldest du dich jetzt erst?«

Cutter sah über seine Schulter. Hailey versuchte, etwas zu erkennen, aber vergebens. »Pass gut auf und hör einfach nur zu! Ich bin bei José. Du darfst niemandem verraten, dass ich am Leben bin. Vertrau mir, Baby.«

»Ich komm zu dir.«

Wieder sah Cutter kurz zurück. »Mir wäre wohler, du würdest es nicht tun. Kann ich dich davon abhalten?«

»Was glaubst du denn?«

»Komm allein«, lautete die Anweisung, bevor die Verbindung zusammenbrach.

Hailey packte ihre Sachen und stürmte nach unten. »Mac?«

»Warum zum Geier schreist du so?«

»Gibt es hier einen Autoverleih?«

»Ja, wieso?«, fragte Mac misstrauisch.

»Ich muss zurück«, log sie. »Mir bleibt keine Zeit, um auf Thug zu warten. Wer weiß, wie lange er noch braucht, um im Baumarkt die passende Farbe für das Clubhaus zu finden.«

»Ist was passiert?« Mac war sofort alarmiert.

»Irgendwas ist mit Missy. Sie rief mich ganz aufgeregt an. Mac, komm schon, ich hab keine Zeit«, drängelte sie.

Zwanzig Minuten später saß sie im Auto, auf dem Weg zur mexikanischen Grenze. Sie konnte noch gar nicht richtig fassen, dass Cutter am Leben war. Dass sie ihn gleich leibhaftig sehen würde. Dass sie mit allem recht behalten hatte.

Ihr Telefon klingelte - Thug. Sie nahm das Gespräch an.

»Wo bist du?«

»Auf dem Weg nach Hause.«

»Was ist passiert?«

»Keine Ahnung, irgendwas ist mit Missy«, wiederholte sie ihre Geschichte.

»Ich fahre sofort los und dir hinterher.«

»Bis später.«

Hailey würde verdammt noch mal in Teufels Küche kommen. Sie hatte sich einen Plan zurechtgelegt, wenn sie zurück kam. Sie würde erzählen, José hatte sie alleine treffen und zu einer Zusammenarbeit überreden wollen. Vielleicht bekam sie ja jetzt von Cutter ein paar Informationen, die sie zusätzlich verwenden konnte.

Gottverdammt, sie war so aufgeregt. Sie beschleunigte und fühlte sich das erste Mal seit Wochen wieder lebendig.

Nach weiteren zehn Minuten Autofahrt klingelte ihr Telefon erneut – Thug.

»Ja?«

»Du hast gelogen«, kam es vorwurfsvoll von ihm. »Wo bist du und was ist los?«

»Es tut mir leid, Thug. Ich brauche Freiraum. Gib mir zwei Tage.«

»Du weißt, das kann ich nicht. Komm schon, Sonnenschein. Tu mir das jetzt nicht an.«

»Ich werde mir schon nicht das Leben nehmen. Versprochen! Bis die Tage.« Hailey legte auf und schaltete ihr Telefon aus. Von den Sinners war außer Cutter und ihr niemand in der Lage, GPS Daten zu orten. Kein Mensch würde herausfinden, wo sie sich befand. Es war ein ziemlich großes Risiko. Es könnte eine Falle sein. Cutter könnte zum Feind übergelaufen sein. Doch sie war es ihm, vor allem aber sich selbst, schuldig, in Erfahrung zu bringen, was für ein scheiß Spiel gespielt wurde.

Es wunderte sie, dass diesmal keiner an der Grenze auf sie wartete. Sie konnte problemlos passieren und zu Josés Anlage fahren.

Hailey musste dringend pinkeln, wollte aber nicht anhalten und unnötige Zeit verschwenden. Erst musste sie Cutter mit eigenen Augen sehen.

Nach einer weiteren Stunde Autofahrt hatte sie eine übervolle Blase, schweißnasse Hände und ihr rasender Herzschlag sorgte dafür, dass ihr kotzübel war. Das Blut rauschte viel zu schnell durch ihren adrenalingeladenen Körper.

Hailey preschte durch das Tor und vollzog vor dem weißen Gebäude eine Vollbremsung, was ihr einen bösen Blick von José einbrachte, der dort auf der Veranda stand.

Sie stieg aus und zitterte am ganzen Leib. Sie wollte ihn gerade fragen, wo Cutter war, als dieser durch die Tür trat. Hailey rannte auf ihn zu und sprang an ihm hoch. Sie klammerte sich mit Händen und Füßen an ihm fest. Tränen kullerten ihre Wangen hinunter.

»Hör auf zu weinen, Zuckerfee«, flüsterte er und streichelte über ihren Rücken.

Die Beine weiterhin um seine Hüften geschlungen, legte sie ihre Hände an sein Gesicht und küsste ihn. Es war ihr scheißegal, wer sie beobachtete und was sie von ihr hielten. Forsch drängte sie ihre Zunge zwischen seine Lippen.

Und dann, ganz plötzlich, ließ sie von ihm ab. Hailey rutschte an seinem Körper hinunter und funkelte ihn wütend an. Während Cutter noch völlig benebelt aussah, holte sie aus und verpasste ihm eine Ohrfeige. »Was hast du dir dabei gedacht, mir weismachen zu wollen, du wärst tot?«

»Das klären wir drinnen«, befahl José.

Stimmt, dachte sie, der war ja auch noch da.

KAPITEL 8

Cutters Gehirn konnte kaum einen klaren Gedanken fassen. Hailey war hier! Er hielt sie in den Armen! Gierig sog er jedes Detail in sich auf. Ihre frisch gefärbten Haare, die glühenden Augen, den sexy Körper. Das war die Wirklichkeit und kein Traum, wie in den vergangenen Wochen. Ihr süßer Duft umgab ihn.

Cutter hielt Haileys Hand fest umklammert, als sie den Schankraum durchquerten und José in sein Büro folgten. Er bemerkte den Blickkontakt zwischen ihr und Ari.

»Ich erkläre es dir später«, murmelte er.

»Oh, du wirst eine Menge zu erklären haben«, prophezeite sie mit unheilvoller Stimme.

Er blieb stehen und sah sie an. »Es tut mir leid, Hailey. Ich kann mir denken, was du durchstehen musstest.«

»Nein«, antwortete sie brüchig. »Nein, das kannst du nicht. Wir haben dich beerdigt. Ich habe heulend vor deinem Grab auf dem Boden gelegen.«

»Es tut mir leid«, wiederholte er. Was sollte er

sonst sagen? Nach über fünf Wochen bei den Mexikanern konnte er einfach nicht glauben, dass Hailey jetzt leibhaftig vor ihm stand. Sein Verstand versuchte noch, dieses Erlebnis zu verarbeiten. Und vor allem, dass er sie nicht vor José verstecken musste. Es stimmte, er wusste nicht, was sie durchgestanden hatte, aber das war Vergangenheit. Sie wusste jetzt, dass es ihm gut ging.

»Wie konntest du uns das nur antun?« Ihre Augen füllten sich mit Tränen. Es brach ihm das Herz.

Cutter holte Luft. »Glaubst du denn, ich bin freiwillig hier? Dass ich euch freiwillig verlassen habe und jetzt an diesem stinkenden Ort ein fröhliches Leben führe?«

»Gringo!«, schallte es wütend aus dem Flur.

Hailey stieß ein Schnauben aus. »Was für ein bescheuerter Name.«

Cutter zog sie bis ins Büro und setzte sich neben Hailey auf einen der Stühle. Noch immer hielt er ihre Hand, was nicht unbemerkt von José blieb, dessen Augen kaltblütig funkelten.

»Hailey. Gringo.« Der Pate schüttelte den Kopf. »Was soll ich nur mit euch machen?«

Hailey öffnete den Mund, doch Cutter drückte warnend ihre Hand. Mittlerweile kannte er José gut genug, um zu wissen, dass der nicht wirklich eine Antwort erwartete.

»Es wird folgendermaßen laufen«, sagte der Mexikaner ernst. »Hailey fährt zurück zu den Sinners und wird nichts darüber verlauten lassen, dass du noch am Leben bist.«

»Warum sollte ich das machen?«

»Weil du sonst sterben wirst«, erklärte er in einem Ton, als würden sie über das Wetter reden.

Cutter versteifte sich und biss die Zähne zusammen. Sein Blick huschte abermals zum Brieföffner auf dem Schreibtisch.

»Das denke ich nicht«, gab Hailey zurück. »Ich bin zu wertvoll für dich. Cutter ist nur hier, damit ich es nicht sein muss.«

Der Pate lehnte sich zurück, die Fingerspitzen aneinandergelegt. »Du bist entweder sehr dumm oder sehr mutig, Mädchen.«

»Mir wurde schon beides nachgesagt.«

Cutter verkniff sich ein Lächeln. Das liebte er an Hailey. Sie nahm kein Blatt vor den Mund und ließ sich von niemandem einschüchtern. Allerdings sollte sie hier besser vorsichtig sein.

José blickte von ihr zu Cutter und wieder zurück. »Ich beginne zu verstehen, warum es mit euch funktioniert. Dennoch überschätzt du dich, Hailey. Während wir hier sitzen, suchen meine Leute schon nach anderen IT-Profis. Jeder ist entbehrlich.«

»Bis sie welche gefunden haben, sind die Sinners längst einmarschiert«, meinte Cutter leise.

Der Nerv unter Josés Auge zuckte. Er schwieg lange, und Cutter war sich nicht mal sicher, ob er überhaupt blinzelte – oder beabsichtigte zu antworten.

»Gut«, meinte der Mexikaner schließlich und steckte sich eine Zigarre an. »Was willst du für dein Schweigen?«

»Antworten«, sagte Hailey prompt. »Ich brauche etwas, um Savior zu beruhigen. Er wird mir nämlich verdammt noch mal den Arsch aufreißen, wenn ich nach Tagen der Abwesenheit komme und ihm nichts liefere.«

»Welche Art von Antworten?«

»Teddy, die Raiders, Pam. Es gibt eine Menge, was wir wissen müssen.«

José nickte nachdenklich, während der Qualm sich im Raum verteilte. »Alle vermissten Raiders befinden sich in meiner Unterkunft in eurer Stadt. Ich werde sie dabei unterstützen, sich etwas Neues aufzubauen. Nicht bei euch natürlich.«

»Warum hilfst du ihnen? Ist Teddy auch dort?«

»Dein Vater ist tot. Einen Teil von ihm habt ihr beerdigt, den anderen Teil haben wir – nun – unwiderruflich verschwinden lassen.«

»Es waren seine Eingeweide auf der Straße.« Hailey beugte sich etwas vor, ohne Cutters Hand loszulassen. »Wer hat Teddy aus dem Keller der Raiders befreit?«

»Was spielt das für eine Rolle? Er ist nicht mehr am Leben.«

»Mich interessiert es ebenfalls. Immerhin hat er mich gefoltert. Ich will wissen, wer ihm die Flucht ermöglicht hat.«

Wieder schwieg der Pate eine Zeitlang. »Es war jemand, der mit den Raiders zu tun hat, aber nicht in ihrem Club ist«, antwortete er ausweichend.

»Warum hilfst du Francine und den Raiders?«, wollte Hailey wissen.

Josés Blick kühlte noch weiter ab. »Das geht dich nichts an!«

»Das wird Savior nicht zufriedenstellen«, erklärte Cutter und hob eine Schulter hoch.

Hailey nickte. »Und er wird super angepisst sein, dass sein Geschäftspartner ebenfalls seinen Feinden hilft.«

Cutter stieß ein Schnauben aus. »Ich kann es schon vor mir sehen, wie er sich ins Auto setzt und herkommt. Mann, er wird richtig miese Stimmung verbreiten.«

»Und wir wissen ja«, ergänzte Hailey unheilvoll, »wie er sein kann.«

Cutter stieß einen Pfiff aus. »Erinnerst du dich noch an ...«

Hailey hob eine Hand. »Sprich es besser nicht aus. Das war – brutal.«

José neigte interessiert den Kopf. »Wie kann er denn sein? Was ist passiert?«

Hailey und Cutter tauschten einen Blick. »Ein Berserker ist ein Dreck dagegen. Savior ist für sein nervöses Fingerzucken bekannt.«

»Wenn der Finger erst am Abzug liegt«, erklärte sie und hielt das Ende bewusst offen. »Aber ist ja deine Entscheidung.«

»Gina deutete etwas ähnliches an.« Der Pate strich sich über das Kinn. »Einen Revierkrieg kann ich momentan nicht gebrauchen.«

Cutter drückte Haileys Finger. Sie erwiderte es.

»Francine besitzt etwas, das mir gehört. Es ist essenziell für meine Zukunft.« Der Pate drückte seine Zigarre im Aschenbecher aus.

»Warum behauptet Damian, du wolltest seine Mutter töten?«

»Er ist solch ein Dramatiker«, kam es von José. »Meine Geduld ist aufgebraucht. Geht jetzt.«

Hailey folgte Cutter in sein Zimmer, nachdem José beschlossen hatte, dass das Gespräch beendet war. Sie hatte das Gefühl, als wären sämtliche Blicke auf sie gerichtet. Folgte ihnen jemand? Sie war sich nicht sicher und sah sich immer wieder um.

»Hier ist man nie allein«, sagte Cutter, als hätte er ihre Gedanken gelesen. »Mit der Zeit gewöhnt man sich daran.«

Er schloss die Tür hinter ihnen und sah sie einen Moment lang an. Blaue Augen trafen auf braune. Hailey schluckte, wollte ihn so viel fragen, ihn anflehen, mit nach Hause zu kommen. Doch das Einzige, was sie zustande brachte, war ein Schluchzen.

»Ach Baby«, murmelte Cutter und nahm sie in die Arme.

Hailey klammerte sich an sein Shirt und weinte, wie sie es in den letzten Wochen so oft getan hatte. Nur war der Grund jetzt ein anderer. Freude, weil er am Leben war, gemischt mit Trauer, da sie wusste, dass er sie nicht begleiten würde. Sie fühlte es tief in sich drinnen.

Was nicht bedeutete, dass sie es unversucht ließ.

José hatte ihnen diesen einen Tag gewährt. Morgen früh musste sie wieder fahren. Hailey wusste nicht, ob sie es schaffte, Cutter zu verlassen.

Sie rieb sich über das Gesicht. »Wie lautet der Plan?«

Cutter setzte sich aufs Bett und zog sie mit sich. »Ich erledige meinen Auftrag und wir bleiben in Kontakt«, flüsterte er an ihrem Ohr.

»Das ist alles?«, rief sie aus und sah ihn erstaunt an.

»Was erwartest du von mir? Ich kann nicht mitkommen.«

»Du könntest schon«, widersprach Hailey. »Du willst nur nicht. Das ist ein Unterschied.«

Er lehnte seine Stirn an ihre. »Ich kann euch

nicht der Gefahr aussetzen, die von den Mexikanern ausgeht.«

»Du traust uns ganz schön wenig zu, dabei solltest du es doch besser wissen.« Vorsichtig legte sie ihre Handflächen an seine frisch rasierten Wangen. »Komm mit mir nach Hause.«

»Ich kann nicht«, wiederholte er resolut. Cutter schloss kurz die Augen. »Ich würde so gerne, aber José lässt mich niemals gehen.«

»Seit wann schreckt dich sowas ab?« Hailey kniff leicht die Augen zusammen. »Außer natürlich du willst gar nicht zurückkommen. Gibt es einen Grund zu bleiben?«

Cutter starrte sie an. »Wenn ich etwas an meiner jetzigen Situation ändern könnte, würde ich es machen.«

Hailey nickte verstehend. Eine Träne lief über ihre Wange. »Das ist keine Antwort und gleichzeitig beantwortet es alles.«

»Hailey«, sagte Cutter leise und legte die Arme um sie. Aber sie konnte das nicht. Sie konnte ihn jetzt nicht umarmen und Zärtlichkeiten austauschen. Sie versuchte, sich aus den Armen zu befreien, doch er hielt sie mühelos fest.

»Komm nach Hause«, flehte sie an seiner Schulter und klammerte sich erneut an sein Shirt. »Bitte, bitte, komm mit mir nach Hause.«

»Ich würde so gerne, aber es geht nicht.« Cutter umfasste ihr Gesicht. »Sobald ich die Möglichkeit finde, werde ich alles in Bewegung setzen, um zu dir zurückzukommen. Doch jetzt ist es zu gefährlich.«

»Vielleicht ist es dann zu spät.«

»Sag das nicht.«

»Du verlangst so viel. Ich soll schweigen. Ich soll warten. Ich soll helfen. Ich würde alles für dich tun, Cutter, wirklich alles, aber du musst mir dafür was zurückgeben.«

»Reicht es denn nicht, wenn ich dir sage, dass ich zurückkomme?«

»Und wann wird das sein? In ein paar Wochen? Monaten? Jahren?« Hailey stand auf und schritt unruhig im Zimmer auf und ab. »Niemand weiß, wie lange du für Josés Auftrag brauchen wirst oder ob sich überhaupt die Gelegenheit dazu ergibt, dass du von hier fliehen kannst.«

Cutter war ebenfalls aufgestanden. Sie waren einander so nahe. Es machte sie ganz verrückt, dass er so gut roch und sie ansah, als wäre sie die einzige Frau auf diesem Planeten. Er lächelte sie an und fuhr mit dem Daumen über ihre Unterlippe. Eine so unschuldige Berührung, die sich in ihrem Unterleib widerspiegelte.

»Ich werde alles dafür tun, um wieder an deiner Seite zu sein. Vertrau mir einfach, Baby.« Sein Gesicht kam ihrem immer näher. Dicht vor ihren Lippen flüsterte er: »Ich habe doch längst einen Plan, um fucking Mexiko hinter mir zu lassen.«

Und als würde das nicht weitere Fragen aufwerfen, küsste er sie voller Verlagen und unterband somit jedes Gespräch. Hailey wollte stark sein und Cutter von sich schieben, aber es ging nicht. Ihre Zungen umschlangen einander, wie ihre Arme den Körper des jeweils anderen. Als wären sie eins und nicht zwei eigenständige Lebewesen.

Cutters Lippen wanderten von ihrem Mund über die Wange bis zum Hals. Hailey schloss die Augen und genoss den Moment. Er hob sie hoch und legte sie sanft auf dem Bett ab. Seine Lippen lagen erneut auf ihren. Sie waren genauso weich wie in ihrer Erinnerung.

Ihre Hände streichelten die nackte Haut unter dem Shirt. Hailey stutzte und zog es ihm kurzerhand aus.

»Was haben sie dir angetan?«, flüsterte sie erschrocken, als sie die vielen Wunden und das zum Teil leicht vernarbte Gewebe betrachtete.

Cutter öffnete Knopf für Knopf ihre Bluse und warf sie auf den Boden. »Sagen wir mal, sie waren nicht begeistert von meiner anfänglichen Weigerung zur Kooperation.«

Wut loderte in ihr auf, doch als Cutters Zunge über die Rundung ihrer Brüste leckte, verflog sie augenblicklich. Er entfernte erst den BH und widmete sich dann ihrer Hose samt Slip.

Der Blick aus seinen blauen Augen war voller Liebe und Verlangen. Hailey schluckte. So ein Gefühl konnte nur er in ihr hervorrufen.

Cutter zog sich aus und legte sich neben Hailey. Seine Hände glitten über ihren Körper, spielten mit den harten Brustwarzen und rutschten tiefer. Nicht eine Sekunde ließen seine Lippen von ihren ab. Mit den Fingern fuhr er zwischen ihre Beine. Sie war so feucht und bereit für ihn.

Hailey massierte seinen Schwanz. Die Luft war erfüllt von ihrem beiderseitigen Stöhnen und dem schweren Atem. Er flüsterte ihren Namen und biss ihr leicht in die Lippe. Ein Keuchen entfuhr ihr und Cutter schluckte.

Ihr Kuss wurde drängender. Seine Finger fuhren in ihre Haare, zogen das Haargummi und Bandana heraus. Hailey drückte ihn an der Schulter auf den Rücken und setzte sich auf ihn – alles, ohne die Lippen voneinander zu lösen. Ein wohliger Schauer überlief ihn. Haut an Haut mit der Frau seines Herzens.

»Fuck«, murmelte er. Mit verklärtem Blick sah Hailey ihn fragend an. »Keine Kondome.«

»Scheiß drauf«, sagte sie voller Zuversicht, hielt dann jedoch inne. »Hast du hier mit jemandem ...« Sie ließ das Ende offen.

»Nein.«

Sie nickte. »Gut.«

Dann brachte sie sich in Position und Cutter drang in sie ein. Sie stützte sich auf seiner Brust ab, hob und senkte die Hüften. Was zärtlich und langsam begann, wurde immer schneller. Er hielt sie fest und richtete sich auf. Sie begegneten sich auf Augenhöhe. Ihre braunen Augen waren voller Liebe und Zuversicht. Cutter presste seine Lippen verlangend auf ihre und stieß hart zu. Hailey klammerte sich an seine Schulter und kam seinen Stößen entgegen. Nie hatte sich etwas so gut angefühlt.

Er umfasste ihre Brust und rieb über die harte Brustwarze. Sein Mund fuhr ihren Hals entlang und tiefer. Seine Zunge leckte über ihren Nippel und biss leicht hinein.

Hailey bewegte sich schneller. Ihr Becken spannte sich an. Die Finger krallten sich in seine Nackenhaare. Cutter drückte sie fester auf seinen Schwanz. Die intensive Reibung ließ sie kommen. Ihre Muskeln zogen sich um ihn zusammen. Es wurde enger und er erschauerte. Er folgte ihr kurz darauf.

Eine Weile blieben sie in der Position – Hailey auf ihm und sie beide eng umschlungen.

Nur ihre mittlerweile ruhigen Atemzüge waren zu hören. Er hätte ewig mit ihr hier so sitzen können.

Cutter strich ihr eine verschwitzte Strähne aus dem Gesicht. »Ich liebe dich, Zuckerfee.«

Ihr Blick wurde weich und glasig. »Ich liebe dich auch.« Sie holte zittrig Luft. »Wie geht es jetzt weiter?«

Er grinste sie an. Jedes Wort wurde mit einem Kuss über ihren Hals begleitet. »Wir gehen duschen, was essen und kriechen zurück ins Bett, um die uns bleibenden Stunden sinnvoll zu nutzen.«

Sie kicherte leise. »Das meinte ich nicht.«

»Ich weiß, Baby.« Vorsichtig erhob er sich mit ihr und ging in Richtung Badezimmer. Erst dort ließ er Hailey hinunter. »Lass uns duschen.«

Cutter stellte das Wasser an und stieg mit ihr unter die Brause. Dies war der einzige Ort, wo er sicher sein konnte, nicht belauscht zu werden. Genauso wenig wie die Mexikaner ihm trauten, traute er ihnen.

Er stellte sich hinter Hailey. Ihr Hintern an seinem Schwanz lenkte ihn kurz von seinem eigentlichen Vorhaben ab. Er griff nach dem Duschbad, spritzte etwas in seine Hand und verteilte es. Anschließend seifte er Hailey ein. Er begann an den schlanken Beinen, bis zu ihrer glattrasierten Mitte und höher zu den perfekten Brüsten, die so gut in seinen Händen lagen.

»Ich spiele Josés rechte Hand gegen ihn aus«, flüsterte er an ihrem Ohr, während er sich besonders viel Zeit ließ, ihre Brüste einzuseifen. »Misstrauisch ist er bereits. Ich brauche nur einen perfekten Zeitpunkt, um meine Falle zuschnappen zu lassen. Es heißt«, murmelte er weiter und glitt mit der Nase über ihren Hals, »José hätte ein Kind. Ich finde heraus, wer es ist, mache es ausfindig und tausche sein Leben gegen meins.«

Seine Hand glitt wieder tiefer zwischen ihre Beine. Auch dort reinigte er sie besonders gründlich.

»Und wenn du es nicht findest?«

»Das ist keine Option«, gab er leise zurück und fuhr mit seiner anderen Hand zu Haileys Hals. Er drehte ihren Kopf in seine Richtung und legte abermals verlangend seine Lippen auf ihre. Mit dem Finger drang er in sie ein und umkreiste mit den Daumen ihre Klitoris.

»Hör auf«, stöhnte sie, presste aber ihren Unterleib gleichzeitig gegen seine Hand. Er spürte an seinen Fingern, wie ihr Höhepunkt einsetzte. Eine feine Gänsehaut überzog ihren Körper und sie erschauerte leicht. In seinen Armen drehte sie sich herum. Ihr Blick war forschend. »Lass mich dir helfen.«

Cutter nickte. Was wäre die Alternative? Ihm war bewusst, dass Hailey es ohnehin machen würde. Er musste nur aufpassen, dass sie sich nicht zu sehr in Gefahr begab oder José ihnen auf die Schliche kam.

Hoffentlich hatte er keinen Fehler begangen.

Hailey hatte sich gerade angezogen und genoss noch den Anblick eines halbnackten Cutters, als die Tür aufging und die Blondine von der Bar in der Tür stand. Sie überblickte die Situation und verzog das Gesicht. Hailey konnte nicht ganz einschätzen wie – angewidert oder genervt?

»Ich wollte nur kurz was holen«, gab sie in einem Ton von sich, der deutlich machte, was sie von dem Umstand hielt – Missbilligung.

Gleichzeitig fragte sich Hailey, warum zum Teufel sie in dieses Zimmer spazierte, als würde sie hier leben. Es standen nur ein Bett und ein Schrank samt Kommode im Raum. Sie versteifte sich und presste die Lippen aufeinander, als ihr ein Gedanke kam. Sie kniff leicht die Augen zusammen und blickte zu Cutter, der ihr auswich.

Die Anspannung im Raum war zum Greifen nahe. Es erschwerte Hailey das Atmen und schnürte ihr die Brust zu.

Das Mädel zog einige Kleidungsstücke aus den Schubladen und verschwand wieder. Die Tür fiel lautstark hinter ihr ins Schloss.

»Es ist nicht so, wie es aussieht«, meinte Cutter unumwunden und kam auf sie zu.

Hailey streckte ihm die Hand entgegen. »Stop!«

Er blieb sofort stehen. »Du denkst nicht ernsthaft, dass ich was mit ihr am Laufen habe, richtig?«

»Ich weiß nicht, was ich denken soll«, gab sie zu. »Wie würde es für dich aussehen, wenn es andersrum mit Thug wäre?«

»Das ist etwas völlig anderes! Ihr hattet was miteinander und da waren Gefühle mit im Spiel. Das mit Ari ...« Er hob die Schultern. »Ich fühle mich für sie verantwortlich. Wir waren zusammen eingesperrt und ...«

»Und?«, hakte sie nach, als er nicht weitersprach.

»Kein Plan wie lange sie schon in dem Keller war, aber sie wurde beinahe täglich missbraucht und Gott, sie ist noch so jung.« Cutter schüttelte den Kopf.

»Das erklärt nicht ihren Blick«, sagte Hailey, unsicher, was sie von dieser Geschichte halten sollte.

Woher kam ihr Misstrauen? Es handelte sich doch um ihren Cutter! Er hatte ihr nie einen Grund für Bedenken gegeben.

Er kratzte sich kurz am Kinn. »Lass uns was essen gehen, dann erkläre ich es dir.«

Zehn Minuten später stellte sich heraus, dass sie nicht mal beim Essen alleine waren.

Cutter deutete auf einen Tisch am anderen Ende des Restaurants, sofern diese Kaschemme als solches bezeichnet werden konnte. »Da hinten sitzt Alejandro mit seinen Handlangern.«

Hailey drehte leicht den Kopf. »Das ist der, der Pam ermordet hat und vor der Kneipe war, oder?«

Er nickte und biss in den Enchilada. »Er ist auch derjenige, der mich täglich verprügelt und Ari missbraucht hat.«

»Und dann lebt er noch?« Sie hob eine Augenbraue und schob ihr Essen von einer Seite des Tellers auf die andere.

Cutter wischte sich den Mund an einer hauchdünnen Serviette ab. »Nicht mehr lange. Und da hinten sitzt Pedro. Der ist eigentlich ganz in Ordnung.«

Sie blickte in die andere Richtung und sah dort einen nachdenklichen Mann allein am Tisch sitzen.

Cutter deutete auf ihren vollen Teller. »Keinen Hunger?«

»Nicht wirklich.«

Er seufzte und lehnte sich im Stuhl zurück. »Was genau bedrückt dich? Du lässt nie Essen auf dem Teller liegen.«

»Die ganze Situation«, schoss es aus Hailey heraus. »Ich verstehe nicht, wie du so ruhig bleiben kannst. Dass du das alles mit dir machen lässt. Das ist nicht der Cutter, den ich kenne.«

Er wirkte nachdenklich. »Vielleicht bin ich nicht mehr der, der ich vor ein paar Wochen war. Versteh mich nicht falsch«, sagte er und griff nach ihrer Hand. »Ich liebe dich und an meinen Gefühlen hat sich nichts geändert, aber ich habe hier eine Mission.

Zuhause habe ich ein paar Hacks gemacht, Gelder transferiert und in den Tag hinein gelebt. Hier ist es anders.«

»Du scheinst es gar nicht schlimm zu finden, an diesem Ort zu sein. Ich frage mich, warum.«

»Ich hasse es hier«, gab er unumwunden zu. »Du und die Sinners, ihr fehlt mir schrecklich.«

Hailey beugte sich über den Tisch. »Wo ist dann das Problem abzuhauen?«

»Ich kann nicht!« Gestresst strich er sich durch die Haare. »Warum verstehst du das nicht? Wenn ich abhaue, holt José dich an meiner Stelle hierher. Ich bin doch nur an diesem Ort, damit du es nicht sein musst.«

»Hast du jemals daran gedacht, uns einzuweihen? Einen Weg zu finden, die Sinners zu informieren, damit wir deinen Arsch hier herausholen?«

»Anfangs dachte ich, ihr würdet kommen, um mich zu retten. Es dauerte eine Weile, bis ich herausfand, dass ihr dachtet, ich wäre tot.«

Hailey räusperte sich. »Nicht alle.«

Er lächelte sie an und verdammt, dieses Strahlen machte sich direkt in ihrem Unterleib bemerkbar. »Ich weiß, Baby.«

»Du brauchst mich gar nicht so ansehen«, warnte sie. »Das hilft dir nicht weiter.«

Cutter lachte verschmitzt. »Na gut. Komm, lass uns noch ne Runde gehen.«

Hand in Hand gingen sie durch den kleinen Ort, sich darüber im Klaren, dass immer jemand der Mexikaner in ihrer Nähe war.

Thug drehte beinahe durch. Haileys beschissenes Telefon war ausgeschaltet und nirgends gab es einen Hinweis da-rauf, wo sie sich aufhielt. Er hatte das dumpfe Gefühl, dass sie sich bewusst in Gefahr gebracht hatte. Er zündete sich eine Kippe an und inhalierte tief. Das beruhigte ihn zwar nicht, half aber dabei, seine Finger zu beschäftigen und nicht zum tausendsten Mal auf sein Telefon zu schauen.

»Ich denke nicht, dass sie sich etwas angetan hat«, sagte Abby leise. »Sie schien doch wieder auf die Beine gekommen zu sein.«

Thug war zum Clubhaus zurückgekehrt, in der Annahme, Hailey wäre nach Hause gefahren. Am Arsch. Sie hatte alle an der Nase herumgeführt. Doch warum?

»Ich denke, sie ist nach Mexiko gefahren«, meinte Thug und nahm einen weiteren tiefen Zug von der Zigarette. Er sah zu Savior. Seine Miene war eiskalt und unberechenbar. So hatten die Sinners ihn in den letzten Monaten selten gesehen. Es beunruhigte selbst Thug, den Anführer so zu erleben. Das bedeutete nichts Gutes – jedenfalls nicht für Hailey. Thug seufzte leise.

»Wie wäre es, wenn einer von uns sich unauffällig auf den Weg nach Mexiko macht und mal nachsieht, was dort los ist?« Dom sah verdammt entschieden aus. In Anbetracht der Tatsache, dass er sich die letzten Wochen sehr zurückgezogen hatte, war es beruhigend ihn wieder voller Entschlossenheit zu erleben. Er wollte Rache. Ob es der richtige Weg war, ihn nach Mexiko zu schicken, bezweifelte Thug allerdings.

Savior ging hinter die Bar, schnappte sich eine Flasche Gin und machte sich gar nicht erst die Mühe, etwas ins Glas zu kippen, sondern setzte sie direkt an die Lippen. Gierig trank er einige Schlucke.

Die Blicke der versammelten Mitglieder ruhten auf ihrem Anführer.

»Niemand wird nach Mexiko reisen«, entschied er. »Hailey wusste um die Gefahr, die von José ausgeht. Alles, was ihr jetzt zugestoßen sein könnte, nimmt sie auf ihre Kappe.«

»Ist das dein verfickter Ernst?«, brüllte Thug, völlig außer sich vor Wut. »Es geht hier um Hailey!«

Entschlossen sah Savior ihm entgegen. Was ihn gleich noch wütender machte. »Ja und? Seit Cutters Tod steht sie total neben sich. Sie hat weder gearbeitet, noch ist sie ihren anderen Pflichten nachgekommen. Zu allem Überfluss begibt sie sich allein auf den Weg nach Mexiko. Was soll ich deiner Meinung nach machen? Anscheinend ist sie auf einer Selbstmordmission und Reisende soll man nicht aufhalten.«

»Kilian«, sagte Abby leise und legte ihre Hand auf seine angespannten Muskeln. »Hailey ist ein Sinner. Sinners sind Familie.«

»Ich hasse es, wenn du meine eigenen Worte gegen mich verwendest.« Savior deutete anklagend mit dem Zeigefinger auf sie, ehe er sich eine Zigarette ansteckte.

Thug atmete tief durch. »Wenn du nicht gehst, ist das okay. Aber ich lasse Hailey nirgends verrotten. Ich gehe, ob mit oder ohne deinen Segen.«

Savior kniff die Augen zusammen. »Vorsicht, Vize, bevor ich auf die Idee komme, die Mitgliederliste auszudünnen. Mein Entschluss steht fest. Ich opfere keinen weiteren Sinner.« Er zog sein Telefon aus der Hosentasche und wählte eine Nummer.

Seine kalten Augen ließen nicht eine Sekunde von Thug ab. »José, ich vermisse jemanden aus meiner Familie und um dir eines vorwegzunehmen: Bekomme ich Hailey nicht in einem Stück lebendig zurück, lasse ich in Mexiko verdammt noch mal die Toten auferstehen!«

KAPITEL 9

Hailey und Cutter blieben immer wieder stehen, um sich zu küssen. Sie schlang die Arme um ihn. Es war ungewohnt, das mit offenen Augen zu tun, aber zum einen traute sie den Mexikanern nicht und zum anderen konnte sie so Lücken im Mauerwerk finden. Nicht ohne Grund gingen sie dicht an der Begrenzung lang. Sie suchten nach einem Schlupfloch.

»Du hast mir immer noch nicht erzählt, was mit dir und dieser Ari ist.«

»Zwischen uns ist nichts. Allerdings fühle ich mich für sie verantwortlich.« Cutter schluckte. Sein Gesichtsausdruck änderte sich. »Ich musste mit anhören, wie sie vergewaltigt wurde, und das ist etwas, das ich niemals vergessen werde. Es war so oft und ich saß da und konnte nichts machen. Absolut gar nichts. Meine Bedingung für José zu arbeiten, beinhaltet ihre Freilassung.«

Hailey fühlte sich schlecht, weil dieser ekelhafte Funke der Eifersucht nicht abklingen wollte. Natürlich tat ihr das Mädchen leid. Dieses Schicksal gönnte sie nicht mal ihrem schlimmsten Feind, dennoch fiel es ihr schwer, nicht alles anzuzweifeln. »Und ihr schlaft in einem Zimmer?« *Einem Bett?*

Cutter nickte. »Es ist aber nie etwas zwischen uns gelaufen«, wiederholte er mit Nachdruck. »Thug?«

Sie biss sich leicht auf die Unterlippe. »Er hat sich um mich gesorgt und aufgepasst, dass mir nichts passiert. Es gab aber keine sexuelle Komponente. Wie auch? Ich habe getrauert.« Sie schnaubte spöttisch. »Es gab Tage, da mochte ich weder aufstehen noch essen, nicht mal leben.«

Cutter zog sie in die Arme. »Es tut mir so verdammt leid, was du durchstehen musstest. Ich habe Bilder gesehen. José hat euch im Blick, die ganze Zeit über. Er hat mir sogar ein Foto von meinem Grab gezeigt.« Er streichelte über ihre Wangen. »Ihr habt mich neben meinen Schwestern begraben.«

»Ich bin so unglaublich froh, dass du am Leben bist«, flüsterte Hailey und erlaubte sich das erste Mal, ein erleichtertes Aufatmen. »Ich weiß nicht, was ich getan hätte, wenn es anders gewesen wäre.«

»Du hättest weitergemacht, denn die Sinners brauchen dich. Savior braucht dich. Deshalb musst du mir auch eins versprechen.« Er umklammerte ihre Oberarme und sah ihr tief in die Augen. »Sei vorsichtig, triff keine voreiligen Entscheidungen und begib dich verdammt noch mal nicht in Gefahr.«

»Als hätte ich das jemals getan«, wiegelte sie lachend ab.

»Ich kenne dich, Baby.« Cutter zog sie weiter. »Wie geht es den anderen?«

Hailey warf ihm einen Seitenblick zu. »Die meisten machen weiter, obwohl sie dich schmerzlich vermissen. Du fehlst an jeder einzelnen Ecke.

Ich glaube, Dom fällt es am schwersten. Er ist oft gereizt und Thug erzählte, dass er nur zum Arbeiten sein Zimmer verlässt. Er hat wohl wieder Alpträume von seiner Zeit im Ausland.«

»Scheiße«, stieß er aus. »Mir war klar, dass das alles weitreichend ist, aber mir war nie wirklich bewusst, wie es euch mit all dem geht.«

»Was hast du denn geglaubt?«, fragte sie empört. »Dass wir dich nicht vermissen? Dass du uns egal bist und für jeden das Leben normal weitergeht, als wäre nichts geschehen?«

»Nein, natürlich nicht. Ich weiß doch auch nicht, Hailey. Vielleicht habe ich einfach angenommen, ihr würdet schon darüber hinwegkommen. Wäre ja nicht der erste Tote in den Reihen.«

»Aber der erste, der uns den Boden unter den Füßen weggerissen hat«, gab Hailey leise zu. »Du hast ein gewaltiges Loch hinterlassen. Ich bin doch nicht die Einzige, die dich liebt. Du traust uns allen ganz schön wenig zu und am liebsten möchte ich dir dafür eine Kopfnuss verpassen.«

Cutter lehnte seine Stirn an ihre und schloss die Augen. Sanft streichelte sie über seinen Hinterkopf.

»Tust du mir einen Gefallen?«

»Jeden«, antwortete sie.

»Sag Dom, er muss weitermachen. Er soll sich nicht in irgendein Loch verkriechen. Gib ihm Hoffnung, okay?«

»Wie soll ich das anstellen?«

Verschmitzt grinste Cutter sie an. »Baby, du bist hier und hast Antworten erhalten, oder? Gib ihm eine Aufgabe. Sollte nicht Grind ein Trainingszentrum aufbauen?«

Hailey stieß den Atem aus. »Ich werde es probieren.«

»Das ist mein Mädchen.« Cutter küsste sie kurz. »Lass uns zurückgehen. Wir haben nur noch ein paar Stunden und die will ich sinnvoll nutzen.«

Cutter fühlte sich schlecht, weil alle unter seinem vermeintlichen Tod litten. Hoffentlich fand er bald eine Lösung, um Mexiko hinter sich zu lassen. So wie er seine Freunde kannte, würden die ihn richtig zu Kreuze kriechen lassen, weil er keine Möglichkeit gefunden hatte, sich umgehend bei ihnen zu melden. Er würde jede Strafe mit Freuden auf sich nehmen, solange er nur endlich wieder zu seiner Familie konnte. Erst jetzt erkannte er, wie sehr er sie alle vermisste. Natürlich hatte er das vorher schon gewusst, aber just in diesem Moment, wo Hailey hier war, spürte er es noch deutlicher. Und jetzt erst wurde ihm der volle Umfang klar, wie schmerzlich er vermisst wurde. Darüber hatte er sich vorher keine richtigen Gedanken gemacht. Ob bewusst oder unbewusst, konnte er nicht sagen. Vielleicht war es leichter gewesen, sich nicht den Kopf diesbezüglich zu zerbrechen, sich selbst von seinem alten Zuhause abzulenken und keine weiteren Gedanken zuzulassen.

»Du bist sehr ruhig.« Hailey war stehen geblieben und sah ihn forschend an.

»Mir gehen viele Sachen durch den Kopf.« Er zog sie an sich und genoss einmal mehr das Gefühl, sie in den Armen zu halten. Er hatte nicht geglaubt, jemals wieder die Chance dafür zu bekommen.

Cutter drehte leicht den Kopf, als er Stimmen hinter sich hörte. Es war niemals gut, einen

Mexikaner im Rücken zu haben. Schon gar nicht wenn es sich um Alejandro und einige seiner Handlanger handelte. Anzügliche Blicke glitten über Hailey und Cutter spannte sich an.

»Lass uns verschwinden«, sagte er und zog sie hinter sich her. Auch wenn er einen Kampf nicht scheute, gegen fünf Kerle auf einmal hatte er keine Chance.

Leider sah Alejandro das anders. Noch bevor Cutter das *vamos* hörte, spürte er den Atem des Feindes im Nacken.

»Sag nichts, mach nichts«, befahl er leise, als auch schon Alejandro vor ihnen stand.

»Gringo, ich glaube, wir haben noch eine Rechnung offen.« Abermals glitt sein Blick über Hailey. »Du hast mir mein Spielzeug weggenommen. Wie wäre es, wenn du mir als gerechten Ausgleich deins leihst?«

»Verpiss dich«, knurrte Cutter und überlegte, wie er es mit ihnen aufnehmen konnte. Warum hatte er sich nie auf den Nahkampf spezialisiert? »Rühr sie an und ich bringe dich um.«

Alejandro lachte und sagte etwas auf Spanisch. Sofort packten zwei Typen seine Arme und hielten Cutter fest. Er blickte kurz zu Hailey, die Alejandro nicht aus den Augen ließ. Ihre Hand glitt langsam zu ihrem Hosenbund.

Sie würde ihre Waffe dort nicht vorfinden. José hatte diese für die Dauer ihres Aufenthalts einkassiert.

Josés Stellvertreter packte Hailey an den Schultern und zog sie zu sich heran. Cutter wehrte sich gegen den Griff, trat nach den beiden, doch ihre Hände waren wie Schraubstöcke und ließen nicht locker.

»Lass mich los«, sagte Hailey.

Alejandro griff ihr Kinn und zog sie für einen Kuss heran. Danach ging alles sehr schnell. Hailey hob ihr Knie und rammte es Alejandro zwischen die Beine. Cutter trat nach dem Kerl rechts von sich und wurde im nächsten Moment von hinten gepackt, während ein weiterer Hailey festhielt.

Stimmt, dachte er, da war noch einer gewesen.

Alejandro stieß eine Reihe wilder Flüche aus und hielt sich den Schritt. »Schlampe!«

»Was geht hier vor sich?« Aus dem Schatten der Nacht trat José Ramírez hervor.

Zum ersten Mal freute sich Cutter, diesen Mann zu sehen.

Alejandro quasselte sofort auf Spanisch drauf los.

José bellte eine Antwort. Daraufhin wurden Cutter und Hailey losgelassen.

»So behandeln wir keine Gäste.« José war keine Regung anzuhören oder zu sehen. »Geht jetzt.«

Kommentarlos verschwand das Gespann.

Cutter und Hailey tauschten einen Blick. Das animalische Funkeln in ihren Augen machte ihn unglaublich an. Es konnte eine Menge über sie behauptet werden, dass sie sich etwas von Männern gefallen ließ, gehörte definitiv nicht dazu.

»Du gehst morgen zu Domingo und du, Hailey, solltest dir nicht zu viele Feinde machen. Savior erwartet dich unversehrt zurück, wie er mir vorhin unmissverständlich klar gemacht hat.«

»Wer ist Domingo«, fragte Hailey auf dem Weg zum Zimmer.

Ratlos hob Cutter die Schultern. »Ich habe keinen blassen Schimmer. Ich frage mich viel mehr, was er Savior erzählt hat, warum du hier bist.«

»Wahrscheinlich, dass ich eine Nervensäge bin, die keine Ruhe gibt.« Sie grinste.

Er küsste sie kurz auf den Mund. »Darauf würde ich wetten. Geh du schon mal in mein Zimmer, ich will mich schnell vergewissern, dass Ari versorgt ist und einen Platz zum Schlafen hat.«

»Und da darf ich nicht dabei sein?«, hakte sie misstrauisch nach. Er sah ihr an, dass sie alles andere als glücklich war. Cutter konnte es sogar verstehen. Fuck, würde sie mit Thug in einem Bett schlafen, würde er vermutlich Amok laufen. Hailey das jetzt ein weiteres Mal zu erklären, würde nur ihre gemeinsame Zeit verschwenden. Er hatte es versucht und war offensichtlich nicht sehr geschickt darin gewesen.

»Du kannst auch gerne mitkommen«, sagte er. Möglicherweise erkannte sie an dem Umgang zwischen ihm und Ari, dass sie sich keine Gedanken machen brauchte.

Sie winkte ab. »Schon gut, ich warte im Zimmer auf dich.«

Cutter verdrehte die Augen und sah ihr hinterher. Das war eine neue Seite von ihr, die er in all den Jahren noch nicht kennengelernt hatte. Plötzlich grinste er. Er freute sich mehr über ihre Eifersucht, als er sollte.

Im Schankraum sah er Ari hinter der Theke stehen.

»Gehts dir gut?« Cutter setzte sich auf den Barhocker.

»Ja.«

»Hast du einen Schlafplatz für heute?«

»Ja.«

Er zog die Augenbrauen zusammen. »Alles in Ordnung? Was ist los?«

»Dein Anhang lässt dich unaufmerksam werden. Ich habe das von Alejandro gehört.« Ari stellte ein Glas ins Regal. »Du solltest besser aufpassen.«

»Mein Anhang«, sagte er und betonte deutlich, wie sehr die Wortwahl sein Missfallen ausdrückte, »ist dafür nicht verantwortlich. Darum geht es? Du magst Hailey nicht?«

»Ich kenne sie nicht.«

»Eben und deshalb verstehe ich deine Haltung nicht. Es gefällt mir nicht, wie abwertend du über sie sprichst.«

Ari beugte sich über die Theke. »Und mir gefällt es nicht, dass sie mein Leben in Gefahr bringt. Denn wenn du irgendwelche waghalsigen Pläne ausklügelst, stecke ich da mit drin. Und auch wenn mir das Leben in den letzten Monaten nicht gut mitgespielt hat, weiß ich, dass ich in diesem Loch nicht sterben will.«

»Niemand wird hier sterben. Hailey hilft uns«, gab er leise von sich und schaute über die Schulter, damit sie nicht belauscht wurden.

»Ach?« Sie schnaubte. »Sieht José das auch so? Denn ich bezweifle, dass er einen von uns, geschweige denn beide, gehen lässt.«

»Woher rührt dein Misstrauen?«

»Das ist Wissen. Es gibt nur einen Weg, um José zu verlassen, und das ist der Tod.«

Hailey wollte Cutter vertrauen. Wirklich! Sie kannten sich schließlich schon seit vielen Jahren. Er war ihr Pol, ihr Gegenstück, ihr Herz. Und trotzdem stand sie im Flur und linste um die Ecke, um zu sehen, wie er mit Ari sprach. Sie konnte sich das selbst nicht erklären, warum sie diese irrationale Eifersucht verspürte. Oder stopp! Sie konnte es schon. Cutter wollte nicht mit Hailey fliehen und zu allem Überfluss schlief er mit der anderen Frau in einem Zimmer – in einem Bett! Einem sehr schmalen Bett. Da musste man sich doch unweigerlich näher kommen, oder?

»Sie ist eine wahre Schönheit.«

Hailey riss erschrocken den Kopf herum und sah José an, dessen Blick auf Ari lag.

»Sie ist sehr jung«, erwiderte sie skeptisch.

»Du traust ihm nicht. Warum?«

»Ich würde Cutter mein Leben anvertrauen«, hielt Hailey dagegen. »Das bedeutet aber nicht, dass ich gedankenlos bin oder mir die Vertrautheit zwischen ihnen gefallen muss.«

»Die beiden haben eine Verbindung.« José sah zu Hailey und einmal mehr erschrak sie über diesen kalten Ausdruck in den Augen.

»Ebenfalls etwas, das mir nicht gefallen muss.«

»Du gehst blind durch die Welt, nicht wahr?«

»José«, sagte sie unter äußerster Anstrengung, »wenn du mir etwas zu sagen hast, immer raus damit. Aber dann sei offen und sprich nicht in Rätseln.«

»Wenn du es nicht siehst, macht es zu viel Arbeit, dir das zu erklären.« Er wandte sich zum Gehen. Ehe Hailey darüber nachdenken konnte, packte sie ihn am Arm. Sofort traten zwei Leibwachen an sie heran. Sie zog die Hand weg.

»Vorsicht«, warnte der Pate. »Es war mein Ernst, als ich sagte, dass jeder entbehrlich ist.«

»Welche Art der Verbindung haben die beiden?«

»Eine, die du mit ihm nie haben wirst.«

Nachdenklich sah sie ihm hinterher und ging

schließlich in Cutters Zimmer. Was meinte er damit?

Hailey vertraute Cutter. Aber war er ehrlich zu ihr? Ein Teil von ihr glaubte José. Was hätte er für einen Grund, Zweifel zu säen, wo keine waren?

Diese elende Unsicherheit wegen eines Mannes hatte sie zuletzt mit fünfzehn verspürt und es nervte sie, in alte Muster zu verfallen. Cutter war nicht Thug. Das musste sie sich vor Augen halten. Ehrlichkeit stand für ihn ganz oben.

»Hailey?« Sie schreckte auf, als Cutter sie an der Schulter berührte. »Alles in Ordnung mit dir?«

»Sicher«, log sie und lächelte verkrampft.

»Vergiss es, Zuckerfee. Du kannst alle anderen belügen, aber nicht mich.« Er legte sich aufs Bett und klopfte neben sich.

Sie setzte sich auf die Kante und holte tief Luft. »Ich habe kurz mit José gesprochen. Er behauptet, ihr hättet eine Verbindung, die wir nie haben könnten.«

Er blinzelte und verzog das Gesicht. »Was sollten er und ich für eine Verbindung haben? Ich bezweifle, dass bei mir das Stockholmsyndrom ausbricht.«

Hailey verdrehte die Augen. »Er meinte damit Ari und dich.«

»Ach so.« Cutter lachte laut los, bevor er ernst wurde. Er setzte sich auf. »Naja, wir waren eingesperrt. Sieh mal, Baby, ich habe dir schon erklärt, was ihr widerfahren ist und auch, dass ich sie beschützen will. Das bedeutet aber nicht, dass ich sie liebe oder Gefühle entwickle, die mich vergessen lassen, wer die Frau an meiner Seite ist. Ich habe aber auch keine Lust darauf, mich immer rechtfertigen zu müssen. Du weißt, was meiner Familie passiert ist und wie sehr ich damit zu kämpfen hatte, dass ich meine Schwestern nicht retten konnte. Ich habe danach geschworen, wann immer sich die Möglichkeit bietet, es anders zu machen.«

Sofort fühlte Hailey sich schlecht. Sie senkte den Blick und kämpfte gegen die Tränen an, die in ihren Augen brannten. Diese furchtbare Emotionalität war echt ätzend.

Cutter berührte sie an der Wange. »Vertrau mir!«

Sie zog die Unterlippe zwischen die Zähne und nickte. Verdammt, sie wollte ihm wirklich so gerne glauben. Aber dieser leise Zweifel pochte unaufhörlich in ihrem Hinterkopf.

»Ich vertraue dir doch auch, wenn es um Thug geht.« Mit dem Daumen zog Cutter ihre Lippe hervor. »Wir haben lange genug gebraucht, um endlich *Cutley* zu werden. Warum sollte ich das riskieren?«

»Cutley?«

»Eine Mischung aus Cutter und Hailey. Oder gefällt dir *Haiter* besser? Ich finde, das klingt recht aggressiv, aber dein Wunsch sei mir Befehl.« Seine blauen Augen blitzten sie fröhlich an. »Ich liebe dich, Hailey, und das seit dem Tag, als ich halb totgeprügelt auf das Gelände der Sinners getorkelt bin und dachte, du wärst der Engel, der mich in den Himmel geholt hat.«

»Ich liebe dich auch.«

»Klasse!« Er klatschte in die Hände und nahm der Situation den Ernst. »Jetzt, wo das geklärt ist, kommen wir zu den wirklich wichtigen Fragen.«

»Die da wären?«

»Warum bist du noch angezogen und nicht längst nackt unter mir?«

»Du Spinner.« Hailey lachte, war jedoch schon dabei, Cutters Hose zu öffnen. Mit einem Ruck zog sie ihm die Jeans samt Boxershorts herunter. Sie leckte sich die Lippen. »Weißt du, dass du einen wirklich hübschen Schwanz hast?«

»Du alte Romantikerin, ich werd noch ganz rot.«

Sie rutschte von der Bettkante und kniete sich vor ihn hin. Ihr stockte kurz der Atem, als sie seinen dunklen Blick bemerkte. Langsam, und ohne Cutter aus den Augen zu lassen, nahm sie seinen Schwanz Stück für Stück in den Mund.

Hailey liebte Blowjobs. Schon immer. Ganz besonders aber bei ihm.

Mit Lippen und Zähne lutschte sie an ihm und genoss den ersten Tropfen, den sie mit der Zunge auffing.

Cutters Hände glitten zu ihren Haaren und zogen das Bandana heraus, anschließend das Zopfgummi. Seine Finger gruben sich in ihren Schopf und Hailey genoss es, wie er sie steuerte. Es fühlte sich gut an und sie vertraute ihm genug, um zu wissen, dass er diese Machtposition niemals ausnutzen würde.

Er kam in ihrem Mund und sie schluckte jeden einzelnen Tropfen, den er ihr schenkte.

Cutter wachte auf, weil sich Haileys Hintern an seinen Schwanz drückte. Obwohl sie vorhin erst miteinander geschlafen hatten, war er schon wieder hart. Gut, er hatte seit seinem Aufenthalt hier enthaltsam gelebt, und Hailey schien unersättlich zu sein, was Cutter nicht weiter störte. Aber sie hatte eine anstrengende Autofahrt vor sich und er wollte sie ungern vom Schlaf abhalten.

Sie sah wunderbar zerzaust aus, als sie ihren

Kopf drehte und gleichzeitig ihren Arsch auffordernd gegen sein bestes Stück presste.

Cutter legte seine Hand an Haileys Hals und küsste sie auf den Mund. Seine Zunge kämpfte mit ihrer und parallel drang er in sie ein. Er liebte diese Stellung.

Und ein Hoch auf das Nacktschlafen, was den Sex eindeutig vereinfachte.

Er hielt ihr Bein fest und stieß mal schneller, mal langsamer zu. Sie fühlte sich so wunderbar eng an und der Anblick ihrer wackelnden Brüste war auch nicht zu verachten. Er hatte nie verstanden, warum manche Kerle auf falsche Titten standen. Cutter jedenfalls konnte den festen, unförmigen Betonklötzen nichts abgewinnen. Er brauchte weiches Fleisch, das gut in den Händen lag.

Hailey löste sich von ihm und ihr glasiger Blick machte ihn unglaublich an. Sie kniete sich aufs Bett und blickte über die Schulter zu ihm. Cutter drang in sie ein. Seine rechte Hand ruhte auf ihrer Hüfte mit dem tätowierten emporkriechenden Feuer, mit der linken zog er sie an den Haaren für einen Kuss heran. Geschmeidig bewegte er sich vor und zurück, genoss das Gefühl ihrer feuchten Enge um seinen Penis.

Hailey führte seine Hand zu ihrem Hals. Seine andere wanderte von der Hüfte zwischen ihre Beine. Er presste sie gegen seinen Körper.

Unter seiner Hand fühlte er ihren sich bewegenden Kehlkopf. Sie stöhnte und er drückte fester zu.

Haileys Finger glitten zu seinen, die zwischen ihren Beinen lagen. Im Gleichtakt bewegten sie die Hände und spürten das Gleiche wie der andere.

Es war das Intimste, was Cutter je erlebt hatte.

Der Raum war erfüllt von ihrem Stöhnen und

den lauter werdenden Atemzügen. Es roch nach Sex. Sie beide harmonierten perfekt miteinander. Nicht nur im Bett, sondern in jeglicher Hinsicht.

Er streichelte mit seiner Hand von ihrem Hals zu den Brüsten, massierte sie und genoss die harten Brustwarzen an seinen Fingerspitzen.

Cutter war berauscht von dem Gefühl, das Hailey in ihm auslöste. Ekstatisch ließ er sein Becken immer wieder vor und zurückgleiten. Drängte sich in ihre feuchte Enge. Packte ihre Hüften und hielt sie an Ort und Stelle gefangen. Sie fiel ein Stück nach vorne, stützte sich auf die Unterarme und kam seinen Bewegungen entgegen.

Das war so verdammt gut!

Sein Griff an den Hüften wurde fester, als er kam. Er stöhnte laut und unkontrolliert. Wusste nicht mehr, wo er aufhörte und Hailey begann. Sie waren eins – körperlich, vor allem aber im Geiste.

Cutter drehte sie auf den Rücken, beugte sich über sie und presste voller Verlangen seine Lippen auf ihre. Sie schmeckte fantastisch. Eine Mischung aus fruchtig herb und einfach nur Hailey.

Seine Finger rutschten zwischen ihre Beine, drangen ein, massierten und gaben ihr das, was sie brauchte. Mit der Zunge leckte er über ihre Wange zum Hals und tiefer zu den Brüsten. Er umkreiste die harten Brustwarzen und biss leicht hinein.

Ihr heiseres Stöhnen war Ansporn genug. Cutter intensivierte das Massieren in ihrer Nässe und das Necken ihrer Brustwarzen.

Viel mehr brauchte Hailey nicht. Er spürte, wie sie kam, und erstickte ihren Schrei mit einem weiteren leidenschaftlichen Kuss.

Sie blickten einander in die Augen. Es war bedingungslose Liebe, Vertrauen und Respekt füreinander.

Cutter deckte sie beide zu und zog Hailey in seine Arme. Sanft streichelten seine Finger über ihren Rücken. Er wollte sie nicht gehen lassen. Und doch wusste er, dass sie keine Wahl hatten. In ein paar Stunden würde er wieder alleine sein. Ohne die Frau, die er liebte. Ohne seine Familie. Gefangen an einem Ort, in dem er nicht sein wollte. Bei Menschen, denen er nicht traute. Für einen Zeitraum, den er nicht einschätzen konnte und mit einer Zukunft, die ungewiss für ihn war.

Thug ballte die Hände zusammen und schlug gegen den Boxsack im neuen Trainingszentrum. Es war spätabends und Grind hatte den letzten Gast vor einer Stunde nach Hause geschickt.

Links, rechts, Deckung.

Es beruhigte Thug zwar, Haileys Aufenthaltsort zu kennen und zu wissen, dass sie am Leben war. Dass ihr Telefon weiterhin ausgeschaltet war, bereitete ihm jedoch Sorgen. Er würde sich gerne selbst davon überzeugen, dass es ihr gut ging und nicht auf Josés Wort vertrauen müssen.

Seine Gefühle spielten verrückt. Das kannte er nicht. Das machte ihm Angst. Das hatte er bisher nur einmal gefühlt und es war nicht gut ausgegangen. Dass ihm das Gleiche nun bei Hailey passierte, sorgte nicht unbedingt für eine Hochstimmung in seinem Kopf.

Links, rechts, Deckung.

Der Schweiß lief Thug über Rücken und Stirn. Doch was kümmerte es ihn? Er war blind und bestand nur aus dem Drang, seine Wut loszuwerden.

Früher hätte er irgendeine Schlampe solange gefickt, bis er sich besser fühlte. Doch selbst bei dem Gedanken daran, steigerte sich sein Zorn.

»Verdammte Scheiße«, brüllte er und schlug so hart gegen den Boxsack, dass die Haut an seiner Hand aufplatzte.

Was stimmte denn nicht mit ihm? Er hatte doch immer seine Emotionen unter Kontrolle und ließ sich nicht von ihnen bestimmen.

»Das reicht jetzt«, befahl Grind. Er streckte den Arm aus, damit Thug nicht mehr zuschlagen konnte.

»Geh mir aus dem Weg.«

»Sorry, Bro, aber du machst mir eine Scheißangst, wenn du in diesem Modus bist. Geh duschen, danach fahre ich dich ins *Pussy Palace*. Da gibt es genug Weiber, die auf diese Sorte Sex stehen.«

Er rieb sich über das Gesicht und atmete tief ein und aus. »Glaubst du mir, wenn ich sage, dass ich keine Lust auf eine schnelle Nummer habe?«

»Du liebst Hailey.«

Thug spannte sich an. Aus welchem finsteren Loch war denn dieser unsinnige Gedanke gekrochen? »Ich kann nicht lieben.«

Grind verdrehte verächtlich die Augen. »Ja, ja der böse Gossenjunge besitzt kein Herz. Erzähl den Scheiß jemandem, der es glaubt. Du hast zwei Möglichkeiten: Kämpfen oder aufgeben. Die Frage ist also nicht, *ob* du sie liebst, sondern *wie* du sie für dich gewinnen kannst.«

»Ich kenne sie noch als kleines Mädchen mit Zöpfen.« Er schüttelte den Kopf.

»Und weiter?« Grind deutete auf Thugs linkes Bein. »Das muss nach vorne, das rechte nach hinten.«

»Ich will damit sagen, dass ich Chancen ohne Ende hatte und sie nie genutzt habe. Im Gegenteil, ich hab es verdammt oft versemmelt.«

»Hailey ist kein nachtragender Mensch. Gib ihr die Chance, damit du dich beweisen kannst.« Grind nickte, als er die Beinstellung sah. »Deckung.«

Thug hob die Hände zum Gesicht. »Und wenn nicht?«

»Aufgeben ist keine Option.« Grind korrigierte die Handstellung.

»Wir kennen uns so viele Jahre.« Thugs Gedanken drifteten ab. Sie hatten so viel Scheiß miteinander erlebt.

»Umso besser. Dann weißt du doch, was sie mag. Blumen, Schokolade, Frauen stehen auf sowas. Geschlossene Deckung – beide Hände nach oben. Jab – Punch.«

»Nein, ich glaube, der Zug ist abgefahren.« Es erstaunte ihn selbst, wie bemitleidenswert er klang.

Blitzschnell hatte Grind ihm die Beine weggetreten. Thug landete hart auf dem Rücken und starrte perplex zu seinem Freund auf, dessen Fuß auf seiner Brust ihn zusätzlich niederdrückte.

»Aufgeben ist für Loser. Bist du einer?« Mit diesen Worten drehte er sich um und ging, und Thug blieb mit seinen Gedanken und dem verletzten Ego am Boden liegen.

KAPITEL 10

Abschiede sind scheiße.« Haileys Lippen beb- ten. Sie standen draußen an ihrem Wagen. Sie hasste diese verweichlichte Version von sich selbst. Erst recht nachdem sie so viele schöne Stunden mit- einander verbracht hatten.

»Es ist ja nicht für immer, Baby«, flüsterte Cut- ter. »Wir bleiben in Kontakt.«

»Das ist nicht das gleiche«, murmelte sie und legte die Arme um ihn. »Ich schicke einen Trojaner ins Netz – nur für alle Fälle.«

Seine Hände lagen fest auf ihrem Hintern. »Sag Bescheid, wenn du alleine bist, dann strippe ich über die Kamera für dich. Und wenn du ganz lieb bist, mache ich auch mehr.«

Sie lachte und schniefte gleichzeitig.

»Ah, da ist ja das hübsche Lächeln.« Cutter küsste sie liebevoll. Weich und fordernd lagen seine Lippen auf ihren. Ihre Zungen umspielten einander. Sein Griff verfestigte sich, als José zu ihnen nach draußen trat.

Cutter flüsterte an ihrem Mund: »Ich liebe dich und das werde ich immer tun. Und jetzt geh.«

»Ich liebe dich auch«, schluchzte sie und klammerte sich an ihm fest. Sie wagte einen letzten Versuch. »Komm bitte mit.«

Seine Umarmung wurde fester. »Ich kann nicht. Bitte, Baby, hör auf zu weinen. Du hast eine lange Fahrt vor dir und musst dich konzentrieren.«

»Genug jetzt. Gringo – geh rein. Hailey – fahr nach Hause.« Josés Ton duldete keinen Widerspruch.

Sie krallte ihre Finger in Cutters Shirt.

»Bitte geh, Zuckerfee. Bevor ich eine Dummheit mache, die uns beiden das Leben kostet.« Er löste ihre Hände, wischte ihr die Tränen von den Wangen und gab ihr einen innigen Kuss. »Wir schaffen das«, wisperte er fast lautlos.

»Bitte«, flehte sie ein weiteres Mal, erkannte aber die Entschlossenheit in seinem Gesicht.

»Tu vor den anderen so, als wäre ich tot.« Er legte die Hand auf ihr Herz. »Du weißt, dass ich immer bei dir bin, Zuckerfee.« Mit diesen Abschiedsworten drehte er sich um und stürmte ins Gebäude.

Hailey sah ihm unglücklich hinterher und fühlte, wie er die Einzelteile ihres Herzens mitnahm. Diese Leere wog so unendlich schwer auf ihren Schultern, dass ihre Beine vor Anstrengung zitterten.

Sie öffnete die Fahrertür des Mietwagens. Eine letzte einsame Träne rollte über ihre Wange.

»Er ist tot, vergiss das nicht. Ich vertraue auf deine Verschwiegenheit. «

Sie drehte sich um und erwiderte den Blick des Paten, ohne mit der Wimper zu zucken. »Und ich vertraue darauf, Cutter unversehrt zurückzubekommen. Du willst es nicht erleben, wenn ich wütend werde.«

»Eine Drohung, Hailey?« Fast schon wirkte er erheitert - wären die toten Augen nicht gewesen.

»Ein Versprechen, José. Wir Sinners machen mit unseren Feinden kurzen Prozess. Vertraue mir, wenn ich dir sage, dass du nicht auf unsere schwarze Liste willst.«

Sie stieg ins Auto, startete den Motor und fuhr los. Im Rückspiegel erkannte sie, dass José verschwunden war. Sie hielt mitten auf der Straße an und zog ihr MacBook aus der Tasche. Hailey hackte sich ins Netzwerk und hinterließ ihren Trojaner. Sollten die Mexikaner Cutter davon abhalten, Kontakt zu ihr herzustellen, hatten sie auf diese Weise eine zweite Möglichkeit. Ab sofort überließ sie nichts mehr dem Zufall. Sie wollte Cutter zurück. Lebendig und unversehrt.

Und wenn sie schon bei Kontakten war, konnte sie auch gleich ihr Telefon wieder einschalten.

»O fuck«, stöhnte Hailey und steckte es in die Halterung. Über dreißig verpasste Anrufe. Alleine zwanzig von Thug. Ihr Messenger spielte ebenfalls verrückt.

Damit würde sie sich befassen, sobald sie zurück war. Da sie ohnehin ein gewaltiges Donnerwetter erwartete, musste sie sich nicht jetzt schon herumärgern.

Doch zu früh gefreut. Abby rief an.

»Was ist los?«

»Was los ist? Gehts dir gut? Wo bist du? Wann kommst du nach Hause?«

»Laut Navi habe ich fünfzehn Stunden Autofahrt vor mir. Soll ich über das neue Clubhaus fahren und dort noch mal nach dem rechten sehen?«, wollte Hailey wissen.

Sie hörte aufgeregtes Flüstern und Gerangel. »Du kommst ohne Umwege direkt zu uns ins Clubhaus«, knurrte Savior und legte auf.

Hailey rief Abby zurück.

»Ja?«

»Sag Savior, dass er ein unhöflicher Arsch ist.«

Abby lachte. »Wird erledigt. Fahr vorsichtig, du wirst hier gebraucht.«

Hailey lächelte bei den Worten, doch eins ließ ihr keine Ruhe. José hatte indirekt angedeutet, einen offenen Krieg mit den Sinners vermeiden zu wollen, warum reagierte Cutter nicht darauf und verließ Mexiko? Es hielt ihn nichts dort. Lag es an dieser Ari? War sie der eigentliche Grund dafür, dass er bleiben wollte? Hailey vertraute ihm, wenn er behauptete, dass nichts zwischen ihnen lief. Aber wie sah Ari das? War sie der gleichen Meinung oder würde sie versuchen, ihn für sich zu gewinnen? Und konnte er dagegen immun sein? Immerhin sagte er selbst, dass sie ihm wichtig war und er sie beschützen wollte. Außerdem teilten sie sich ein Zimmer und das Bett.

Haileys Finger verkrampften sich. Warum musste sie ständig bei Männern, die ihr am Herzen lagen, mit anderen Frauen konkurrieren?

Und wie zum Teufel sollte sie es schaffen, so zu tun, als wäre er tot? Warum verlangte er das von ihr? Wut ersetzte die Trauer und Hailey musste das Radio lauter schalten, um die wirren Gedanken in ihrem Kopf zum Schweigen zu bringen.

Cutter saß in einer Bar. Sein Kopf schwirrte und das Herz schmerzte. Bevor er Hailey gesehen hatte, war es ein dumpfer Schmerz gewesen. Immer vorhanden, aber nie wirklich störend. Jetzt war es anders. Er sehnte sich danach, sie in den Armen zu halten und sich in ihrem Duft zu verlieren. Es durfte nicht sein, dass der Kuss am Auto ihr letzter gewesen war.

Scheiße noch mal, Cutter war doch ein Sinner! Aufgeben war keine Option und nie gewesen. Es gab einen Weg aus dieser Hölle heraus. Er musste ihn nur finden. Am besten war es, wenn er mit der Suche nach Josés Kind anfing. Ein Druckmittel war sicher nicht das Verkehrteste.

»Hey Gringo«, ertönte es auf einmal anzüglich neben ihm.

Desinteressiert blickte er die Frau an. Er hasste es verdammt noch mal wirklich, so genannt zu werden.

Camila – Alejandros Schwester.

»Hast du was vor?« Sie lehnte sich zu ihm herüber, ihr üppiger Busen streifte seinen Oberarm.

»Willst du mir nicht erst mal deinen Namen verraten?« Innerlich feixte er über ihren Gesichtsausdruck.

»Camila«, gab sie leicht verunsichert zurück. »Weißt du den etwa nicht mehr?«

Er zog die Schultern nach oben. »War mir kurzzeitig entfallen. Was kann ich für dich tun?«

»Nachdem deine Freundin weg ist, könntest du doch bestimmt etwas Ablenkung gebrauchen?«

Cutter nickte. »Sicher, setz dich zu mir. Was willst du trinken?«

»Daran habe ich nicht gedacht.« Ihre Hand legte sich auf seinen Oberschenkel und rutschte gefährlich nahe an sein bestes Stück. Auffordernd sah sie ihn durch viel zu stark geschminkte Augen an.

Er lächelte unverbindlich. »Täubchen, dein Bruder würde mich umbringen, sollte ich dich ficken. Also tu uns beiden einen Gefallen und halte deine Finger still.« Außerdem würde er Hailey niemals betrügen. Schon gar nicht mit einer Frau, der er nicht über den Weg traute. Genauso gut konnte Alejandro sie geschickt haben, um irgendeinen Plan zu verfolgen.

Cutter kam eine Idee, wie er das Treffen für seine Zwecke nutzen konnte. Wenn alles klappte, würde er das Misstrauen zwischen José und seiner rechten Hand weiter ausbauen.

»Das geht ihn nichts an«, fauchte sie sofort in gebrochenem Englisch, zog jedoch die Finger weg. »Wir könnten es geheim halten.«

Er verkniff sich ein Lächeln. »Denkst du nicht, er würde das herausfinden?«

»Du hast recht. Er hat überall seine Spione.« Sie sah sich aufmerksam um.

Cutter bestellte ein *Agua fresca* für Camila. »Dein Bruder ist ein Wichser.«

Sie lachte laut und er wusste nicht, ob es echt war oder aufgesetzt. »Wem sagst du das. Frau und Kinder sitzen zu Hause, während er herumhurt.« Der Barmann stellte das aromatisierte Wasser vor ihr ab. »Es ist widerlich, wie er jedem Rock hinterhersteigt.«

Alejandro hatte also Kinder. Bisher hatte Cutter nur dessen Frau hin und wieder gesehen.

»Er nimmt sich wichtiger, als er ist. Ich meine, mal ehrlich, wozu braucht er diese zwei Schlägertypen an der Seite?«

Camila lachte abermals los. »Er sieht sich als zweiten Paten des Ramírez Kartells. Denkt, er könne die Geschäfte übernehmen, wenn José nicht mehr am Leben ist.«

»Ist das so? Nur weil er seine rechte Hand ist, bedeutet es doch nicht, dass er der nächste Boss wird. Sollte José Söhne haben, würde einer von ihnen sein Nachfolger werden, oder?« Der Köder war ausgeworfen. Mal sehen, ob der Fisch anbiss.

Sie hob die Schultern. »Das weiß ich nicht. Aber es ist auch egal. Selbst wenn José Kinder hätte, würde Alejandro dafür sorgen, dass sie niemals dessen Stelle einnehmen.«

»Da macht er sich aber einen gefährlichen Gegner. Möchte nicht wissen, was der Pate mit ihm anstellt, sollte dein Bruder wirklich auf die Kinder stoßen und sie ermorden.«

Camila beugte sich leicht zu ihm. Ihr aufdringliches Parfüm kitzelte seine Nase. »Hat er denn welche? Ich meine, es war nie die Rede davon. Aber könnte es sein?«

Cutter hob die Schultern. »Wer weiß das schon. Es sind Gerüchte und was man von denen halten kann, ist doch klar.«

Sie nickte nachdenklich. »Genau, Gerüchte.«

Er sah auf die Uhr. »So spät schon? Ich muss los. War nett mit dir zu reden, das sollten wir bald mal wiederholen.«

Cutter wartete in einer der vielen Gassen und es dauerte nicht lange, da verließ Camila eiligen Schrittes die Bar. Es wunderte ihn nicht, dass sie das Haus ihres Bruders aufsuchte. Er lächelte in sich hinein. Das hatte besser geklappt, als erwartet. Jetzt musste er nur abwarten und Alejandros Spur folgen.

Gemütlich schlenderte er zum Gebäude zurück, in dem sich sein Zimmer befand. Er hatte noch ein paar Geschäfte zu erledigen, bevor er José zeigen würde, was Alejandro hinter seinem Rücken tat.

Cutter betrat den Schankraum. Ari saß an der Bar und strafte ihn mit Nichtachtung. Anscheinend musste sie heute nicht arbeiten. Er seufzte und setzte sich zu ihr.

»Warum bist du sauer auf mich?«

»Weil du mit deinem Schwanz denkst.« Ihre blauen Augen funkelten ihn enttäuscht an.

Genervt stieß er die Luft aus. »Stimmt doch gar nicht. Aber ich suche nach einer Möglichkeit, wieder zu meiner Familie zu gelangen.«

»Und mich lässt du dann in dieser Hölle zurück«, flüsterte Ari rau.

Cutter zog sie in seine Arme, wollte ihr etwas Trost spenden und sie aufmuntern. »Auf keinen Fall. Wenn, dann kommst du mit mir.«

Sie lehnte ihren Kopf an seine Schulter und die Hand auf sein Herz. »Wirklich? Du nimmst mich mit und überlässt mich nicht meinem Schicksal?«

»Wie könnte ich, Ari?« Er drückte sie fester an sich.

Sie atmete tief ein. »Du riechst gut. So vertraut. Du erinnerst mich an mein Zuhause. Bitte verlass mich nicht.«

Scheiße, dachte er, das lief in eine völlig falsche Richtung. Und warum fühlte sich das angenehmer an, als er sich selbst eingestehen wollte?

Leider hatte die stundenlange Autofahrt und ihr kurzer Aufenthalt in einem abgewrackten Truck-Stop nicht dabei geholfen, dass Hailey sich besser fühlte. Im Gegenteil. Aktuell verfluchte sie Cutter dafür, was er ihr antat. Er wollte in Mexiko bleiben? Na schön, daran konnte sie nichts ändern. Aber so tun, als wäre er nicht mehr am Leben? Das konnte sie nicht. Wie stellte er sich das vor? Die letzten Wochen hatte sie sämtliche schmerzliche Phasen durchlebt in der Annahme, er wäre tot. Jetzt wusste sie aber, dass dem nicht so war. Wie sollte sie das vorspielen?

Hailey passierte das Ortsschild ihrer Heimatstadt. In knapp hundert Yards lag Taras Werkstatt mit dem Abschleppdienst.

Es ist ein Fehler, schrie die Vernunft in ihr, als sie mit quietschenden Reifen auf den Parkplatz bog und eine Bremsung hinlegte, die den Staub aufwirbelte.

Hailey sprang aus dem Auto und suchte an ihrem Bund den Ersatzschlüssel für Cutters Wagen.

»Bist du bescheuert, wie eine Irre auf den Hof zu fahren?«, brüllte Tara vom Eingang der Werkstatt und tippte mit dem Zeigefinger an ihre Stirn.

»Sorry.« Hailey öffnete den Kofferraum und holte Cutters Baseballschläger heraus.

»Fuck, was hast du denn damit vor?« Tara stand misstrauisch neben ihr und musterte den Schläger.

»Cutter braucht den Wagen nicht mehr, richtig? Also kann ich meine Wut daran auslassen.«

»Nein, kannst du nicht. Lass es lieber bleiben, bevor du es im Nachgang bereust.« Sie hielt die Hand hin. »Gib mir den Schläger.«

Hailey schüttelte den Kopf. »Ich brauch das jetzt.«

Und dann begann sie, systematisch sein Auto zu demolieren, nebenbei wüste Beschimpfungen ausstoßend. Ein Schlag gegen die Tür. Ein weiterer Hieb auf die Kofferraumklappe.

Was tat sie hier? Es war mitten in der Nacht. Sie war übermüdet.

»Nimm das, Arschloch.« Sie zertrümmerte die Frontscheibe. Sie bekam einen Riss, genau wie Haileys Herz. Ein zweiter Schlag und die Einzelteile landeten im Innenraum. Ungehindert liefen ihr die Tränen über die Wangen. Entfernt hörte sie Tara mit jemandem reden. Doch all das interessierte Hailey nicht. Sie konnte nach den langen Wochen endlich all ihren Frust und die Wut kanalisieren. Anscheinend hatte sie das dringend gebraucht. Sie schlug die Heckscheibe kaputt. Der Schläger landete auf dem Dach und danach auf der Motorhaube. Sie schluchzte laut auf und holte ein weiteres Mal aus. Jemand hielt den Schläger fest. Hailey drehte den Kopf nach hinten.

»Komm her.« Savior öffnete seine Arme und sie schmiss den Schläger auf den Boden. Wie ein Baby weinte sie an seiner Brust und ließ ihrer Trauer freien Lauf.

»Es tut so weh«, wimmerte sie und krallte ihre Finger in das Hemd. »Warum tut es nur so verdammt weh?«

»Alles wird wieder gut, Kleines. Ich nehme an, du hast von José Informationen bekommen?«

Sie nickte, während ihre Atmung immer stockender wurde. Savior ließ sich mit ihr zu Boden gleiten und hielt sie weiter in den Armen. Sie saßen inmitten der Trümmer, die Haileys Leben perfekt beschrieben.

»Ist Cutter ...?« Er brach mit heiserer Stimme ab und räusperte sich.

»So tot wie jemand in seiner Situation nur sein kann«, antwortete sie ausweichend. Sie schaute ihren Freund an und flehte, dass er diese Botschaft verstand. Dass er nachhakte, wie sie das meinte. Dass er bestritt, dass Cutter tot war. Doch bis auf einen glasigen Stich, war in den blauen Augen nichts zu sehen.

Scheiße!

»Thug ist bereits auf dem Weg hierher. Du hast uns einen ganz schönen Schrecken eingejagt.« Er klang anklagend. Hailey konnte es ihm nicht verübeln.

»Ich will nicht, dass er kommt«, flüsterte sie. Das würde alles komplizierter machen. Sie konnte die Schuldgefühle in seinem Blick nicht mehr ertragen. Auf ihren Schultern lasteten genügend andere Bürden.

»Ich schätze, das ist keine Option. Er ist rasend vor Zorn. Was soll ich nur mit dir machen, Hailey?«

Sie blickte auf. Saviors Gesicht war von Traurigkeit und Wut ganz verzerrt. »Es tut mir leid. Ich brauche nur noch diesen einen Tag und dann bin ich wieder einsatzbereit. Ich verspreche es dir. Bitte, nur noch heute.«

Seine Züge wurden weicher. »Du hast Glück, dass ich dich wie eine kleine Schwester liebe. Morgen, Hailey, will ich dich bei deinem Job sehen. Keine Alleingänge mehr, sonst muss ich handeln. Verstanden?«

Sie küsste ihn auf die Wange. »Abby tut dir gut. Pass immer auf sie auf. Danke, Kilian.«

Einen Augenblick blieben sie noch sitzen und blickten dem herannahenden Sonnenaufgang entgegen. Schließlich seufzte Savior. »Bist du bereit für eine aufgelöste Abby und einen wütenden Thug?«

»Damit komme ich klar. Ich hatte viel mehr Angst vor deiner Reaktion.«

»Dabei bin ich so umgänglich.« Savior grinste schief und hielt ihr die Hand hin. »Na komm, lass uns nach Hause fahren.«

Sie ergriff die ausgestreckte Rechte und erhob sich. »Auf einer Skala von Eins bis Zehn, wie wütend ist Thug?«

Savior winkte ab. »Ausgewachsener Berserker, aber ich bin sicher, du wirst das schon packen.« Dann wurde er ernst. »Wir brauchen dich, Hailey. Es löst einen Krieg aus, wenn du alleine handelst. Ist wirklich alles okay mit dir?«

»Morgen erzähle ich euch alles. Aber bis dahin möchte ich gerne meine Ruhe haben.« Außerdem hatte sie etwas zu erledigen und dafür brauchte sie Kraft.

Sie sah den Protest in seinem Gesicht. Er hasste Widerworte und erst recht, wenn er auf Antworten warten musste.

Also setzte sie ihren besten flehenden Blick auf. »Bitte!«

Er knurrte leise und zeigte drohend mit dem Zeigefinger auf sie. »Morgen ist die Schonfrist vorbei.«

»Das reicht mir. Danke.«

Savior legte den Arm um sie und drückte sie kurz. »Na los, steig ein. Ich kümmere mich darum, dass dein Mietwagen zurückgebracht wird.«

Die Fahrt zurück zum Clubhaus verlief schweigsam. Das war aber nicht schlimm, Savior war nie ein

Mann vieler Worte gewesen. Übertroffen wurde er eigentlich nur von Rollins, der den Ein-Wort-Satz erfunden hatte und damit sowohl alles als auch nichts ausdrücken konnte.

Home Sweet Home, schoss es ihr durch den Kopf, als sie auf das Gelände fuhren und das Clubhaus auftauchte. Es würde nie wieder das Gleiche sein ohne Cutter. Ihre Situation schien ausweglos zu sein. Würde sie ihn retten können? Würde er das überhaupt wollen? Oder musste sie den Rest ihres Lebens ohne ihn verbringen? Verflucht, sie hoffte nicht.

Sie stiegen aus dem Auto, doch bevor Hailey ins Clubhaus gehen konnte, legte sich Saviors Hand auf ihre Schulter.

»Warte.« Er wirkte unbehaglich. »Ist zwischen uns alles in Ordnung?«

Hailey umarmte ihn. »Ich gebe dir nicht die Schuld, wenn du das meinst. Es war unfair von mir und das tut mir leid. Du hast alles in deiner Macht stehende getan.«

Hinter ihr schlug die Tür an die Wand und Thug stürmte heraus. »Du!«

Cutter stand unter der Dusche und spülte sich den Schweiß und den Dreck der mexikanischen Luft vom Körper. Dabei überfielen ihn die Erinnerungen an den Sex mit Hailey. Fuck, er vermisste sie jetzt schon, obwohl sie gerade ein paar Stunden weg war. Er war nie der Typ Mann gewesen, der mit mehreren Frauen zur gleichen Zeit was am Laufen hatte.

Doch nun hatte er das Gefühl, dass es ein ziemlicher Fehler war, sich hier alleine mit Ari aufzuhalten. Da war etwas zwischen ihnen, was er nicht richtig einordnen konnte. Das machte ihm Angst. Nicht nur, weil er Hailey liebte und sich sorgte, sie zu verletzen. Er fragte sich auch, ob er eine Flucht in Betracht ziehen sollte, falls er ernste Gefühle für Ari entwickelte. Die Sinners waren seine Familie, sein Zuhause, aber was, wenn es eine neue Komponente gab?

Cutter trat aus der Dusche und trocknete sich mit dem kratzenden Handtuch ab. In seinem Zimmer zog er sich frische Kleidung an.

»Ich versteh dich nicht.« Ari saß auf dem Bett, die Beine angezogen und musterte ihn aus schmalen Augen. »Die Frau mit den rosa Haaren ist deine Freundin und dennoch bist du hier. Warum bist du nicht mit ihr gegangen? Was hält dich in diesem Loch?«

»Hailey«, murmelte er abwesend und öffnete das MacBook. »Ihr Name ist Hailey und ich beschütze sie. Deshalb bin ich hier.«

»Lügner. Du bist ein Feigling.«

Cutter loggte sich ein. »Ich hätte dich, wie bereits erwähnt, nicht zurückgelassen. José will entweder Hailey oder mich für sein Netzwerk. Dann lieber ich als sie«, ratterte er seine Standardantwort herunter.

»Das ist doch bescheuert. Du machst es euch beiden schwer.«

Als wüsste er das nicht selbst! Warum verstand Ari nicht, dass er keine Nacht ruhig schlafen könnte, hätte er sie zurückgelassen. Außerdem wusste er nicht, was geschehen wäre, hätte er tatsächlich die Flucht angetreten.

»Es geht nicht anders.« Cutter neigte den Kopf zur Seite. Es war nur kurz zu sehen, ein kleiner Code, der vorher beim Hochfahren nicht angezeigt worden war. Überwachten ihn die Mexikaner, weil Hailey jetzt wusste, dass er am Leben war? Oder war es Haileys Trojaner? Dem musste er auf jeden Fall nachgehen, bevor er sensible Transaktionen erledigte. Er sah auf die Uhr. Wenn alles geklappt hatte, sollte sie jetzt schon zuhause sein. Oder war sie erst noch zum neuen Clubhaus gefahren? Was sie Savior und Thug wohl erzählte?

Ari zog die Schultern ein. Diese Geste wirkte so verletzlich und unschuldig. »Ich verstehe das alles nicht.«

Ich auch nicht, dachte er, und rieb sich die Stirn.

Cutter startete den Suchlauf nach versteckten Trojanern mit seinem selbstgeschriebenen Programm. Es dauerte eine Weile, bis er auf etwas stieß. Dann schüttelte er den Kopf und lachte leise. Hailey hatte Wort gehalten und einen Trojaner ins System gesetzt.

Entspannt lehnte er sich zurück und verschränkte die Arme vor der Brust. Blieb nur zu hoffen, dass José nicht noch jemanden an der Hand hatte, der das bemerken konnte. Nach kurzem Überlegen drang er in das Programm ein und sendete eine Botschaft. Mit etwas Anstrengung würde sie das entschlüsseln können.

Hoffentlich stellte Hailey keinen Unsinn an und schickte ihm irgendjemanden für eine halsbrecherische Befreiungsmission hierher. Das musste er auf jeden Fall unterbinden. Bevor er sich auf einen derartigen Plan einließ, mussten José und Alejandro aus dem Weg geräumt werden. Erst dann war Cutter wirklich frei und konnte zurück nach Hause.

Er biss sich von innen auf die Wange und überlegte. Wie sollte er an die Informationen über Josés Familie kommen? Er konnte ja schlecht eine Suchmaschine danach fragen.

Außerdem musste er ein bisschen Zwietracht säen. Er öffnete die Konten, die er in Kolumbien geplündert und die, auf denen der Geldtransfer stattgefunden hatte. Er suchte nach einer krummen Summe, die niemand so schnell bemerken würde. Ein kleiner Betrag, der gar nicht weiter auffiel, und überwies das auf ein neu angelegtes Unterkonto. So war der Betrag noch da, aber Cutter hatte den Zugriff auf das Konto. Oder viel mehr Alejandro Carlos Flores. Denn auf diesen Namen lief die Bankverbindung. Wenn die Kolumbianer davon Wind bekämen, könnte Cutter es auf Alejandro schieben, der ihn dazu gezwungen hätte. Das ergänzte die anderen Konten und Gelder, die er auf Alejandros Namen angelegt hatte.

Plötzlich war Mexiko nur noch halb so beschissen als vor einer Stunde. Cutter grinste und klappte das MacBook zu. Er konnte es kaum erwarten, mit seiner neuen Mission zu beginnen.

»Warum grinst du so?«

Cutter erschrak. Ari hatte er total vergessen. Konnte er sie einweihen? Besser war es wohl, wenn er es erst mal für sich behielt. Er stand auf und legte den Arm um sie. »Keine Ahnung, wie es bei dir aussieht, aber ich hab mächtig Kohldampf.«

Sie saßen in dem gleichen Restaurant, in dem Cutter auch mit Hailey gewesen war. Diesmal waren weder Pedro noch Alejandro mitsamt seinen Schlägern hier. Das war gut. Vermutlich suchte er schon nach dem Kind des Paten. Bei der nächsten

Gelegenheit würde Cutter versuchen, Alejandros Mobiltelefon oder dessen Laptop zu hacken.

»Wo bist du eigentlich aufgewachsen?«, wollte er von Ari wissen.

»Ich bin bei einer Pflegefamilie hier in Mexiko aufgewachsen, meine richtigen Eltern sind gestorben, als ich noch klein war.«

Er runzelte die Stirn. »Warum bist du in eine mexikanische Pflegefamilie gekommen?«

»Wer sagt, dass es eine mexikanische war?« Sie lächelte und trank einen Schluck aus ihrem Glas. »Meine Pflegeeltern sind Amerikaner. Sie haben nie einen Hehl daraus gemacht, dass ich nicht ihr leibliches Kind bin, aber sie behandelten mich wie eins.«

»Und wie bist du beim Kartell gelandet?« Cutter wischte sich den Mund an der Serviette ab und legte sie auf den Teller. Er verschränkte die Arme und musterte aufmerksam Aris Gesicht.

Sie zog die Unterlippe zwischen die Zähne. Ihr Gesichtsausdruck wurde leicht verträumt. »Wir beherbergten jedes Jahr für mehrere Wochen einen Jungen, manchmal war auch seine Mutter für ein paar Tage dabei. Irgendwann musste ich sie mal begleiten. Sie brachten mich zu José.« Sie stieß einen langgezogenen wehleidigen Ton aus. »Und dann nahm das Schicksal seinen Lauf. Ich wollte nicht bleiben und seine Geliebte werden, er sperrte mich in den Keller. Den Rest kennst du.«

Eine Weile schwiegen sie. Irgendwas an der Geschichte kam Cutter seltsam vor. Er konnte nur nicht den Finger darauf legen, was es war.

KAPITEL 11

Wie ein Irrer kam Thug auf Hailey zugestürmt und fuchtelte wild mit dem Finger vor ihrer Nase herum. Savior hatte nicht übertrieben, Thug war im Berserkermodus.

Was das Loch im Mauerwerk, das die Türklinke hinterlassen hatte, eindeutig bewies.

»Das lässt du auf deine Kosten ausbessern«, ordnete Savior wütend an.

Hailey zuckte ein Stück zurück. Sie hatte nicht wirklich Angst vor ihm. Er hatte noch nie Frauen geschlagen, aber wenn er so drauf war, sollte sie lieber vorsichtig sein. Seine Geduld hatte Grenzen und ihr war nicht klar, wann er diese erreichte.

»Du«, wiederholte er zornig und die Ader an seiner Schläfe pochte wie wild. Seine Stimme zitterte.

»Sie hat ihre Abreibung schon bekommen«, griff Savior ein und schob sich beschützend vor Hailey.

Sie umrundete ihn und legte die Arme um Thug. Angriff war noch immer die beste Verteidigung. »Ich weiß, du hast dir Sorgen gemacht, aber alles ist gut.«

»Ich bin wirklich scheiße wütend und angepisst.« Er schob sie von sich, hielt sie jedoch an den
Oberarmen fest und musterte sie einmal von oben
bis unten. »Du bist unversehrt?«

»Ja.«

Thug nickte grimmig. »Ich hätte nicht übel Lust
dir so richtig den Arsch zu versohlen.«

»Ich weiß.« Sie tätschelte seinen Arm. »Aber das
wirst du nicht machen.«

»Sei dir da mal nicht zu sicher.«

Hailey grinste und ging am Boss der Sinners
sowie seinem Vize vorbei. Doch weit kam sie nicht.
Thug zog sie zurück in seine Arme. Sein Griff glich
Schraubstöcken.

»Mach das niemals wieder«, sagte er leise. »Ich
war kurz davor schwer bewaffnet in Mexiko einzumarschieren.«

Gegen ihren Willen musste sie lächeln. Sie wusste, dass es nicht nur dahingesagt war und er es wirklich getan hätte. Hailey küsste ihn auf die Wange.

»Du bist ein Guter, Thug.«

Sie ging auf das Clubhaus zu, das Lächeln auf
ihren Lippen fiel in sich zusammen, als sie in den
ersten Stock kam und dort aus dem Raum neben
Abbys Tätowierzimmer leere Kartons holte. Sie sah
sich um. Die Windeln und Feuchttücher waren alle
weiterhin unangetastet, Cassy hatte ihr Kind anscheinend noch nicht auf die Welt gebracht. Sie ging
in den zweiten Stock und blieb vor der Tür zu Cutters Zimmer stehen. Zaghaft legte sie die Hand auf
das Türblatt. Ihre Finger zitterten.

»Du musst das nicht alleine durchstehen.«

Hailey drehte sich um. Hinter ihr standen Abby
und Cassy.

»Oh, wow«, platzte es aus ihr heraus. Abby kicherte leise. Cassys Bauch hatte nochmals an Umfang zugelegt und wirkte wie ein zu stark aufgepusteter Luftballon kurz vorm Platzen.

Ihr Blick verdüsterte sich prompt. »Sehr subtil.«

»Sorry, aber, verdammt, wie kannst du mit dieser gigantischen Kugel schlafen geschweige denn laufen?«

Cassy streckte ihr den Mittelfinger entgegen. »Geh rein und tu, was auch immer du tun musst.«

Abby nahm Hailey die Kartons ab. »Bist du dir sicher, dass du das willst?«

»Es wird Zeit dafür.« Hailey betrat den Raum. »Sucht einfach alles zusammen, was nach Cutter aussieht.«

Cassy hielt einen Spitzen-BH in die Höhe. »Bin mir nicht sicher, ob das seine Größe ist.«

Hailey riss ihr das Kleidungsstück aus der Hand und warf es auf die Matratze. »Alles, was nach mir aussieht, legt ihr bitte aufs Bett.«

Die drei Frauen arbeiteten stillschweigend vor sich hin, bis das Zimmer aufgeräumt und so gut wie leer war. Alle Dinge, die zu Cutter gehörten – unwichtiger Papierkram, Kleidung und Hygieneartikel – lagen in einer großen Kiste.

»Was hast du damit vor?«

»Wegschmeißen, Abby. Es kommt alles weg.« Natürlich würde er wüten und sauer sein, aber Hailey war ebenso sauer und wollte wüten.

Sie bemerkte den Blick, den sich die beiden Frauen zuwarfen, ignorierte ihn jedoch. Sie hatte ihre Entscheidung getroffen. Cutters Zimmer war wieder frei und sie würde zurück in ihr eigenes gehen, das genau gegenüber lag. Das einzige, was sie von ihm behalten würde, waren das MacBook und sämtliche technischen Gegenstände. Die Agents vom FBI wären begeistert, sollten sie Zugriff auf die darauf enthaltenen Informationen bekommen. Sie verstaute diesen einen Karton in ihrem Schrank. Den anderen brachte sie nach draußen. Irgendwann in den nächsten Tagen würde die Müllabfuhr den ganzen Kram abholen. Dann brauchte sie es nicht mehr sehen. Und wer wusste schon, ob Cutter überhaupt zurückkommen würde. Er hatte seine beste Chance zur Flucht nicht genutzt.

Sie war so verletzt und enttäuscht. Vielleicht reagierte sie deshalb über. Aber der Schmerz saß viel zu tief, um rational zu denken.

Hailey hatte gehofft, dass es ihr nach dieser Aufräumaktion besser ging, dass sie sich befreiter fühlte, wieder durchatmen konnte. Aber nein. Eigentlich spürte sie nur einen Schmerz, der sich wie Säure in ihre Eingeweide fraß.

Im Orgien-Zimmer, das mit Kicker- und Billardtischen ausgestattet war, sowie einer Bar, zwei Sofas und diversen Sesseln, war weit und breit niemand zu sehen. Hailey ging hinter die Bar und griff sich eine Flasche Wodka. Auf dem Weg nach oben überlegte sie, wo sie die trinken sollte. Am besten war es wohl in ihrem Zimmer.

Aus dem Fernsehzimmer im ersten Stock dröhnte schallendes Gelächter. Hailey seufzte, änderte ihre Richtung und ging dorthin. Sie war lange genug alleine gewesen. Es war an der Zeit, sich wieder unter die Menschen zu mischen.

Das hier war ihre Familie und die hatte es nicht verdient, von ihr ausgeschlossen zu werden. An der Tür blieb sie stehen. Dom und Grind saßen mit Rock zusammen und lachten über etwas. Savior und Abby knutschten miteinander. Nur Thug saß alleine und grübelte vor sich hin. Sie ging auf ihn zu und setzte sich daneben. Wortlos reichte sie ihm die Flasche.

Er nahm einen Schluck und gab den Wodka zurück. »Morgen wirst du wieder arbeiten.« Keine Frage, eine Feststellung.

»Richtig.« Sie setzte die Flasche an die Lippen und verzog das Gesicht.

»Schaffst du das?«

»Natürlich packt sie das«, sprang Grind ein und setzte sich neben Hailey. Grind war ihr Kämpfer bei den Underground-Fights. Als sie noch für die Buchwetten zuständig gewesen war, hatte sie oft verdammt hohe Summen auf seinen Sieg gesetzt. Er hatte selten verloren und zum Ende hin war es immer schwieriger geworden, einen Gegner für ihn zu finden. Deshalb baute er mit einigen anderen Sinners ein Kampfsportzentrum auf, um die Jugendlichen von der Straße zu holen. Er würde dort als Trainer arbeiten und den Teenagern seine Kampftechniken beibringen. Außerdem war Grind sehr auf Körperkontakt fixiert. Ob das mit seinem Sport zu tun hatte, oder aus einem völlig anderen Grund, wusste sie nicht. Auf jeden Fall suchte er immer eine Gelegenheit, um sie – oder eine andere Frau – zu berühren. So wie jetzt. Sein Arm lag hinter ihr auf der Rückenlehne und berührte sie am Hals. Es störte Hailey nicht. Sie mochte Grind. Doch jemand, der ihn nicht kannte, könnte das vielleicht zu aufdringlich finden.

»Danke für dein Vertrauen.« Hailey setzte die Flasche an den Mund.

»Ich sag nur, wie es ist. Du packst alles und ab sofort wird nur noch nach vorne geblickt.«

»Okay, Doktor Freud«, brummte Thug und warf Grind einen missmutigen Blick zu. »Zeit fürs Bettchen.«

Grind schnaubte. »Ich gehe nur, weil ich es für richtig halte. Nur damit das klar ist.« An Hailey gewandt, sagte er: »Gut, dass du wieder da bist.«

Sie lächelte und sah ihm hinterher. »Du bist unhöflich, Thug.«

Er blickte sie durch halbgesenkte Lider an. Ein Lächeln blitzte auf. »Nein, ich mag nur keine Konkurrenz.«

Gemütlich schlenderte Cutter durch das Gebäude. Jetzt, wo er einen Plan hatte, musste er sich auf einiges vorbereiten. Also nahm er alles haargenau in Augenschein und machte sich gedanklich Notizen. In den vergangenen Wochen war ihm nie aufgefallen, wie viele bewaffnete Kerle José Ramírez umgaben und bewachten. Klar, da waren immer die zwei Typen, die stets und ständig da waren und niemals von seiner Seite wichen. Doch darüber hinaus? Erst jetzt, wo Cutter selbst viel aufmerksamer war, fielen ihm die Männer in der Nähe der Tür auf, die alles im Blick behielten, während sie an ihrem Getränk nippten. Oder die Typen, die draußen vor dem Gebäude herumlungerten und erst jeden inspizierten, bevor dieser das Innere betrat.

Interessant.

So viel Aufwand für den Paten des mexikanischen Kartells. Dabei saß der vermeintliche Feind in den eigenen Reihen und wartete nur auf eine

günstige Gelegenheit, um den Platz von José einnehmen zu können.

Cutter klopfte an die Tür zum Büro des Paten
und ging nach der Aufforderung hinein. Eigentlich
war es nur ein Test, weil er unbemerkt in dessen
Büro wollte. Er hatte nicht damit gerechnet, dass
José tatsächlich hier war.

»Gringo, was kann ich für dich tun?«

Er hob die Schultern. »Mir ist langweilig.«

José sah ihm neugierig entgegen. »Und dann
kommst du zu mir? Gibt es keine Frauen, mit denen
du dich vergnügen kannst?«

»Sicher gibt es die, aber danach steht mir nicht
der Sinn. Außerdem würde Hailey mich höchst-
wahrscheinlich kastrieren, sollte ich sie betrügen.
Ich brauche eine sinnvolle Beschäftigung und keine
sinnlose Ablenkung.«

»Wie geht es Adrianna?«

Cutter knirschte mit den Zähnen. »Wir haben
nichts miteinander.«

Die Mundwinkel des Paten zuckten minimal.
»Das will ich doch schwer hoffen.«

Er zog die Augenbrauen zusammen. Immer
wieder diese skurrilen Anspielungen. »Nur so aus
Interesse, warum?«

Sein Gegenüber wirkte kurz überrascht, bevor er sich wieder im Griff hatte und genauso ausdruckslos aussah wie sonst. »Du weißt es also wirklich nicht? Faszinierend.«

Cutter stieß den Atem aus. »Was meinst du?«

Er legte die Fingerspitzen aneinander. »Ich mache dir einen Vorschlag, Gringo. Bedingungslose
Loyalität für Antworten über deine Vergangenheit.«

Er hob locker die Hände, doch sein Herz hüpfte
vor Spannung und Interesse. Was konnte José über

seine Vergangenheit wissen? »Ich bin immer noch hier und nicht mit Hailey geflüchtet. Viel loyaler kann ich gar nicht sein.«

»Das wird die Zeit zeigen.« Sein Blick schweifte durchs Fenster nach draußen und wieder zurück. »Auf der anderen Seite der Straße ist ein Kampfstudio. Wenn dir wirklich so langweilig ist, geh zu Domingo und lass dich trainieren. Das hatte ich dir ohnehin schon aufgetragen.«

Cutter wollte protestieren, doch ein Blick nach draußen zeigte ihm, dass der Pate anscheinend bezweckte, dass er sich in der Nähe von Alejandro aufhielt. Dieser betrat gerade das Kampfstudio.

»Zu gegebener Zeit werde ich dir alle Antworten geben. Bis dahin - tu, was auch immer du tun musst.«

Er nickte und verließ nachdenklich das Büro. Sein Kopf schwirrte. Wie konnte José etwas über Cutters Vergangenheit wissen? Oder war es ein Trick, um ihn zum Bleiben zu bewegen? Das konnte er sich eigentlich nicht vorstellen. José musste etwas über ihn in Erfahrung gebracht haben, sonst hätte er es nicht ausgesprochen. Cutter spürte einen Druck im Magen. Was sollte das ganze Drama? Konnte der Pate nicht einfach den Mund aufmachen und sagen, was er wusste?

Hatte es mit dem Überfall zu tun, bei dem seine kleinen Zwillingsschwestern ums Leben gekommen waren? Aber welche Informationen sollte José diesbezüglich besitzen, wenn es nicht einmal Cutter gelungen war, etwas herauszufinden?

Er betrat das Kampfstudio. Neben drei Boxringen, in denen gerade trainiert wurde, hingen Boxsäcke von den Decken herunter. Einige Sportler arbeiteten mit den Seilen und andere waren an den

Hantelbänken. Keiner blickte auf, als Cutter eintrat. Er suchte nach Alejandro, konnte ihn aber nirgends entdecken.

»Was kann ich für dich tun, Gringo?« Neben ihm stand ein Glatzkopf, der mindestens zwei Köpfe größer war als Cutter und doppelt so breit.

O fuck! Die Sinners waren auch alle großgewachsen und muskulös, aber der Kerl hier schrie förmlich nach Laborzüchtung aus dem Reagenzglas. »Der Pate schickt mich. Ich soll mit Domingo trainieren.«

Der Kerl grinste und zeigte eine Reihe weißer Zähne, die eindeutig gerichtet worden waren. »Komm mit.«

Nicht mehr ganz so euphorisch folgte Cutter dem Typen zu einem Boxring. Der schickte die dort Trainierenden weg und stieg rein.

»Ich nehme an, du bist Domingo?«

»Sí. Komm her und quatsch nicht so viel.«

Cutter stieß ein tiefes Seufzen aus und kam der Anweisung nach.

»Hast du Erfahrungen im Boxkampf, K-1 oder MMA?«

»Nein. Wenn ich mich verteidigen musste, habe ich das mit dem Messer getan. Prügeleien sind nichts für mich.«

Domingo maß ihn mit einem berechnenden Blick von oben nach unten und wieder zurück. Er umrundete ihn. »Du siehst fit aus, das scheint mir fürs Erste ein Vorteil zu sein. Am besten starten wir mit Konditionstraining, bevor ich dir beibringe, wie richtige Männer sich verteidigen.«

Cutter hätte gerne eingewendet, dass er ebenfalls ein richtiger Mann war, aber Domingo war schon aus dem Ring gehüpft und mit großen Schritten auf eine Kiste zugegangen, die mit Seilen gefüllt war.

»Vamos, Gringo, wir haben nicht den ganzen Tag Zeit.«

Nach fast zwei Stunden Seilspringen, Liegestütze und - das fand er am schlimmsten - Lauftraining, war Cutter offiziell am Ende. Sein Körper schmerzte und er konnte sich schon gut vorstellen, wie es ihm morgen ergehen würde.

Domingo hielt ihm die Hand hin und half Cutter beim Aufstehen. »Du hast dich ganz gut gemacht. Morgen probieren wir mal, wie du dich im Ring schlägst.«

»Falls ich mich bewegen kann«, murmelte er und freute sich mehr denn je auf eine heiße Dusche und sein Bett.

Domingo lachte. »So ging es uns allen am Anfang, aber ich denke, mit ein wenig Übung hast du das bald drauf. Wir sehen uns morgen, zieh am besten kurze Hosen und ein Shirt an.«

Cutter verließ das Sportzentrum. Er war so auf das Training fixiert gewesen, dass er gar nicht mitbekommen hatte, was mit Alejandro geschehen war. Hatte er das Gebäude verlassen oder war er noch da? Cutter umrundete das Haus und stellte fest, dass es nur einen Ein- und Ausgang gab. Nächstes Mal würde er aufmerksamer sein. Er wollte schließlich nicht wirklich trainieren, sondern Alejandro im Blick behalten.

Hailey stürmte in den Raum, der eigens für die Versammlungen des Rats genutzt wurde. Es gab weder Fenster noch Smartphones, und jegliche technischen

Geräte mussten draußen bleiben. Der Raum besaß außerdem bleiverstärkte Wände. Es waren schon alle anwesend: Savior, Thug, Tara, Dom und Rock. Nur Mac fehlte, aber der kümmerte sich weiterhin um das neue Clubhaus und war demnach entschuldigt. Dom sah immer noch mächtig niedergeschlagen aus. Sie würde Cutters Worte beherzigen und versuchen, ihn etwas aufzumuntern.

Hailey hatte die ganze Nacht überlegt, wie sie das Thema Cutter umgehen konnte. Oder vielmehr wie sie es hinbekam, dass sie seinen Tod anzweifelten, ohne dass sie die Wahrheit sagen musste.

»Da jetzt alle anwesend sind, können wir loslegen.« Savior drehte seine Zigarettenschachtel in den Händen. Hier herrschte striktes Rauchverbot – was er mehr als einmal bereut hatte. Aber ohne Fenster oder Lüftung konnte der Rauch nirgends abziehen.

Alle Blicke ruhten auf Hailey. So etwas hatte sie schon befürchtet. Sie wollte nicht von sich aus erzählen, was in Mexiko geschehen war. Fragen, denen sie ausweichend antworten konnte, waren ihr lieber. Das ließ einen größeren Spekulationsraum.

»Was ist in Mexiko vorgefallen?«

»Ich habe erfahren, dass Cutter so tot ist, wie jemand in der Situation nur sein kann.« Hailey sah jedem fest ins Gesicht. Das klang doch schon mal recht glaubwürdig.

»Aber du warst dir so sicher, dass er noch am Leben ist«, meinte Thug und wirkte skeptisch. »Was ist mit den Organen?«

»Und der *Blut für Blut* Aussage«, ergänzte Savior.

»Es erklärt auch nicht deine Wut, als du wie eine Bekloppte das Auto zerlegt hast«, mischte sich Tara ein. »Das machen für gewöhnlich nur verletzte, eifersüchtige Frauen.«

Hailey lehnte sich zurück und verschränkte die Arme vor der Brust. »Ich habe mich lange mit José unterhalten, verstehe einige Zusammenhänge nun besser und sehe klarer. Mit einem lag ich richtig, es waren tatsächlich nicht Cutters Eingeweide, die sie uns als Botschaft hinterlassen haben. Es waren die von Teddy.«

Savior kniff die Augen zusammen. »Das ergibt keinen Sinn. Der ist durch meine Hand gestorben und nicht durch die Mexikaner.«

Sie nickte. »Richtig, aber Pam wurde von Alejandro ermordet.«

»Ist das ein Scherz?« Der ruhige Rock stützte sich auf den Tisch und presste zwischen den Zähnen hervor: »Wann wolltest du uns davon erzählen, Boss?«

Unbekümmert hob Savior die Schultern. »Jetzt wisst ihr es. Mit Cutter hatten wir schon jemanden zu betrauern, ich hielt es für besser, das mit Pam zunächst zu verschweigen.«

»Zumindest wissen wir jetzt, wie alles zusammenhängt«, sagte Thug an Savior gewandt.

»Bei mir wirft es nur noch mehr Fragen auf«, brummte Savior und drehte erneut die Kippenschachtel zwischen den Fingern. »Woher wusste er von Teddys Grab und von Pam?«

»Hoffentlich nicht schon wieder ein Verräter in den eigenen Reihen«, murmelte Tara.

»Gina hat es erzählt.« Hailey blickte Savior an. »Alejandro hat sie erpresst, wie du weißt, und sie hat das mit Teddy verraten. Als ihm das nicht reichte, hat sie Pam geopfert. Gina erzählte, dass sie deine

Exverlobte war. José und Alejandro gaben sich damit zufrieden und töteten sie.«

Savior schluckte, starrte kurz an die Wand und hatte danach seine Emotionen wieder unter Kontrolle. »Besser sie als Abby.«

»Was ist mit den Bullen?«, fragte Rock.

»Mason und Brick haben sie begraben«, antwortete Dom knapp. Er und Cutter waren eng befreundet gewesen. Wahrscheinlich hatte er sich von Haileys Hoffnung einlullen lassen und war nun enttäuscht. Sie konnte sich verdammt gut vorstellen, was in ihm vorging.

»Crude, Slender und Francine halten sich noch in der Stadt auf. José unterstützt sie finanziell und wird ihnen helfen, sich was Neues aufzubauen. Allerdings nicht in unserer Nähe, wenn ich seinen Worten trauen darf.«

»Das gefällt mir nicht.« Savior strich sich über den Bart. »Warum hilft er ihnen?«

»Habe ich ihn auch gefragt und seine Antwort war gleichermaßen schlicht und verwirrend. Sie besitzen etwas, das ihm gehört und essenziell für seine Zukunft ist.«

Er nickte. »Am besten warten wir ab. Mal sehen, ob George etwas herausfinden kann.«

George war Abbys Dad und hatte sie schon vorher oft mit Informationen versorgt. Außerdem war er der Exmann von Francine, die ihrer Tochter Abby übel mitgespielt hatte.

»Gibt es sonst noch etwas, das du uns erzählen willst, Hailey?« Saviors Eiskristallaugen durchbohrten sie regelrecht. Abby hatte ihn mal Teufel genannt und in diesem Augenblick konnte Hailey dem nicht widersprechen.

Sie schüttelte den Kopf. »Nein.«

»Du bist dir sicher?«

Sie verzog nachdenklich das Gesicht. Zum Glück sah und hörte er nicht, wie schnell ihr Herz schlug. »Ja, schon.«

Savior und Thug tauschten einen Blick. »Gut, dann sind wir hier fertig.«

Hailey biss sich auf die Lippe. Ahnten die beiden etwas? Das wäre ein absoluter Glücksfall. Sie hätte nichts verraten und dadurch konnte niemand sie zur Rechenschaft ziehen.

Auf dem Flur hielt sie Rock am Arm fest. »Danke für deine Hilfe in den letzten Wochen. Ab heute übernehm ich wieder.«

»Bist du dir sicher?« Rock mit der gebräunten Haut, den dunklen Augen und schwarzen Haaren war schon immer ein Frauenmagnet gewesen. Doch seit er seine Frau vor drei Jahren bei einem Unfall verloren hatte, ließ er keine weiblichen Wesen mehr an sich heran.

»Wird Zeit, endlich zurückzukehren.«

Er lächelte leicht. »Gut zu wissen, dass du wieder da bist. Die Unterlagen sind auf dem aktuellen Stand und liegen in deinem Büro im *Temple of Sins*.«

»Ich werde mich revanchieren.«

»Das will ich hoffen«, rief er ihr hinterher.

Cutter fühlte am nächsten Tag jeden einzelnen Muskel in seinem Körper. Anscheinend kam der Spruch *Sport ist Mord* von einem sehr, sehr weisen Menschen. Jede Bewegung schickte ihn durch die Hölle.

Er konnte sich nicht vorstellen, wie er ein weiteres Training durchstehen sollte.

»Wow, was ist mit dir los? Bist du über Nacht um fünfzig Jahre gealtert oder warum bewegst du dich so komisch?« Aris Augen funkelten fröhlich und sie konnte sich nur schwer ein hämisches Grinsen verkneifen.

»Leck mich.«

»Und so eine Frohnatur.«

Cutter blitzte sie böse an. »Hast du noch Toast hier?«

»Sag: Bitte liebe Ari«, forderte sie frech und hob eine Augenbraue.

Noch nie hatte er Frauen geschlagen - nicht mal beim Sex, selbst wenn sie es gefordert hatten - aber jetzt gingen ihm eindeutige Szenen durch den Kopf, wie er Ari übers Knie legte und ihr den Hintern versohlte.

»Na schön«, gab sie auf und stellte ihm einen Teller mit Frühstück vor die Nase. »Aber nur fürs Protokoll, du bist unhöflich.«

»Und du eine Nervensäge. Danke fürs Essen.«

»Willst du mir erzählen, was mit dir los ist?«, fragte sie kurze Zeit später.

»Ich mache Sport.« Schon alleine das auszusprechen, schickte eine neue Welle Schmerz durch seinen Körper. Hailey würde sich schlapplachen, wenn sie ihn so sehen könnte. Cutter hatte schon immer jeglichen Sport, der nichts mit Sex zu tun hatte, verweigert. Er war ein Kopfmensch und bemühte diesen lieber durchs Denken, als sich ihn einschlagen zu lassen.

»Wie kommt das?« Sie wischte über den Tresen und räumte seinen leeren Teller ab.

Cutter hob die Schultern. »Ich halte mich fit.« Er wollte ihr nicht erzählen, dass er allem Anschein nach Alejandro im Blick behalten sollte. Und wer wusste schon, wozu eine Extraportion Muskeln gut war.

Domingo stand bereits im Boxring, als Cutter das Sportzentrum betrat. Er seufzte. Das konnte heiter werden.

»Du siehst fertig aus, Gringo, dabei haben wir nicht mal angefangen.«

Cutter hob den Mittelfinger, was Domingo nur noch lauter lachen ließ.

Er warf ihm einen Kopfschutz zu. »Setz den auf, wir wollen doch dein hübsches Köpfchen nicht verunstalten.«

Domingo erklärte ihm ein paar Grundregeln des Boxens. Er fand, dass Cutter das drauf haben musste, um mit Muay Thai und K-1 weitermachen zu können. Ihm gefiel nicht, in welche Richtung das lief. Als er damals mit Hailey die Buchwetten gemacht hatte, war er bei den Kämpfen dabei gewesen. Cutter hatte definitiv nicht vor, sich so zurichten zu lassen. Er war schließlich nicht Grind.

»Na los, Gringo, linkes Bein vor, rechtes nach hinten und beide ein wenig beugen.« Er korrigierte Cutters Haltung, bis er zufrieden war. »Deine Fäuste sind auf Kinnhöhe.«

Danach ging alles sehr schnell. Führhand aus der Deckung heraus nach vorne strecken - ohne Ausholbewegung - die Beine gleichzeitig abdrücken, Hüfte seitlich leicht abdrehen. Arm wieder zurück und Körper in Ausgangsstellung. Das wiederholten sie ein paar Mal.

»Und das, Gringo, nennt man einen Jab, die gerade Linke.«

Nachdem er das Prinzip verstanden hatte, machte ihm Boxen, entgegen seiner Erwartung, Spaß. Domingo war ein guter und geduldiger Lehrer und erklärte Cutter, warum er genau diese Haltung einnehmen musste. Sie übten noch den Cross Punch, die rechte Gerade.

Am Ende der Stunde war sein Trainer zufrieden. »Gut gemacht. Morgen schauen wir uns das Ganze mal in Kombination an.«

Domingo brachte ihn nach draußen und zündete sich eine Zigarette an. »Du hast viel aufgegeben.«

»Nicht freiwillig«, sagte Cutter knapp und fragte sich, in welche Richtung das Gespräch gehen würde. Es musste sich doch längst herumgesprochen haben, dass er entführt worden war.

»José gehört zu den Guten. Du solltest ihm vertrauen.«

Er schüttelte den Kopf. »Hier in Mexiko vertraue ich nur mir selbst.«

»Dann pass besser auf, dass dich das nicht zu einem sehr einsamen Menschen macht.« Domingo warf die Kippe in den Sand. »Schade, dass er nicht mehr kämpft. Ich wäre gerne mal mit ihm zusammen im Ring gestanden.«

»Wen meinst du?«

»Grind natürlich. Er ist einer der besten Kämpfer, die ich jemals gesehen habe.«

Cutter grinste. »O ja, er hat den Sinners ne Menge Geld eingebracht.« Dass Grind überhaupt nicht mehr im Ring stand, hatte er nicht gewusst.

»Leitet wohl irgendeine Kampfschule.«

Er nickte. Es war ihm noch in Erinnerung, dass Savior geplant hatte, eine Kampfschule zu eröffnen. Damit wollten sie Frauen helfen, sich zu verteidigen und Kids von der Straße holen. Für Cutter wäre es nur ein weiterer Laden geworden, in dem er Geld hätte waschen können.

»Er war einfach zu gut«, meinte Cutter. »Wir haben keine Gegner mehr für ihn gefunden und dadurch Verluste eingefahren.«

»Irgendwann fordere ich ihn heraus.«

»Warum nicht jetzt? Der Zeitpunkt ist so gut wie jeder andere.«

Domingo sah ihn lange an. »Jetzt ist es meine Aufgabe, dich zu trainieren. Alles andere muss warten und hat keine Priorität.«

KAPITEL 12

Es war merkwürdig wieder in ihrem eigenen Zimmer zu sein. Hailey hatte sich so sehr an Cutters gewöhnt, dass ihr nun die Decke auf den Kopf fiel. Sie schnappte sich ihr MacBook und fuhr ins *Temple of Sins*. Sie rechnete nicht damit, um die Mittagszeit jemanden anzutreffen, und war umso überraschter, Tessa zu sehen. Der ging es anscheinend ähnlich, denn sie schloss demonstrativ ihre Zimmertür hinter sich und blickte Hailey aus großen, gespielt unschuldigen Augen an.

»Mit dir habe ich gar nicht gerechnet. Kommt der arme, einsame Rock etwa nicht mehr?«

Hailey verzog keine Miene. Tessa war eine Übernahme aus dem ehemaligen Sexclub der Raiders. Sie hatte eine kurzweilige Affäre mit Savior gehabt, als Abby sich von ihm getrennt hatte. Es fiel Hailey schwer, die Frau vor sich einzuschätzen, würde aber unterm Strich davon ausgehen, dass sie so falsch wie ihre Titten war. Es gab zu viel Widersprüchliches zwischen Tessa und den Raiders. Vielleicht war es an der Zeit, mal ein wenig in der Vergangenheit der lieben Tessa zu graben.

»Du wirst wieder mit mir vorliebnehmen müssen. Rock wird nur noch das Bargeld abholen.«

Tessa verzog die Lippen zu einem Schmollmund. »Schade, ich hatte das Gefühl, er und ich würden uns näherkommen.«

Hailey schnaubte verächtlich. Rock hielt das Andenken seiner verstorbenen Frau in Ehren. Nie im Leben würde er sich auf eine Prostituierte einlassen.

Doch Tessa plapperte unermüdlich weiter. »Wie geht es dir denn? Hast du dich wieder im Griff und deine Krise überwunden? Herrje, die kleine Sally ist ebenfalls völlig am Ende und läuft herum wie ein Trauerkloß. Mir war gar nicht bewusst, dass ihr zwei nicht nur mit demselben Mann intim wart, sondern auch beide in ihn verliebt.«

Hailey versteifte sich und knirschte mit den Zähnen. Snug, wie Sally im Clubhaus genannt wurde, war eine gottverdammte Schlampe, die von Cutter gefickt, mit Sicherheit aber nicht von ihm geliebt worden war.

»Ups, wunder Punkt?«, setzte Tessa scheinheilig hinterher und Hailey kam sich wie eine kleine unbedeutende graue Maus vor, die sich von alles und jedem einschüchtern ließ. Shit, dabei hatte sie doch diese Zeit schon vor über vierzehn Jahren hinter sich gelassen.

Sie straffte die Schultern und blickte Tessa in die Augen. »Sally tut gut daran, sich zurückzuhalten und den Kunden das vorzuspielen, wofür sie bezahlen. Wenn sie das nicht kann, ist sie raus. Das darfst du ihr gerne ausrichten, sollte sie das nächste Mal vor lauter Kummer vergehen. Und was die Sache mit Cutter anbelangt, ist das Mädel gut beraten, sich nicht zu viel darauf einzubilden, dass er sie ein paar

Mal gebumst hat. Eine willige Öffnung zu haben, ist nicht gleichbedeutend mit Gefühlen und Liebe.«

»Eifersucht macht wirklich hässlich«, gurrte Tessa und legte sich ergriffen eine Hand auf die Brust.

»Es ist keine Eifersucht, sondern die Wahrheit. Aber woher solltest du das wissen?« Hailey schloss ihre Bürotür auf und ging hinein, ohne eine Antwort abzuwarten. Sie war die verdammte Chefin hier, warum ließ sie sich so unterbuttern? Das hatte sie doch gar nicht nötig.

Wutentbrannt über sich selbst und der Unverschämtheit Tessas klappte Hailey das MacBook auf und startete es. Sie blätterte gerade durch die Unterlagen, die Rock ihr hinterlassen hatte, als ein kleines Fenster am Mac aufblinkte und ihr eine Botschaft schickte. Sie musste den Code erst entschlüsseln, und was sie dann las, ließ sie auflachen: böses Mädchen.

Dabei hatte sie Cutter gesagt, dass sie einen Trojaner ins Netz schicken würde.

Hailey antwortete: Darauf stehst du doch.

Sie rechnete nicht damit, sofort eine Antwort zu bekommen, und konzentrierte sich, mit deutlich besserer Laune als zuvor, wieder auf ihre Unterlagen.

Erleichtert stellte Hailey fest, dass es nicht zum finanziellen Einbruch gekommen war - in keinem der Laufhäuser. Ihr Konzept schien demnach weiterhin aufzugehen. Ein Tag in der Woche gehörte den weiblichen Gästen. Im *Temple of Sins* hatte sie die Ladys Night eingeführt. An diesem Abend kamen Stripper und erfüllten den Frauen jeden Wunsch. Obwohl Savior anfangs skeptisch gewesen war, sprachen die Zahlen und Verkäufe an dem jeweiligen Abend für sich.

»Du musst mir helfen«, erklang es plötzlich herrisch von der Tür.

Erschrocken schaute Hailey auf.

»Hallo Cassy, es ist auch schön, dich zu sehen.«

»Spar dir das! Wir wissen beide, dass das nicht der Fall ist.« Cassy watschelte in den Raum und ließ sich in den Stuhl plumpsen.

»Was willst du?«

»Kilian hat im Clubhaus die Wohnung für mich ausgebaut, aber ich muss da raus. Ich hasse den Club und halte es keine Minute länger dort aus. Schon gar nicht mit diesem Idioten Troy an meiner Seite.«

Gleichgültig hob Hailey die Schultern. »Und was soll ich da jetzt machen?«

»Sag ihm, dass ich ausziehe und zurück ins Haus gehe, oder was auch immer.« Mit einer Arroganz, wie sie nur Cassy an den Tag legen konnte, fegte sie mit der Hand durch die Luft.

»Warum machst du das nicht selbst? Er ist dein Bruder und wird das lieber von dir, als von mir hören wollen.«

»O scheiße!« Cassy starrte mit aufgerissenen Augen nach unten. »Fuck! Ruf einen Arzt, meine Fruchtblase ist gerade gesprungen.«

Na toll, dachte Hailey und wählte nach einem Moment des Schocks Docs Nummer, das musste ausgerechnet hier und jetzt passieren.

»Na, Süße, wieder im Lande?«, lautete seine fröhliche Begrüßung. »Du hast alle ganz schön in Aufregung versetzt.«

»Ja. Hör mal, kannst du ins *Temple of Sins* kommen? Cassys Kind hat beschlossen, sich seinen zukünftigen Arbeitsplatz von Geburt an anzusehen.«

»Fick dich«, knurrte Cassy und hielt sich den Bauch.

»Alles klar, ich komme mit einem Krankenwagen. Sag ihr, sie soll den Schmerz wegatmen.« Doc beendete das Telefonat.

»Doc ist auf dem Weg und sagt, du sollst den Schmerz wegatmen. Weißt du, wie das geht?«

»Durch die Nase ein, durch den Mund aus«, presste sie hervor.

»Alles klar.« Hailey kniete sich neben Saviors kleine Schwester und nahm ihre Hände. »Wir machen das zusammen.«

Nach mehreren Atemübungen hörten sie Tumult auf dem Flur und Doc kam mit zwei Sanitätern im Schlepp ins Büro gestürmt.

»Hey Kleines, was machst du denn für Sachen, hm?« Docs gütiger Blick ruhte auf Cassy. Er war auf eine modische Art attraktiv. Dunkle Haare, dunkler Vollbart und dunkle Augen.

»War nicht geplant.« Sie verzog das Gesicht und packte Haileys Hand fester, als diese sich gerade lösen wollte. »Du kommst mit, oder? Du lässt mich jetzt nicht alleine?«

Sie schüttelte den Kopf und strich Cassy eine feuchte Haarsträhne aus der Stirn. »Ich begleite dich. Sollen wir Troy anrufen?«

»Bloß nicht.«

»Gut, Abmarsch. Alles Weitere kann unterwegs besprochen werden.«

Cutter war gerade mit Domingo aus dem Sportzentrum gekommen, als eine Frau schmerzerfüllt aufschrie. Sofort schrillten seine Alarmglocken. Auf die Entfernung erkannte er Alejandro, der eine Frau an den Haaren gepackt hielt und sie auf den Boden stieß. Sie brüllten sich auf Spanisch an. Cutter wusste, es wäre besser, sich herauszuhalten, aber er konnte nicht mit ansehen, wie die Frau vor Angst schützend die Hände hob und wimmerte.

»Lass es, Gringo.« Domingo legte die Hand auf seine Schulter. »Fordere dein Schicksal nicht weiter heraus. Du hast genug Ärger mit ihm.«

Mit zusammengepressten Lippen beobachtete Cutter die Szene. Alejandro verpasste der Frau einen Tritt und schlug ihr ins Gesicht.

»Das ist die Art, wie er mit Frauen umgeht«, zischte Cutter und ballte die Hände zusammen. So viele Menschen standen an den Seiten und niemand griff ein.

Du auch nicht, rief der Teufel auf seiner Schulter und grinste hämisch.

»Falsch. Das ist die Art, wie er mit seiner Ehefrau umgeht. Seine Huren sind ihm heilig, die würde er niemals so behandeln«, korrigierte Domingo.

Alejandro ließ von ihr ab und blickte zu den Zuschauern, die sich am Rand versammelt hatten. Sein Blick blieb an Cutter hängen. Er verzog den Mund zu einem gehässigen Grinsen, bevor er die Frau blutend liegen ließ und verschwand.

»Lass uns einen Tequila trinken.«

Cutter schüttelte verneinend den Kopf und marschierte auf die Frau zu, um ihr aufzuhelfen. Ihr hasserfüllter Blick taxierte den Rücken ihres Mannes.

»Geht es?«, fragte er und stellte erschrocken fest, dass die Frau schwanger war.

Sie lächelte schwach. »Ich glaube, Gringo, wir haben den gleichen Feind.«

Domingo kam dazu und sagte etwas auf Spanisch. Sie nickte. An Cutter gewandt, meinte er: »Ich bringe sie nach Hause.«

Zurück in seinem Zimmer, überlegte Cutter, wie er die Sache mit Alejandros Ehefrau zu seinem Vorteil nutzen konnte. Sie wusste bestimmt etwas, was die rechte Hand des Paten in Bedrängnis bringen konnte.

Es klopfte an seiner Tür und er klappte ertappt das MacBook zu. Er wollte gerade auf Haileys Nachricht antworten.

»Beschäftigt?« José kam herein, begleitet von seinen beiden Bodyguards.

»Nicht wirklich. Ich prüfe ein paar Konten und transferiere Gelder – das Übliche eben.«

»Sehr gut, sehr gut«, murmelte der Pate geistesabwesend und schickte seine Männer hinaus. Er sah sich aufmerksam um und rümpfte immer wieder die Nase. »Ich gebe dir ein anderes Zimmer.«

»Warum?«

»Es ist zu klein. Ich bekomme hier drinnen Platzangst.«

Gerne hätte Cutter eingewandt, dass es José doch scheißegal sein konnte, wie groß sein Zimmer war, aber ehrlich? Er war froh, wenn er endlich aus diesem Loch herauskam.

»Gibts einen Grund für dein Erscheinen oder wolltest du nur mein Zimmer sehen?«

»Ich habe beunruhigende Dinge gehört.«

»Ich habe beunruhigende Dinge gesehen«, hielt

Cutter dagegen und verschränkte die Arme vor der Brust.

»Faszinierend. Dieser kommunikative Austausch zwischen uns.« José nahm seinen Hut ab und drehte ihn geistesabwesend.

Cutter fragte sich, von welchem Austausch er sprach. Es konnte wohl kaum das Gespräch zwischen ihnen beiden gemeint sein. Denn das war weder faszinierend, noch konnte er dem Verlauf folgen.

»Was hast du gesehen, Gringo?«

»Alejandro misshandelt seine schwangere Ehefrau. Er hat sie auf offener Straße geschlagen und getreten.«

Josés Nerv unter dem Auge zuckte kurz. »Ist mir bekannt. Irgendwas scheinen Frauen an sich zu haben, das ihn reizt.«

»Weil er sonst immer so ein Sonnenschein ist?«, fragte Cutter sarkastisch. »Was sind deine Neuigkeiten?«

»Anscheinend fehlen ein paar Leuten, deren Konten du betreust, Gelder.«

Cutter verkniff sich ein zufriedenes Grinsen. Showtime. »Kann nicht sein. Komm her.«

Er klappte sein MacBook wieder auf, schloss ein paar der offenen Fenster und zeigte José die aktuellen Kontenlisten.

»Das ist merkwürdig.« Cutter verzog das Gesicht. »Hier fehlen knapp zehntausend. Aber das kann nicht sein.« Gespielt entrüstet tippte er auf der Tastatur herum. »Tatsächlich, hier gibt es ein Konto, auf das das Geld transferiert wurde.«

»Nicht von dir?«

»Nein, keineswegs.« Er deutete auf ein paar Unterkonten und Geldüberweisungen. »Ausland,

Ausland, Estevez und - vermutlich - eine Schein-firma. Aber hier, sieh mal, sagt dir der Name *Flores* etwas?«

José richtete sich auf. »Beobachte das und behalt es fürs Erste für dich. Halt mich auf dem Laufenden, Gringo.«

So schnell wie der Pate gekommen war, war er auch wieder verschwunden. Cutter lehnte sich auf dem Stuhl zurück und grinste zufrieden. Ein Teil seines Plans war perfekt aufgegangen.

Phase zwei konnte beginnen.

Doch bevor er fortfahren konnte, klopfte es ein weiteres Mal und eine ihm unbekannte Frau trat ein. Sie räumte den Schrank sowie die Kommode aus, packte alles in eine Tasche und bedeutete ihm, mit-zukommen. Seine Versuche, ihr zu helfen oder Ant-worten zu erhalten, wehrte sie kopfschüttelnd ab.

Irritiert folgte Cutter ihr. Sie verließen das Haus, überquerten die Straße und betraten ein anderes.

»Neues Zimmer«, sagte die Frau in gebroche-nem Englisch und stellte die Taschen ab.

Vorsichtig sah er sich um. Es gab zwei Schlaf-zimmer und ein Bad. Offenbar ging José weiterhin davon aus, dass Ari bei Cutter bleiben würde. Ihm war es nur recht. Solange Alejandro am Leben war, könnte er keine Nacht ruhig schlafen, sollte sie allei-ne irgendwo sein.

Er verstaute sein Zeug im Schrank und stellte die Tasche mit Aris Sachen in das andere Zimmer.

Auch wenn er nicht glaubte, dass der Pate ihn öfter besuchen würde, war er dennoch froh über die neue Unterkunft. Die Zimmer waren größer und vor allem sauberer. Doch das Beste hieran war die Un-gestörtheit. Im anderen Gebäude war nicht nur die

Bar, sondern auch das Büro des Paten gewesen. Das verschaffte Cutter jetzt mehr Freiraum.

Er grinste und startete seinen Laptop. Er war Hailey eine Antwort schuldig.

Hailey hatte noch nie ein Baby in den Armen gehalten. Zugegeben, sie war vorher auch nie sonderlich scharf darauf gewesen. Babys sabberten und spuckten unkontrolliert. Sie weinten. Doch hier und jetzt in dem Krankenzimmer, erzeugte das Baby in ihren Armen ein absolutes Wow-Gefühl. Cassy hatte, kaum im Krankenhaus angekommen, ein wunderschönes kleines Mädchen auf die Welt gebracht – Vanessa Joan. Der zweite Vorname stand für Cutter, dessen Geburtsname John war. Hailey war irgendwie ... gerührt. So viel Empathie hatte sie Cassy nicht zugetraut. Vielleicht lag es auch nur an dem Babyduft und der winzigen Hand, die sich an ihren Zeigefinger festklammerte, dass sie gerührt war.

»Sie ist so hübsch«, murmelte Hailey und kam nicht umhin die Ähnlichkeit mit Thug festzustellen. Wobei Ähnlichkeit leicht untertrieben war. Die kleine Maus war sein gottverdammtes Ebenbild. Nase, Augen und Lippenform – alles Thug. Was Cassy klar sein musste, denn die starrte seit der Geburt nur an die Decke – sprach und rührte sich nicht, und schien auch sonst nur körperlich anwesend zu sein.

»Cassy?« Sie ging zum Bett und setzte sich vorsichtig auf die Bettkante. »Hier ist jemand, der zu seiner Mummy möchte.«

Auffordernd hielt sie ihr Vanessa hin.

Keine Reaktion. Hailey nahm einen zweiten Anlauf. Etwas energischer. Abermals zeigte sich keine
Regung. Sie presste vor Wut die Lippen zusammen
und legte das Baby in sein Bettchen. Entschlossen
ging sie zurück zu Cassy und verpasste ihr eine Ohrfeige, die ihre Handfläche heiß werden ließ. Aber es
schien zu helfen. Cassy starrte sie geschockt an.

»Mir ist scheißegal, was dein Problem ist, dort
drüben liegt ein zauberhaftes Mädchen und das
braucht seine Mutter. Kümmere dich gefälligst um
sie.«

Mit Tränen in den Augen sah Cassy auf. »Sie ist
Thugs Tochter.«

»Was du nicht sagst«, antwortete sie gedehnt.
»Das ist nicht zu übersehen.«

»Er darf es nicht erfahren.« Erstaunlich fest
packte Cassy Haileys Hand. »Hörst du? Er darf es
nicht erfahren. Niemals. Unter keinen Umständen!«

»Wie stellst du dir das vor? Jeder, der Vanessa
sieht, wird es sofort erkennen. Selbst Thug kann
nicht so blind sein.«

»Deshalb muss ich raus aus dem Clubhaus. Verstehst du das? Hilf mir. Bitte!«

Hailey schloss kurz die Augen und rieb sich
über das Gesicht. »Ich helfe dir, aber nur unter der
Bedingung, dass du es ihm sagen wirst. Er darf nicht
im Unklaren bleiben. Sie ist seine Tochter. Du darfst
ihm die Kleine nicht vorenthalten.«

Bevor Cassy antwortete, öffnete sich die Tür
und Savior kam herein. Hailey erkannte die Panik in
den Augen der frisch gebackenen Mama.

»Auf ein Wort, Boss.« Hailey schob den perple-
xen Savior nach draußen.

»Ich wollte meine Nichte sehen.«

»Kannst du gleich.« Hailey führte ihn ein Stück von der Tür weg. »Ich werde für Cassy euer Elternhaus herrichten. Sie kann nicht im Clubhaus bleiben.«

»Sie hat die Wohnung im Club. Außerdem kann sie im Haus nicht leben. Dort ist es nicht sicher. Ist das wieder so ein Zickending mit euch?« Savior musterte sie kritisch und stemmte die Hände in die Seiten.

»Nein. Aber sie ist Mutter und überhaupt! Wie stellst du dir das vor? Im Club wird geraucht und gefeiert. Es ist laut und gefährlich. Das ist Gift für die Kleine. Lass sie woanders aufwachsen.«

Savior bedachte sie mit einem abschätzigen Blick. Er stieß ein tiefes Seufzen aus. »Es ist Thugs Kind, richtig?«

Sie wog den Kopf von links nach rechts und zurück. »Hmm. Das auch.«

»Ich verstehe.« Er schloss einen Moment die Augen. »Scheiße!«

»Darum geht es aber nicht. Das Clubhaus ist kein Ort für eine Mutter und ihr Baby.«

»Ich sagte, ich verstehe!« Er stieß einen unflätigen Fluch aus. »Ruf Abby an und erklär ihr die Lage. Sie soll ein Team zusammenstellen, dass das Haus auf Vordermann bringt und kindertauglich macht. Wie lange muss Cassy hierbleiben?«

»Vermutlich drei Tage.«

»Okay, dann haben sie drei Tage, um alles fertig zu machen. Kauft, renoviert und benutzt das Geld aus der Kasse, um alles zu bezahlen. Die Steuerbehörde darf ruhig wissen, dass wir Babykram und so kaufen.«

»Da ist eine zweite Sache«, sagte Hailey vorsichtig.

»Was kommt denn jetzt noch?« Savior sah mächtig genervt aus.

»Cassy will nicht, dass Thug es weiß.«

Gestresst fuhr der Sinners Anführer sich durch die Haare. »Damit kann ich mich momentan nicht beschäftigen. Fürs Erste lasse ich Cassy ihren Willen. Und jetzt lass mich in Ruhe und ruf Abby an, ich will endlich meine Nichte kennenlernen.«

Er schob Hailey beiseite und ging zu seiner Schwester ins Zimmer.

Sie wählte die Nummer ihrer Freundin.

»Geht es Cassy und dem Baby gut?«

»Ja.« Hailey lächelte. »Doch es gibt ein Problem. Bist du im Clubhaus?«

»Sicher, ich habe gleich einen Kunden, bin aber schätzungsweise in zirka einer Stunde fertig. Ist nur was kleines.«

»Alles klar, bis gleich.« Hailey legte auf. Erst dann fiel ihr ein, dass sie gar nicht mit dem Auto hier war. Das stand noch vor dem *Temple of Sins*.

Ihr erster Gedanke war, Cutter anzurufen. Ihr zweiter, ihn einen Kopf kürzer zu machen, weil sie jetzt mit dem Bus fahren musste. Sie presste die Lippen zusammen.

Hailey würde ihn sowas von zu Kreuze kriechen lassen, sollte er jemals seinen sexy Hintern zurück nach Hause bewegen.

Thug trat aus dem Trainingszentrum und zündete

sich eine Zigarette an. Mit der Kippe im Mundwinkel steckte er die Hände in die Jackentasche. Es war kühl. Prinzipiell waren ihm Monate und Jahreszeiten egal. Was machte es für einen Unterschied, ob nun der kalte Januar oder der heiße Juli scheiße war?

Sein Smartphone vibrierte und er zog es aus der Hosentasche. Eine Nachricht von Rollins. Cassy hatte also ein Mädchen auf die Welt gebracht. Vanessa Joan. Das klang ganz nett.

Thug hatte keinen Schimmer, welche Art von Gefühlen ihn gerade durchlief oder was er mit dieser Information anfangen sollte. Bei der gewaltigen Kugel war es nur eine Frage der Zeit gewesen, bis sie entband. War ja nicht so, als würde ihn das jetzt irgendwie überraschen.

»Steig ein.«

Den Gedanken abschüttelnd, sah er auf. Savior.

Thug warf den Rest der Zigarette auf den Boden.

»Brauchst du ne Extraeinladung? Und heb die verdammte Kippe vom Boden auf. Da steht ein Mülleimer.«

Unbemerkt verdrehte er die Augen, tat Savior jedoch den Gefallen, bevor er ins Auto stieg. Offenbar war heute wieder einer dieser Tage, an dem er den Boss besser nicht provozierte.

Als der Anführer des Clubs nicht wie gewohnt auf den unbefestigten Weg einbog, der sie zum Clubhaus führte, brach Thug das Schweigen. »Wohin fahren wir?«

»Abby und Hailey sind für eine Weile beschäftigt.«

Langsam drehte er den Kopf zu Savior. »Gehts dir gut, Mann?«

»Heute früh bin ich aufgestanden und habe mich gefragt, ob der Weg der richtige ist.«

»Wenn du zum Club willst, dann nicht.«

»Schnauze!«, blaffte Savior. »Und lass mich ausreden. Ich stand also etwas später auf dem Hof und sah in den Himmel. Hailey schrieb mir fast zur gleichen Zeit, dass ich jetzt Onkel eines gesunden kleinen Mädchens bin.« Er blickte kurz zu Thug. »Man kann ne Menge über mich behaupten, Leichtgläubigkeit gehört nicht dazu.«

»Alter, ich beginne mir Sorgen zu machen. Entweder du bist auf Drogen oder hast gesoffen.«

»Ich bin so nüchtern, wie jemand nur sein kann. In jeglicher Hinsicht.«

Thug verschränkte die Arme vor der Brust. »Dann versteh ich dein Gequatsche nicht.«

»Hailey«, sagte Savior nur.

»Was ist mit ihr?«

»Glaubst du ihre Story?« Er tippte überlegend mit den Fingern aufs Lenkrad. »Irgendwas macht mich stutzig.«

Nachdenklich nickte Thug. »Warum sollte sie lügen? Das ergibt doch keinen Sinn.«

»Ich weiß nicht. Aber als ich sie gefragt habe, ob Cutter tot ist, war ihre Antwort: So tot, wie jemand in seiner Situation sein kann. Was soll das? Das stinkt ganz gewaltig. Wenn er tot ist, ist er tot. Das einzige, wo er drinstecken kann, ist ein Sarg, jedoch keine Situation.«

Er musste dem Boss recht geben. Das war wirklich eine seltsame Antwort. Könnte allerdings auch ihren verletzten Gefühlen geschuldet sein. So ganz würde er auf den Zug noch nicht aufspringen.

»Doch weißt du, was mich im Nachhinein am meisten verwirrt hat?«

»Nein«, seufzte Thug. »Du wirst es mir aber bestimmt gleich sagen.«

»Richtig, Arschloch.« Savior zündete sich eine Zigarette an. »Hailey hat Cutters Auto völlig zerstört. Erst hab ich gedacht, das ist normal und dann, warum sollte sie das machen? Es wäre das einzige gewesen, was sie von Cutter hätte. Selbst sein Zimmer hat sie ausgeräumt. Die ganze Zeit über schläft sie in seinem Bett, trennt sich von nichts und erstickt halb, weil ihre Nase so tief in seinem Kissen steckt, und dann das?«

Thug holte seufzend Luft. »Mehr hast du nicht? Das ist deine Theorie?«

»Nun, es ist plausibler, als *es fehlt die Milz*.«

Er lachte leise. Das konnte er nicht von der Hand weisen. »Und was jetzt? Wir fahren durch die Gegend und versuchen, nähere Informationen zu erhalten?«

Savior gab einen schnaubenden Ton von sich. »So ähnlich. Wir fahren nach Mexiko.«

»Klasse, ich wollte schon immer mal zu einer Selbstmordmission aufbrechen.« Er streckte entspannt die Beine aus und verschränkte die Arme vor der Brust. »Hast du einen Plan?«

»Ehrlich gesagt, war das eine Hals über Kopf Entscheidung, als ich das Krankenhaus verlassen habe.« Savior grinste kurz in seine Richtung. »Aber keine Sorge, wir haben mehrere Stunden Autofahrt vor uns, da wird schon was Gutes zustande kommen. Wir sollten besser die Telefone ausschalten.«

Nachdem das erledigt war, räusperte sich Thug und versuchte, so gleichgültig wie möglich zu klingen. »Cassys Baby ist also da?«

»Vanessa Joan.« Savior lächelte und drückte die

Kippe im Aschenbecher aus. »Sie ist genauso hübsch wie ihre Mutter.«

Thug brummte zustimmend. »Das Mädchen hätte auch ganz schön verloren, würde sie nach ihrem Vater kommen.«

Savior verschluckte sich und hustete. »Ja«, antwortete er mit merkwürdigem Unterton. »Das wäre eine ziemliche Strafe.«

KAPITEL 13

Cutter hatte gerade Domingos Trainingszentrum betreten, als er schon den ersten Schlag kassierte. Die Faust kam von rechts und er krachte auf den Boden.

»Immer wachsam, Gringo.« Domingo streckte ihm die Hand hin, um ihm aufzuhelfen. »Besonders hier in Mexiko.«

»Das hättest du mir auch sagen können, anstatt es zu demonstrieren.« Cutter rieb sich das Kinn.

»Hätte ich«, gab Domingo lachend zu. »Das wäre aber weniger spaßig gewesen und würde nicht als Lektion in Erinnerung bleiben.«

Er sah sich um. Keine Kämpfer im Ring und auch sonst war niemand hier, der trainierte. »Wo sind alle?«

»Einige wurden zu Alejandro gerufen. Den anderen habe ich frei gegeben.«

»Was will er mit den Kämpfern – noch mehr Bodyguards?«

»Er nannte mir keinen Grund, aber so aufgedreht, wie er war, plant er etwas.« Domingo schüttelte den Kopf. »Das ist aber nicht der Grund, warum das Studio heute leer ist. In meinem Büro ist jemand, der mit dir reden will.«

»Mit mir? Wer?«

»Keine Namen, Gringo. Geh einfach nach hinten und rede. Ich halte hier die Stellung und passe auf, dass niemand euch stört.«

Cutters Herz klopfte ganz aufgeregt. War Hailey doch noch mal zurückgekommen? Er beschleunigte seine Schritte. Der Gedanke, dass er direkt in einen Hinterhalt rennen konnte, kam ihm gar nicht.

Er stieß die Tür auf und war überrascht, Alejandros Ehefrau dort sitzen zu sehen. Seine Enttäuschung konnte er nur schwer verbergen.

Die Frau lächelte schwach. »Ich bin nicht die Person, die du erwartet hast.«

»Nicht ganz«, gab er zu und setzte sich auf den freien Stuhl. Er ließ den Blick schweifen. Neben ein paar Pokalen und Urkunden an den blassen Wänden war alles sehr ernüchternd.

»Ich heiße Juanita.«

»Cutter.« Es tat so verdammt gut, den Namen mal wieder auszusprechen. Fuck off Gringo! Er war Cutter!

»Es war eine Zwangsheirat.« Alejandros Frau klang verbittert. »Entweder ich oder meine kleine Schwester. Sie wäre vierzehn bei der Heirat gewesen.«

»Eure Eltern?« Cutter ließ das Ende bewusst offen.

»Die hatten viel zu große Angst vor dem Kartell. Niemand lehnt sich gegen Alejandro auf.«

»Und José?«

Juanita stieß ein hämisches Lachen aus. »Der?

Der hat schon lange nichts mehr zu sagen. Alejandro wartet nur auf den passenden Zeitpunkt, um den Paten zu töten.« Sie rieb sich über den Bauch. »Deshalb bin ich aber nicht hier.«

Cutter lehnte sich auf dem Stuhl zurück. »Ich bin ganz Ohr.«

»Du willst fliehen, richtig?«

Er versteifte sich. Wie hatte sie es herausbekommen? Hatte jemand seinen Laptop gehackt? Er war doch so vorsichtig gewesen. Und was bedeutete das jetzt? Würde sie ihn verraten? Erpressen?

Juanita lachte leise. »Guck nicht so. Ich glaube nicht, dass jemand anderes es weiß. Wir Frauen blicken anders auf unsere Umgebung als Männer. Besonders wenn die Männer derart überheblich sind. Wir haben ein Sprichwort: El que con lobos anda, a aullar se enseña – zeig mir deine Freunde und ich sag dir, wer du bist. Du bist nicht so und wirst niemals zu ihnen gehören. Sie werden dich entsorgen, wenn sie deiner überdrüssig sind. Deshalb werden wir fliehen – gemeinsam.«

Cutter öffnete den Mund und schloss ihn wieder. Anschließend holte er tief Luft. »Nein.«

Sein Plan hatte nie beinhaltet, dass er eine dritte Person mitnahm. Ari – ja. Noch jemand? Nein!

»Ich kann nicht bleiben. Alejandro wird mich töten, wenn er erfährt, dass es nicht sein Kind ist.«

Das wurde immer verrückter.

»Ich kann nicht bleiben«, wiederholte sie, diesmal eindringlicher. »Ich muss nur über die Grenze. Von dort schaffe ich es alleine.«

Das Schweigen zwischen ihnen dehnte sich aus. Cutter wusste doch noch nicht einmal selbst, wann und wie er die Flucht ergreifen wollte. Wie sollte er das mit einer Schwangeren schaffen?

»Bitte hilf mir!«

Cutter stieß einen knurrenden Ton aus. »Gottverdammt! Na schön. Sobald ich Informationen über den Fluchtweg habe, lasse ich es dich wissen.«

Juanita strahlte. »Ich danke dir.«

»Dank mir lieber nicht zu früh«, murmelte er und schnaufte laut. »Wir werden sterben, wenn jemand hiervon erfährt.«

»Solange du deiner Freundin Adrianna nichts erzählst, wird niemand davon erfahren.«

Er riss den Kopf herum. »Was meinst du damit? Sie genießt mein vollstes Vertrauen.«

»Zeig einem Mann ein hübsches Gesicht und er ist verloren«, gab sie höhnisch zur Antwort und rieb sich über den Bauch.

»Ich bin nicht verloren.« Missmutig verschränkte er die Arme vor der Brust. »Was weißt du über sie?«

Ihr Blick aus den dunklen Augen wurde berechnend. »Was weißt du über sie?«

»Sie war im Keller gefangen, weil sie nicht Josés Geliebte sein wollte, ist adoptiert und wurde von deinem Mann schwer misshandelt.«

Juanita schüttelte den Kopf. »Das wars?«

Zögernd nickte er.

Sie sagte etwas auf spanisch, was Cutter nicht verstand und seufzte schwer. »Sie war nicht eingesperrt, weil sie Josés Geliebte sein sollte, sondern die zukünftige Frau seines Sohnes.«

Er sprang vom Stuhl auf und tigerte im Zimmer umher. Mehr zu sich selbst, als zu Juanita sagte er: »Fuck! Dann stimmt es also. Er hat einen Sohn.«

»Sie sollte *rein* sein für die Ehe, deshalb saß sie dort. José dachte im Keller würde ihr nichts passieren, weil nur von ihm ausgewählte Personen dort ein- und ausgehen. Als Alejandro den Grund herausgefunden hat, sorgte er dafür, dass sie es nicht mehr war.«

»Wer hat sie ausgesucht?« Und viel wichtiger war: Wenn Alejandro wusste, dass José einen Sohn hatte, wieso lebte er dann noch?

»José und die Frau, mit der er das Kind hat.«

»Weißt du, wer sie ist oder sein Sohn? Besitzt du irgendwelche Informationen über sie?«

»Niemand hat sie je gesehen. Er hält alles unter Verschluss. Ich weiß nur, dass die Mutter und der Sohn jedes Jahr mehrere Wochen bei der Familie von Adrianna gelebt haben.«

Ari musste es gewusst haben. Sie hatte ihn absichtlich angelogen. Warum? Hatte sie noch mehr Geheimnisse? Was für ein Spiel wurde hier ausgetragen und welche Position nahm Ari ein?

Juanita hatte sich längst verabschiedet, doch Cutter war rastlos. Er prügelte auf den Boxsack ein, bis seine Knöchel schmerzten. Domingo beäugte ihn misstrauisch, war aber clever genug, nichts zu sagen.

»Du musst mitkommen«, rief Ari außer Atem von der Tür aus. »Alejandro hat neue Gefangene.«

»Die hat er öfter.«

»Aber keine in seinem abgeschotteten Keller, die du kennst.«

Hailey sah sich in Saviors Elternhaus um. Kaum zu

glauben, dass hier tatsächlich jemand ermordet worden war – oder bis vor kurzem Menschen gelebt hatten. Mit spitzen Fingern hob sie etwas Undefinierbares vom Boden auf und warf es in den Müllbeutel. Hatte hier jemand in der Zwischenzeit gehaust? Obdachlose? Es fiel ihr schwer, zu glauben, dass Cassy und Troy in diesem Müll gewohnt hatten.

Neben Abby und Giant, hatte Hailey noch Dom und Grind für die Arbeit im Haus anheuern können. Ein paar andere wie Mason, Tara und Rock wollten später dazustoßen.

»Wir brauchen einen Transporter für die Möbel«, sagte Dom und schob angewidert den zerschlissenen Sessel über das zerkratzte Parkett.

»Wir brauchen eine Abrissbirne«, brummte Grind und schüttelte den Kopf. »Selbst die Bruchbude meiner Eltern wirkt wie ein Palast gegen das hier.«

»Wir haben weder eine Abrissbirne noch die Zeit, ein Haus neu zu bauen. Fokus, Leute!«

»Ist der Boden zu gebrauchen?«, fragte Abby Dom, der mit den Fingern über das Holz strich.

»Er ist nicht feucht, falls du das meinst. Wir kaufen einen hübschen Teppich, dann muss das abgenutzte Parkett niemand mehr sehen. Zu gegebener Zeit schleifen wir es ab. Außerdem brauchen wir Wandfarbe.«

»Savior wird uns den Arsch aufreißen, wenn er die Rechnungen sieht.« Abby verzog das Gesicht.

»Wird er nicht«, sagte Hailey. »Er gab die Erlaubnis und er weiß, dass wir uns nicht mit Billigkram zufriedengeben. Schon gar nicht, wenn es um seine Nichte geht.«

Abby schien mit den Gedanken weit weg zu

sein. Wann immer Hailey in ihre Richtung sah, starrte sie nur auf die Wand.

»Willst du mir erzählen, was los ist? Habt ihr euch gestritten?«

»Er hat sich komisch verhalten.«

»Macht er das nicht immer?«, fragte Hailey und lachte.

Das entlockte Abby ein kleines Grinsen, auch wenn es sofort in sich zusammenfiel. »Nicht auf die Art. Er war gedanklich abwesend.«

Sie drehte sich zu ihrer Freundin. »Im Krankenhaus war er normal. Habt ihr mal über eigene Kinder gesprochen?«

Abby wog den Kopf. »Mehr oder weniger. Wir sind uns einig, dass jetzt noch nicht die richtige Zeit ist.«

»Und das siehst du auch so?«, wollte Hailey wissen.

»Klar. Savior ist intensiv. Unsere Beziehung ist es. Ein Kind passt momentan nicht dazu. Außerdem sind wir gerade mal ein paar Wochen zusammen.«

Sie hatte nicht unrecht. Und doch hätte Hailey beinahe drauf gewettet, dass Savior auch in diesem Punkt Nägel mit Köpfen machen würde.

Vermutlich reichte ein Baby fürs Erste.

Einige Stunden später betrachtete Hailey das Werk. »Das sieht doch verdammt gut aus.«

Sie hatten die Wände mit Farbe gestrichen, die alten Möbel herausgeschafft und teilweise Teppiche verlegt.

»Der Chef vom Möbelhaus hat mir versichert, dass sie morgen liefern können«, erklärte Dom und rümpfte die Nase. »Sieht besser aus als vorher, aber ideal ist es immer noch nicht.«

»Hier wurde jemand ermordet«, sagte Abby. »Wie einladend kann das Haus werden?«

»Weihrauch und Salbei«, murmelte Grind und sah sich hektisch um. »Wo habt ihr mein Tütchen versteckt?«

Hailey hob die Augenbrauen. »Bitte?«

»Weihrauch! Salbei!«, wiederholte Grind. »Wir müssen es anzünden und damit die Ecken des Hauses beräuchern. Das vertreibt Geister.«

»Bist du eigentlich völlig bescheuert?« Mason lehnte mit einer Schulter gegen den Türrahmen. »Du glaubst nicht ernsthaft an Geister?«

»Hast du Beweise, dass es sie nicht gibt?«

»Hast du Beweise, dass es sie gibt?«

»Siehst du dir jemals Dokumentationen an? Und nur zu deiner Info Pornos gehören nicht in diese Sparte.«

»Könnt ihr jetzt aufhören?« Hailey stemmte die Hände in die Hüften. »Wir öffnen die Fenster, dann ziehen die Gerüche der Farbe hinaus und vielleicht auch das negative Geister-Shushu.«

»Geister-Shushu?«, rief Grind empört aus und raufte sich die ohnehin schon zerzausten Haare. »Bitte. Gebt mir das Tütchen und lasst mich wenigstens das Wohnzimmer ausräuchern.«

Hailey verdrehte die Augen. »Beeil dich.«

In einer schnellen Räucher-Session hatte Grind das Haus spirituell gereinigt und von Geistern befreit. Mason, der das auf keinen Fall verpassen wollte, verabschiedete sich eine Stunde später zusammen mit Rock und Tara, während Hailey gemeinsam mit Abby, Grind, Giant und Dom nach Hause fuhr.

Innere Unruhe ließ Hailey auf dem Autositz umherrutschen. Sie zog ihr Smartphone aus der

Jackentasche. Keine Nachrichten oder verpassten Anrufe. Sie biss sich von innen auf die Wange und wählte Thugs Nummer.

Es konnte keine Verbindung hergestellt werden. Das war unerwartet.

Savior hasste es, wenn seine Leute nicht erreichbar waren. Warum war er selbst es jetzt auch nicht? Seit das Gleiche mit Cutter vor ein paar Wochen passiert war, gingen Hailey die schlimmsten Dinge durch den Kopf.

Sie steckte das Telefon zurück und sah Abbys nachdenkliches Gesicht.

»Alles okay mit dir?«

Abby schüttelte verunsichert den Kopf. »Saviors Telefon ist aus.«

Eiskalt lief es Hailey über den Rücken. »Thugs auch.«

»Dom?«, flüsterte Abby. »Weißt du etwas?«

Seinem Gesichtsausdruck nach zu urteilen, war er genauso besorgt wie sie.

»Aufwachen, Schlafmütze.« Grob stieß jemand in Thugs Seite und riss ihn aus dem Schlaf. Sofort war er hellwach und in Alarmbereitschaft. Sein Blick flog von links nach rechts auf der Suche nach der Gefahr.

»Arschloch«, brummte er Savior zu und schüttelte den Kopf. Seit seiner frühen Kindheit hatte er keine Nacht mehr als fünf Stunden geschlafen. In dem Heim, wo er aufgewachsen war, hatte er ständig aufpassen und mit offenen Augen und Ohren schlafen müssen. Schon früh hatte er gelernt, sich mit Schlägen zu verteidigen, wenn er nicht gnadenlos untergehen wollte. Keine tolle Kindheit. Zum Glück hatte er selbst keine Kinder. Da konnte nichts Gutes bei rauskommen.

»Nachdem du endlich wach bist, können wir ja unseren Plan durchgehen.«

»Wir haben einen Plan?« Thug zündete sich eine Kippe an und öffnete das Fenster einen Spalt.

»Noch nicht. Wie ist die Umgebung des Ortes?«

»Wenn du wissen willst, ob wir uns anschleichen können – Fehlanzeige. Meterhohe Mauern, bewaffnete Patrouillen und Drumherum nichts als Wüstenlandschaft. Da steht nicht mal ein beschissener Kaktus.«

Savior schwieg lange. Thug sah förmlich die Zahnräder in seinem Kopf rotieren. Schließlich hob er die Schultern. »Dann eben die Hau-Drauf-Methode.«

Thug lachte los. »Also wie immer? Dafür hast du jetzt solange überlegt?«

»Irgendwas muss ich als Boss doch machen oder zumindest so tun als ob.«

»Die Nummer ziehst du im Bett aber nicht ab, oder? So zu tun als ob?«

Savior grinste verschlagen. »Glaub mir, wenn ich an einem Ort nichts vortäuschen muss, dann im Bett – oder wo auch immer ich mein Mädchen gerade ficke.«

»Das ist selten zu überhören. Und das, obwohl uns mehrere Stockwerke trennen.« Thug warf seine Kippe aus dem Fenster.

»Wirst du jemals lernen, einen Aschenbecher zu benutzen?«

»Sicher. Irgendwann.« Thug streckte die Beine

aus. »Mal im Ernst, Boss. Wie sieht der Plan aus?«

»Wir nähern uns José so dicht wie möglich mit dem Auto ohne aufzufallen. Den restlichen Weg gehen wir zu Fuß.«

Thug stieß den Atem aus. »Kinderspiel.«

»Na sicher, kommt ja auch von mir.«

Savior verfiel wieder in Schweigen und Thug war das nur recht. Er dachte an Hailey. Sollte er den Ausflug überleben, würde er sie vögeln und im Anschluss erklären, dass sie zu ihm gehörte. Oder er säuselte erst ein paar nette Worte. Über die Reihenfolge war er sich noch nicht ganz klar.

»Gehen wir bewaffnet?«

»Nein«, antwortete Savior. »Wir lassen alles im Auto. Sie werden uns kommen sehen, egal wie vorsichtig wir sind.«

»Warum fahren wir dann nicht bis vor die verkackte Tür?«

»Weil ich mir wenigstens einen kleinen Überraschungsmoment erhoffe und der ist wahrscheinlicher, wenn wir nicht wie die Irren mit heulendem Motor und quietschenden Reifen vorfahren.«

Das sah Thug zwar anders, sagte es jedoch nicht.

Sie hatten nur noch wenige Meilen vor sich, bis sie anhalten mussten, um den restlichen Weg zu Fuß zu gehen.

»Wir bekommen Besuch.« Savior blickte in den Rückspiegel. »Zwei SUVs folgen uns seit ein paar Minuten.«

»Alles andere hätte mich gewundert.« Es war ohnehin schon überraschend gewesen, dass sie beide so unbehelligt die Grenze passieren konnten. Thug wurde das Gefühl nicht los, dass sie mit Anlauf in eine Falle rannten.

Noch bevor er seinen Gedanken richtig zu fassen bekam, bremste ein dritter SUV sie aus. Savior fluchte, als er eine Vollbremsung hinlegte, die den Sand aufwirbelte und ihnen für einen Moment die Sicht raubte.

Die Türen wurden aufgerissen und sie blickten in den Lauf einer halbautomatischen Schusswaffe.

»Aussteigen«, befahl einer der Männer in gebrochenem Englisch.

Thug und Savior tauschten einen Blick, ehe sie der Aufforderung nachkamen. Thug sah, wie einer der Männer dem Anführer der Sinners die Beine wegtrat, sodass er zu Boden ging.

Seine Muskeln spannten sich an, bereit, jeden dieser Wichser außer Gefecht zu setzen, der es wagte, Hand an seinen Boss zu legen.

»Lass es bleiben«, hörte er noch Saviors entspannte Stimme, bevor ihn ein Schlag gegen die Schläfe in die Dunkelheit schickte.

Cutter folgte Ari aus dem Boxzentrum. Tausend Fragen kreisten in seinem Kopf. Wer war hier und warum? Wieso wurden diejenigen gefangen gehalten?

Er war so vertieft in seine eigenen Gedanken, dass er in Ari rannte, die stehen geblieben war. Reflexartig packte er ihren Oberarm, bevor sie hinfiel.

Sie hielt sich den Finger an die Lippen und deutete auf eine Klappe im Boden, die ihm vorher nie aufgefallen war. Diese befand sich zwischen zwei heruntergekommenen Gebäuden in einer kleinen

Gasse. Ari schaute sich rasch um und zog ihn in die hinterste Ecke des Durchgangs. Sie verschanzten sich hinter den überfüllten Mülltonnen.

Cutters Herz raste. Was, wenn er sich wie ein Feigling versteckte, während es für jemanden aus seiner Familie zu spät war? Wer wusste schon, was genau dort unten jetzt passierte? Seine Hände zitterten. Verzweifelt sah er sich nach einer Waffe um, konnte lediglich eine Eisenstange ausmachen, die zu weit entfernt von ihm lag.

Wie lange kniete er jetzt schon auf dem Boden? Er hatte jedes Zeitgefühl verloren. Schweiß rann über seinen Rücken und tränkte sein Shirt. Ihm war kotzübel.

Cutter lugte an der Mülltonne vorbei, als er Geräusche hörte. Alejandro und zwei seiner Schläger kamen aus dem verborgenen Eingang. Sie lachten und wischten sich die blutigen Hände an Tüchern ab.

Sein Hass stieg ins Unermessliche, während ihm zeitgleich die Angst jeglichen Atem raubte. Er wollte aus dem Versteck springen, doch Ari hielt ihn zurück und schüttelte den Kopf. Weitere sinnlose Minuten verstrichen, in denen Cutter um das Leben seiner Familie bangte.

Ari schlich geduckt hinter der Mülltonne hervor. Sie sah die Straße hoch und runter und bedeutete ihm, rauszukommen.

»Geh Domingo holen. Sag ihm, ich brauche einen Gefallen und einen Wagen mit großem Kofferraum.«

»Aber ...«

Cutter schüttelte den Kopf. »Keine Widerworte. Mach es einfach.«

Widerwillig verließ sie die Gasse. Cutter atmete

zitternd aus und öffnete die Luke im Boden. Er hoffte wirklich, dass er nicht gleich die Leichen seiner Brüder zu sehen bekam.

»Fuck«, stöhnte Thug und blinzelte ein paar Mal. Sein Kopf hämmerte. Sein ganzer Körper schmerzte.

»Na, Dornröschen, ausgeschlafen?«

»Was hast du nur immer mit den Märchen?«

»Ich bin halt ein Traumprinz.«

Benommen drehte Thug das Gesicht in Richtung Stimme. Neben ihm hing, an einer Eisenkette baumelnd, Savior – blutüberströmt.

»Scheiße, was ist denn mit dir passiert?«, krächzte er und bemerkte, dass er ebenfalls keinen festen Boden unter den Füßen hatte. Thug sah an sich hinunter. Seine Zehen schwebten knapp über dem Boden. Er sah nach oben. Seine Arme waren, genau wie Saviors, in Ketten gelegt und streckten den Körper gefährlich.

Das war ungünstig.

»Du hast wieder den ganzen Spaß verpasst.«

»Josés Leute?«, fragte er und nahm den Raum genauer in Augenschein. Überall standen Kisten und Tonnen. Es machte nicht den Anschein, dass hier öfter Gäste beherbergt wurden und wirkte eher wie ein großer Lagerraum. Keine Fenster.

»Nein, es war Alejandro.«

Sie schwiegen eine Weile. Thug machte sich wenig Hoffnung, lebend aus diesem Loch zu kommen.

Er räusperte sich. »Weißt du noch, vor ein paar Wochen, als wir zu Cassy gefahren sind und du fragtest, ob ich über meine Gefühle reden will?«

»Du meintest, das sollten wir uns lieber für einen Moment aufheben, wenn die Kacke so richtig am Dampfen ist.«

»Ja. Ich schätze, jetzt ist dieser Moment gekommen.«

»Hör auf, Thug.«

»Lass mich ausreden, Boss. Ich will das nicht ewig mit mir herumschleppen.«

»Rein theoretisch ... wenn du jetzt darüber reden willst, ist unser Ende bald gekommen. So lange wird dein ewig also nicht mehr andauern.«

»Halt einfach die Klappe!« Thug wartete, es kam keine Antwort. Ausgezeichnet. »Ich habe Cassy wirklich gern gehabt damals. Ich war der festen Überzeugung, sie zu lieben.«

»Aber das hast du nicht?«

»Auf eine schräge Weise habe ich das. Doch sie war nicht Hailey.«

Savior schnaubte. »Und warum hast du blöder Wichser dann ständig dieses Drama veranstaltet und sie verletzt?«

»Weil ich Angst vor meinen eigenen Gefühlen habe.« So! Jetzt war es raus. Thug hatte es ausgesprochen. Fuck.

Cutter hätte beinahe laut aufgelacht, als er die Stimmen seiner Brüder hörte. Erleichterung durchströmte ihn.

»Mann, ihr solltet euch reden hören«, sagte er aus dem Schatten heraus und ging auf die beiden zu.

Alejandro hatte bei Savior ganze Arbeit geleistet. Sein linkes Auge war geschwollen, die Lippen eingerissen und an seinem Körper klafften mehrere blutige Wunden.

»Cutter?«, krächzte Thug.

»In all seiner hübschen Pracht, ihr Bastarde. Was hängt ihr hier so herum? Habt ihr nichts zu tun?« Er inspizierte die Vorrichtungen der Ketten.

»Was zum Teufel machst du hier?«, wollte Savior wissen.

»Ich war spazieren, sinnierte vor mich hin und dachte, heute wäre ein perfekter Tag für eine gute Tat. Ihr wisst schon, Pluspunkte auf dem Karma-Konto. Nicht, dass ich es nötig hätte, aber man kann ja nie wissen.«

»Du bist tot!«

Die Worte versetzten Cutter einen Stich, dennoch riss er gespielt überrascht die Augen auf. »Dann könnt ihr Idioten also mit Toten reden? Wie der Junge aus *Sixth Sense*? Nehmt ihr euch jetzt nicht ein bisschen wichtig?«

»Scheiße.« Savior blinzelte und musste sich ein paar Mal räuspern. »Kannst du uns endlich los machen?«

»Wenn ihr Waschweiber nicht die ganze Zeit quatschen und mich ablenken würdet, hätte ich das längst.« Cutter suchte nach einer Säge oder einem Bolzenschneider. Letzteres fand er auf einer Werkbank in der hintersten Ecke. Er durchtrennte erst die Glieder an Thugs Fesseln. Es dauerte einen Moment und er musste seine ganze Kraft aufbringen – in den Filmen sah das immer so einfach aus. Er sackte direkt in Cutters Arme. Sie warteten, bis er eigenständig stehen konnte. Dann begaben sie sich zu Savior.

Cutter durchtrennte die Glieder, während Thug den Boss der Sinners auffing. Nachdem der ebenfalls halbwegs sicher auf den Beinen stehen konnte, verpasste er Cutter einen Faustschlag ins Gesicht, anschließend umarmte er ihn.

»Den hab ich verdient«, murmelte Cutter. Er hatte den Anführer der Sinners nie weinen sehen. Doch nun liefen ihm die Tränen in Strömen über die Wangen.

»Das ist nur, weil ich jetzt wieder deine schlechten Witze hören muss. Das macht mich traurig.«

»Schon klar«, sagte Cutter und schniefte kurz.

Thug schlug ihm auf die Schulter. »Tut gut dich zu sehen.«

Als sich hinter ihnen Schritte näherten, drehten sie sich angriffsbereit um. Doch es war nur Domingo.

»Was geht hier vor sich?«

»Ich erkläre es dir später. Jetzt brauche ich einen Gefallen. Bring die beiden von hier weg.«

»Wir gehen nicht ohne dich«, protestierte Savior sofort.

»Sorry, Boss, aber das müsst ihr. Ich brauche Antworten und die bekomme ich nur hier. Außerdem ... wenn ich einfach verschwinde, wird José alles dransetzen, dass Hailey meinen Platz einnimmt.«

»Weiß sie, dass du lebst?«, fragte Thug. Ihm war keine Emotion anzuhören.

Er nickte. »Sie war hier.«

»Vamos«, drängte Domingo. »Bevor Alejandro zurückkommt und uns alle an Ort und Stelle tötet.«

Sie folgten ihm aus dem Keller. Vorausschauend hatte er den Wagen so geparkt, dass der Kofferraum Richtung Gasse zeigte.

»Cutter«, meinte Savior leise. »Wir beschützen Hailey und dich. Komm mit.«

»Wir würden unser Leben für eures geben«, ergänzte Thug und das war die erste echte Emotion, die er preisgab.

»Ich weiß und genau das macht mir Angst. Gebt mir ein paar Wochen, damit ich meinen Plan umsetzen kann.« Cutter sah sich schnell in alle Richtungen um. »Ich bin mit Hailey im Kontakt. Und jetzt verpisst euch endlich, bevor ich meinen Arsch umsonst riskiert habe.«

Savior überraschte ihn, indem er Cutter ein weiteres Mal umarmte. »Ich bin froh, dass du am Leben bist, Bruder. Komm zu uns zurück, wir brauchen dich.«

Domingo half ihm in den Kofferraum.

Thug holte tief Luft. »Lass dir nicht zu lange Zeit.« Und dann überraschte auch er Cutter mit einer Umarmung.

Er kletterte Savior hinterher. Domingo schloss die Klappe des Kofferraums und stieg in den Wagen. In normalem Tempo fuhr er los. Cutter sah sich ein weiteres Mal um. Von Alejandro und seinen Schlägern war nichts zu sehen. Er trat vollständig aus der Gasse und ging zu dem Haus, in dem sein Zimmer war. Jetzt musste er erst mal die Begegnung mit seinen Brüdern verdauen.

Hoffentlich bekam Domingo die beiden ohne Zwischenfälle herausgeschmuggelt.

Hailey war kotzübel. Zusammen mit Abby und Dom saß sie im Clubhaus bei Rollins an der Bar. Sie hatten kaum geschlafen und von Savior und Thug fehlte weiterhin jede Spur. Das letzte GPS-Signal war kurz hinter der Stadtgrenze übermittelt worden.

»Erst Cutter und jetzt das«, murmelte Dom und trank den Scotch direkt aus der Flasche. »Die Sinners zerfallen.«

»Reiß dich zusammen.« Abby hatte sich vor ihm aufgebaut. »Sie kommen zurück und das einzige, was hier zerfällt, ist hoffentlich bald mal dein Selbstmitleid.«

»Wir brauchen einen Anführer«, ergänzte Hailey. »Und du musst diese Aufgabe jetzt übernehmen, um aus deinem Loch herauszukommen.«

Dom rieb sich über das vernarbte Gesicht. Er sah entkräftet und müde aus. Dunkle Schatten lagen unter seinen Augen. »Ich habe das Gefühl, als hätte mir jemand einen Teil aus dem Körper gerissen.« Er sah auf und Tränen schimmerten in den Augen. »Ich vermisse ihn. Er war wie mein kleiner Bruder.«

»Das war Cutter für uns alle«, sagte Rollins mit harter Stimme. »Aber wir müssen weitermachen und nach vorne blicken.«

Hailey biss sich auf die Zunge. Sie würde so gerne erzählen, dass er lebte. Aber es ging nicht. Je weniger davon wussten, umso besser war es. Viel wichtiger war es jetzt, dass Savior und Thug unversehrt nach Hause kamen. Sie hatte die dumpfe Ahnung, dass die beiden nach Mexiko gereist waren. Hatten sie ihre Anspielungen doch verstanden? Aber warum waren sie ohne ein Wort abgehauen? Sie mussten wissen, dass sich alle sorgten und sofort vom Schlimmsten ausgingen.

»Hailey?« Grind berührte sie an der Schulter. »Der Typ in der Zelle will dich sprechen.«

Sie nickte und hüpfte vom Barhocker. Was konnte Damian von ihr wollen?

Abby trat an Haileys Seite und zog auf ihren fragenden Blick hin die Achseln hoch. »Ich bin neugierig, was er will.«

Sie hatten noch gar nicht ganz die Kellerräume betreten, da sprang Damian von seiner Pritsche auf und stürzte auf die Gitter zu. Seine Finger umklammerten die Stäbe, bis seine Knöchel immer mehr verblassten.

»Lasst mich endlich aus der verfickten Zelle raus!«

»Warum sollten wir das machen?«, fragte Abby.

»Weil ansonsten ein verdammtes Inferno über euch kommt. Ihr habt ja keine Vorstellung davon, wen ihr euch zum Feind macht!«

KAPITEL 14

Cutter hasste Warten. Wo blieb Domingo? Hatte er es geschafft, Thug und Savior ohne Zwischenfälle wegzubringen, oder waren sie aufgehalten worden?

Er konnte noch gar nicht richtig begreifen, dass seine Brüder gekommen waren, um ihn nach Hause zu holen. Diese verrückten Teufelskerle! Umso wichtiger war es jetzt, dass er Mexiko abschließen musste.

»Aber wie?«, murmelte er gedankenverloren. Cutter hatte nicht angenommen, dass José sich mit allem so viel Zeit lassen würde. Wie viele falsche Fährten musste er denn noch legen, damit Alejandro endlich beseitigt wurde? Das würde einiges leichter machen.

Und in dem Zusammenhang fiel ihm auch gleich noch die Geschichte mit Ari ein. Cutter musste unbedingt herausfinden, was für ein Spiel sie hier trieb. Er konnte sich nicht vorstellen, dass sie gegen ihn arbeitete. Denn dann hätte sie wohl kaum dazu beigetragen, dass Savior und Thug fliehen konnten.

Oder war es nur Teil eines gerissenen Plans? Ihm wollte nicht in den Kopf, warum sie die Sache mit José und ihrer Gefangenschaft anders dargestellt hatte.

Vielleicht aus Angst, überlegte er. Aber vor wem? Cutter? José? Alejandro? Ihnen allen?

Ohne vorheriges Anklopfen ging seine Tür auf. Der Pate trat ein, die Bodyguards blieben auf dem Flur. Er sah sich in dem Raum um. »Ich werde dir ein anderes Zimmer zukommen lassen, Gringo. Ich fühle mich unwohl.«

Cutter hob die Augenbrauen. »Ich bin doch gerade erst in dieses umgezogen.«

Eine wegwerfende Handbewegung folgte. José schwieg und Cutter hatte nicht vor, ihn aus seinen Gedanken zu reißen, obwohl alles in ihm lauthals fragte, was sein Besuch zu bedeuten hatte.

Der Pate saß auf einem Stuhl und starrte auf die Kommode. Schließlich brach er das Schweigen. »Ich höre so viele beunruhigende Dinge. Wem kann ich noch trauen? Wer arbeitet gegen mich?«

Cutter beschloss, alles auf eine Karte zu setzen. »Du hast die falschen Leute um dich. Alejandro will dich tot sehen, genau wie deinen Sohn.« Da! Jetzt war es raus. Er hielt die Luft an.

»Sicher will er das.« Nachdenklich rieb José die Fingerspitzen aneinander. »Er ist machtbesessen. Eine Ehe hätte nicht nur meine Position gestärkt. Wir hätten alle davon profitiert. Es scheint nun alles so verloren.«

»Du sprichst in Rätseln.«

»Mache ich das nicht immer? Niemand kann meinen Gedanken folgen. Sie sind zu komplex.«

Cutter schwieg. Was hätte er darauf auch antworten sollen außer *Sí Señor*? Er probierte eine andere Methode. »Wo ist dein Sohn jetzt? Ist er in Sicherheit?«

»Wenn er nichts Dummes tut, sollte er in Sicherheit sein. Allerdings schlägt er mehr nach seiner Mutter.« Er verdrehte die Augen und tat, als müsste Cutter das irgendwas sagen. Doch Gegenteiliges war der Fall. Es rief nur noch weitere Fragen auf.

»Ich weiß, warum Ari wirklich im Keller war.«

Der Pate verzog die Lippen zu einem minimalen Anflug eines Lächelns. Es war so schnell wieder verschwunden, es hätte genauso gut ein nervöses Zucken gewesen sein können. »Natürlich kennst du den wahren Grund. Du bist ein kluger Kopf. Aber kennst du auch die ganze Wahrheit?«

»Du weißt, dass Savior und sein Vize hier waren?«

Das Augenlid des Paten zuckte. »So? Und dennoch bist du hier.«

»Ich halte meine Versprechen.«

»Loyalität ist das A und O im Kartell, Gringo.«

»Meine war, ist und wird immer bei den Sinners sein. Sie sind meine Familie.«

»Es hätte alles anders kommen können«, flüsterte der Pate und stand auf. »Es ist an der Zeit, dass die Verräter bekommen, was sie verdienen. Niemand kommt mir ungestraft in die Quere. Halte dich bereit.«

Hailey beobachtete Damian amüsiert dabei, wie er krampfhaft versuchte, sie mit Informationen zu ködern. Bisher hatte er nichts gesagt, was sie ansatzweise interessieren könnte.

»Lass uns gehen, das ist Zeitverschwendung«, sagte Abby und war schon an der Tür, als Damians Stimme ein weiteres Mal erklang.

»Habt ihr euch nie gefragt, wie Teddy aus der Zelle fliehen konnte?«

Doch, dachte Hailey, das hatten sie. Ihnen war immer klar gewesen, dass Teddy das nie im Leben allein geschafft hätte. Dass es Damian gewesen war, der ihm geholfen hatte, war ihnen dabei niemals in den Sinn gekommen. Schon gar nicht, weil er bei Abbys Befreiung geholfen hatte. Was für ein Spiel trieb er?

Hailey drehte sich zu ihm um. »Na schön, du hast meine Aufmerksamkeit.«

Damian lächelte schmierig. »Ich will nicht mit dir reden, sondern mit meiner Schwester.«

»Halbschwester«, korrigierte Abby.

»Du hast doch nach mir schicken lassen.« Hailey hob die Augenbrauen.

»Aber nur, weil Abby sonst nicht zu mir gekommen wäre«, behauptete er und lehnte sich entspannt mit der Schulter gegen die Gitterstäbe. »Ich rede nur mit Abby oder Savior.«

»Dann rede«, forderte die Tätowiererin des Clubs und verschränkte resignierend die Arme vor der Brust. »Aber beeil dich.«

»Was bekomme ich für meine Antworten?«

Hailey schüttelte den Kopf. »Komm, Abby, der spielt nur.« Sie gab ihrer Freundin einen kleinen Schubs in Richtung Tür.

»Ich wollte nie, dass dir etwas passiert!«

Abby blieb stehen.

»Ich hätte niemals zugelassen, dass er dir weh tut.«

Hailey erschauerte. Er spielte auf Teddys

versuchte Vergewaltigung im Keller der Raiders an. Sie legte den Arm um die Schultern ihrer Freundin, gab ihr etwas Halt und Trost.

»Abby!«, rief Damian und das schien sie irgendwie aus ihrer Lethargie herauszuholen. »Glaub mir! Ich hätte das nicht zugelassen. Du und ich – wir sind ein Team, eine Familie.«

»Wir werden niemals ein Team sein, geschweige denn eine Familie.« Abby drehte sich zu ihm herum. Ihre Stimme bebte vor Wut. »Du hast den Mann befreit, der mich vergewaltigen wollte! Du wolltest mich und Hailey in einen Hinterhalt locken. Nenn mir auch nur einen Grund, warum ich dir weiter zuhören sollte!«

Damians berechnender Blick zuckte kurz zu Hailey. »Ich besitze Informationen über euren geliebten Cutter. Aber das kostet dich etwas. Ich will hier raus.«

»Ich bin nicht befugt, dich rauszulassen«, antwortete Abby steif.

Hailey starrte ihn an. »Was für Informationen?« Wusste er, dass Cutter noch am Leben war?

»Seine Vergangenheit betreffend.«

Sie zog die Augenbrauen nachdenklich zusammen. Was könnte das sein? Und dann riss sie die Augen auf, als ihr ein Gedanke kam. »Du weißt, wer seine Schwestern gekauft hat.«

Wieder dieser berechnende Blick. »Ich weiß sogar mehr als nur das.«

»Hailey«, flüsterte Abby eindringlich. »Du glaubst ihm doch nicht etwa, oder?«

»Ich bin unsicher«, gestand sie. »Wir suchen schon seit so vielen Jahren nach dem Ursprung des Geldes.«

»Es ist doch gar nicht gewiss, dass er diese Infos wirklich besitzt.«

Hailey blickte an ihrer Freundin vorbei zu Damian. »Ich werde mit Savior sprechen. Verarschst du mich, werde ich dir persönlich die schlimmsten Schmerzen zufügen, die du dir nur vorstellen kannst.«

Mit diesen Worten verließ sie den Keller auf wackligen Beinen. Auf der Treppe musste sie sich erst mal an der Wand abstützen. Solange hatten sie und Cutter nach Details gesucht, kleinen Hinweisen darüber, was damals wirklich geschehen war. Konnte es so einfach sein, dass sie nur Damians Freilassung gewährleisten brauchten, um endlich die Wahrheit zu erfahren?

»Hailey?« Vorsichtig berührte Abby sie an der Schulter.

»Ich brauch jetzt einen Drink«, sagte sie und stieg die restlichen Treppenstufen hoch.

An der Bar tauschten Rollins und Giant stumme Blicke. Eindeutig Vater und Sohn. Sie brauchte nichts sagen, da stand schon ein Glas vor ihr.

»Was hat dich so sehr aus der Fassung gebracht?«

Sie sah Abby an. »Du weißt, dass Cutter Zwillingsschwestern hatte? Sie waren jünger als er.« Auf ein Nicken hin, erzählte Hailey weiter: »Sie wurden auf schreckliche Weise ermordet, genau wie die Mutter. Cutter erbte eine Menge Geld und wir haben nie herausgefunden, woher es stammte.«

Abby zog die Schultern ein. »Ich fürchte, mir ist immer noch nicht ganz klar, was genau du sagen willst.«

Sie stützte den Kopf in die Hände. »Cutters

Schwestern wurden verkauft. Er erfuhr es noch, bevor ...« Sie räusperte sich. »Bevor Zoey in seinen Armen starb.« Hailey schüttelte den Kopf. »Wir haben uns immer gefragt, warum niemand das Geld zurückforderte, denn beide Mädchen sind nie beim Käufer angekommen.«

»Und der Gefangene weiß das?«, knurrte Rollins nicht überzeugt.

»Er behauptet es zumindest«, meinte Abby.

»Ich muss es versuchen. Savior wird ...«

»Dir den Arsch aufreißen für deine Lügengeschichte«, kam es angepisst von der Eingangstür des Clubhauses.

Abby sprang vom Barhocker, war im nächsten Moment bei Savior und es war nicht zu erkennen, wer wen als erstes in die Arme gerissen hatte.

Hailey atmete erleichtert auf. Savior und Thug waren zurück. Nicht ganz unversehrt, zumindest wenn sie den Boss näher betrachtete, aber wenigstens am Leben.

Ihre Augen schweiften weiter zu Thug. Sein Blick ruhte auf ihr. Unergründlich, nachdenklich und als könnte er bis in ihr Innerstes sehen. Eine Gänsehaut überzog ihren Körper. Es hatte etwas Entschiedenes an sich und sie hatte das dumme Gefühl, dass er bald ihrer beider Leben auf den Kopf stellen würde.

»Baby, wir müssen das auf später verschieben«, murmelte Savior und setzte Abby vorsichtig ab.

Thug verdrehte die Augen. Wäre die Situation umgekehrt und er hätte ein Mädchen, das willig in seine Arme sprang, würde er sie als Erstes ficken und dann jemanden zusammenstauchen.

»Hailey, wir haben etwas zu besprechen. Mitkommen.« Savior ging voran, und es war ihm hoch anzurechnen, dass er nicht nach der Flasche Gin griff, die Rollins bereits auf die Theke gestellt hatte.

Hailey folgte ihm. Thug ging hinterher. Das wollte er auf keinen Fall verpassen. Außerdem musste er dringend mit ihr sprechen – diesen ganzen Gefühlsscheiß loswerden, damit sein Kopf wieder klar wurde.

Ihr Hintern sah in der engen Jeans verdammt gut aus. Thug konnte sich noch gut daran erinnern, wie er sich in seinen Händen angefühlt hatte.

Hailey blickte über ihre Schulter zu ihm zurück. Hatte er das jetzt laut ausgesprochen?

Der Beratungsraum war auch ohne Fenster schon erdrückend. Mit dieser Stille war es gleich doppelt schlimm. Er litt nicht unter Klaustrophobie, hatte aber trotzdem gerne wenigstens ein winziges Loch, um nach draußen sehen zu können.

Thug wollte etwas sagen, doch ein Blick von Savior reichte aus, und er klappte den Mund wieder zu.

»Was hast du dir nur dabei gedacht?« Savior schüttelte den Kopf. »Du hättest es uns sagen müssen.«

»Ich weiß«, antwortete Hailey schlicht. »Doch es ging nicht. Ich hatte Angst um Cutter.«

Erneut war es lange leise im Raum. Thug tippte mit dem Zeigefinger auf der Tischplatte herum. Er wollte so dringend eine Zigarette rauchen. Scheiß Rauchverbot!

»Es ist nicht so, dass ich das nicht verstehe, Kleines, aber wie hast du geglaubt, geht es weiter?«

»Keine Ahnung. Ich habe mich darauf verlassen, dass Cutter einen Weg findet. Und falls nicht ...« Sie grinste verschmitzt. »Habe ich dir doch einen Hinweis gegeben.«

Savior lachte laut los und hielt sich dann die Seite. »Fuck.«

»Hätten wir jetzt unsere Handys, könnten wir Doc anrufen.« Thug lächelte böse.

»Also«, meinte Hailey gedehnt. »Werde ich bestraft?«

»Nein. Tatsächlich verstehe ich, warum du das gemacht hast. Die Mexikaner sind verrückte Arschlöcher.«

»Die Typen scheinen dich schlimmer verprügelt zu haben, als ich annahm«, sagte Thug und wich dem halbherzigen Schlag vom Boss der Sinners aus.

»Wir brauchen eine Strategie, um Cutter dort herauszuholen.«

»Er will nicht gerettet werden.« Thug war erstaunt, dass Hailey so entschlossen klang. »Ihr wart da und wisst, dass er lebt. Wollte er euch begleiten?«

»Nein«, antworten Savior und Thug im Chor.

»Seht ihr.« Sie rieb sich das Gesicht. »Er braucht Zeit, und die sollten wir ihm geben.«

»Sagen wir es den anderen?«, fragte Thug.

»Keine Geheimnisse!«, entschied Savior. »Die Sinners verdienen es, zu wissen, dass Cutter lebt.«

»Ich hoffe, das geht gut«, murmelte Hailey. »Wir können es nicht riskieren, dass noch mal jemand so eine Irrsinnsidee hat und auf eigene Faust nach Mexiko reist.«

»Für Irrsinnsideen sind nur wir zuständig.« Savior lehnte sich vor. »Ihr seid in Kontakt?«

»Natürlich. Wir haben vor Urzeiten mal aus Spaß einen Trojaner geschrieben, den hab ich ins mexikanische System geschleust.« Hailey biss sich kurz auf die Lippe, was Thug unheimlich anmachte, und sagte: »Damian will mit dir sprechen.«

»Weswegen?«

»Er besitzt angeblich Informationen über Cutters Vergangenheit.« Sie schilderte kurz den Verlauf des Gesprächs. Thug konnte sich nicht vorstellen, weshalb ausgerechnet dieser kleine Pisser in ihrem Keller solche brisanten Fakten haben sollte.

»Glaubst du ihm?«, fragte er deshalb.

Hailey wog unschlüssig den Kopf von einer Seite auf die andere. »Wir haben über Jahre versucht, dem Käufer auf die Spur oder überhaupt an Infos zu kommen. Nur eine Handvoll Sinners wusste, was wir machen. Wenn niemand Damian etwas verraten hat, woher weiß er es?«

»Also was jetzt?«, brummte Thug gereizt. »Noch mehr Verräter in unseren Reihen?«

»Nein«, sagte Savior nachdenklich. »Hailey vermutet wohl eher, dass Damian zu denen gehört.«

»Können wir seinen MC damit in Verbindung bringen?«

»Die sind nicht klug genug für so etwas.« Hailey spielte an ihrem Nasenring. »Mich würde Damians Vergangenheit interessieren. Wo war er all die Jahre, als er angeblich mit Pam abgehauen ist? Wo ist er aufgewachsen? Wieso hat er vorher nie versucht, Kontakt zu Abby aufzunehmen?«

»Frag Cutter, was er davon hält.« Savior stand auf. »Schreib ihm über euer geheimes Dingens und gib mir Bescheid, wenn du eine Antwort hast.«

Cutter schrieb eine Nachricht an Hailey. Oder versuchte es zumindest. Er war ein wandelnder Wasserfall, wenn es ums Sprechen ging, doch heute fehlten ihm die Worte. Wie sagte man am besten, dass man ein Idiot war?

Nachdem Domingo ihm versichert hatte, dass Savior und Thug unversehrt über die Grenze gekommen waren, hatte er lange wach gelegen. Cutter glaubte mittlerweile auch, dass Ari ihm etwas verschwieg. Zwar wusste er nicht warum oder was, aber die Anzeichen waren da. José hatte keinen Grund, ihm Lügen zu erzählen. Ari schon – um sein Vertrauen zu gewinnen. Er hätte Hailey glauben müssen. Vor allem aber hätte er mit ihr gehen müssen. Ihm wurde das hier alles zu viel. Wollte er etwas über seine Vergangenheit erfahren? Natürlich. Doch das war mittlerweile so viele Jahre her ... hatte er nicht eigentlich längst einen Abschluss gefunden? Er hätte niemals anzweifeln dürfen, dass die Sinners es nicht schaffen könnten, Hailey zu schützen.

Und noch ein weiterer Punkt war ihm in der schlaflosen Nacht klar geworden: Dass er Mexiko nicht verlassen hatte, lag nicht nur daran, dass er Hailey schützen wollte. Er hatte Angst. Davor, dass sie merkte, was für ein Spinner Cutter war und sie einsah, dass er nicht gut genug wäre.

Immer wieder löschte er sein Geschriebenes und formulierte es neu. Bei jedem anderen wäre es ihm unendlich leicht gefallen und vermutlich hätte der Satz *ich bin halt Cutter* ausgereicht. Doch das hier war

Hailey. Seine Geliebte. Sein Fels. Sein Gegenstück. Cutter hatte ihr das Herz gebrochen. Da musste er sich was Besonderes einfallen lassen.

Ein Fenster poppte auf. Das nannte er mal Gedankenübertragung. Hailey hatte ihm geschrieben. Ein Lächeln legte sich auf sein Gesicht. Er schaltete die Kamera ein, und ihre gleich mit.

»Dich zu sehen, ist wie ein Sonnentag nach einer langen Regenzeit.«

Sie hob eine Augenbraue. »Na, wieder mal über dem Poesiealbum eingeschlafen?«

Er verdrehte gespielt die Augen. »Ich bin Romantiker, Baby.«

Sie grinste. »Sicher bist du das.«

»Sind Savior und Thug gut angekommen?«, fragte Cutter und hielt den Atem an.

»Ja. Savior ist zwar etwas lädiert, aber mit ein wenig Ruhe wird das wieder. Sein Ego hat vermutlich den größeren Schaden genommen.« Hailey lachte leise. »Pass auf, wir haben ...«

Es klopfte an ihrer Tür und sie minimierte das Fenster der Videoübertragung. Jetzt konnte der Besuch Cutter nicht mehr sehen. Er hingegen sah alles glasklar.

Thug war in den Raum gekommen und sah verdammt entschlossen aus.

Cutter wurde plötzlich speiübel. Wollte er wirklich sehen und hören, was jetzt dort geschah? Seine Hände zitterten und er wischte die feuchten Handflächen an der Hose ab.

Hailey wollte etwas sagen, doch Thug legte ihr den Finger auf die Lippen. »Sag nichts und hör einfach nur zu, bitte.« Cutter beobachtete, wie Thug ihr Gesicht umfasste und sie eindringlich ansah. »Ich liebe dich, Sonnenschein. Das habe ich immer. Du wirst mir vermutlich nicht glauben, weil ich so oft Scheiße gebaut habe, dass ich es gar nicht mehr zählen kann, aber es stimmt. Als ich mit Savior in dem Keller eingesperrt war, galt mein einziger Gedanke dir und dass ich nie laut ausgesprochen habe, dass ich dich liebe.«

Cutters Herz schmerzte. Weil Thug Hailey gerade seine Liebe gestanden hatte, vor allem aber, weil es ihm körperlich weh tat, die beiden zusammen zu sehen.

Thug presste seine Lippen auf Haileys.

Cutter erinnerte sich an den Song »exile« von Taylor Swift und Bon Iver.

Genauso fühlte er sich. Er hatte solche Szenen tausendfach bei den beiden mitansehen müssen – und es nie gemocht.

Cutter klappte den Deckel des Laptops herunter. Er hatte genug gesehen und gehört.

Warum jetzt? Wutentbrannt trat Cutter gegen das Bett und riss mit der Hand die Lampe vom Nachttisch.

Es war an der Zeit, fucking Mexiko zu verlassen und zu Hailey zurückzukehren. Er packte seine Tasche, verstaute sie griffbereit im Schrank und machte sich anschließend auf die Suche nach José. Ob mit oder ohne seine Zustimmung würde er innerhalb der nächsten Tage hier verschwinden.

Cutter war so in Gedanken vertieft, dass er die fehlenden Bodyguards vor Josés Büro erst bemerkte, als er bereits drinnen war und den Lauf einer Waffe am Kopf spürte.

Hailey war zu perplex, um diesen Kuss sofort zu beenden. Zugegeben – nach der Schrecksekunde genoss sie die Lippen auf ihren noch zwei weitere Sekunden, weil Thug das verdammt gut konnte.

Sie presste ihre Handflächen gegen seine muskulöse Brust und drückte ihn von sich weg. »Was war das?«

Thugs unbeirrter Gesichtsausdruck ließ sie einen Schritt rückwärts gehen. »Das war eine Kampfansage an jeden, der sich einbildet, du würdest zu ihm gehören.«

Ihr Blick glitt für den Bruchteil einer Sekunde zu ihrem Laptop. Fuck!

Thug nickte, als wüsste er genau, dass Cutter alles gesehen und gehört hatte. »Ich werde dich nicht kampflos aufgeben, Sonnenschein.« Dann verließ er ihr Zimmer.

Haileys Puls raste. Sie bildete sich sogar ein, ihr Blut durch den Körper strömen zu hören. Auf wackligen Beinen ging sie zu ihrem Laptop. Sie klickte auf das kleine Icon in der unteren Menüleiste. Cutter war weg. Hatte er den Kuss gesehen? Die Worte gehört? Oder hatte er die Verbindung vorher abgebrochen?

Hailey ließ sich erschöpft auf den Stuhl fallen und klappte den Laptop zu. Sie stützte ihr Kinn in die Hand und schloss die Augen. Ihre Lippen brannten von dem Kuss. Die Worte rotierten wie ein Kreisel in ihrem Kopf.

Warum jetzt? Wegen Cutter? Weil Thug wusste, dass er noch am Leben war?

Sie war eine verdammte Idiotin! Hatte sie so etwas nicht kommen sehen? Scheiße hätte sie doch bloß vorher schon diesem Unsinn Einhalt geboten. Das hatte sie nun davon.

Wie stand sie zu Thugs Worten? Änderten sie etwas an ihren Gefühlen zu Cutter? Hinter ihren Schläfen begann es schmerzhaft zu pochen.

Hailey musste hier heraus. Sie brauchte einen klaren Kopf, sonst drehte sie durch.

Das *Temple of Sins* war für die einen ein Vergnügungsort und für die anderen die Arbeitsstätte. Für Hailey war es ein Ruhepol. Hier schöpfte sie Kraft und Energie.

Noch war nicht viel los, doch das würde sich bald ändern. Sie inspizierte die Bar und kontrollierte die Warenbestände. So ungern Hailey es auch zugeben wollte, aber Tessa leistete gute Arbeit. Nie fehlte etwas. Alles war ordentlich und sauber. Sie ließ sich nichts zu Schulden kommen. Einzig ihre schwammige Vergangenheit bei den Raiders war Hailey ein Dorn im Auge.

Sie bog gerade in den Flur, der zu ihrem Büro und den Zimmern der Mädchen führte, als sie Tessas Stimme hörte. Sie blieb stehen.

»Es ist beinahe unmöglich. Hier sind keine Unterlagen.«

Hailey stutzte. Von welchen Unterlagen sprach sie?

»Weil ihr Büro immer verschlossen ist.«

Sie kniff die Augen zusammen. An welche Informationen wollte Tessa herankommen – und für wen? Mit wem telefonierte sie?

Ihre Stimme wurde zunehmend ungeduldiger, als sie nun sagte: »Ich weiß davon nichts! Ja, ich verstehe. Es gibt aber keine illegalen Geschäfte hier. Was soll ich denn noch ... natürlich nicht. O, bitte nicht. Tschüss.«

Hailey flitzte schnell zurück in den offenen

Barbereich und hinter die Theke. Sie tat, als würde sie die Bestände prüfen, als Tessa hereintrat.

Ihr aufrechter, stolzer Gang hatte nach dem Telefonat offenbar einiges eingebüßt. Die Schultern hingen herunter und sie knickte auf den hohen Absätzen um.

»Scheiße«, fluchte sie und erschrak, als plötzlich Hailey vor ihr stand. »Oh, hallo.«

»Tessa«, grüßte sie. »Alles in Ordnung?«

Fahrig strich sich die Frau eine honigblonde Strähne hinter das Ohr. »Natürlich. Ich war nur abgelenkt.«

»Offensichtlich.« Hailey ging an ihr vorbei. »Ich bin jetzt in meinem Büro.«

Sie spürte die stechenden Blicke im Rücken. Es war an der Zeit, etwas über ihre Angestellte in Erfahrung zu bringen. Das hätte sie schon viel eher machen müssen.

Hailey schloss ihre Bürotür auf. Alles sah aus wie immer. Sie setzte sich an ihren Schreibtisch, startete den Laptop und suchte nach Eckdaten über Tessa.

Nach einer Stunde gab sie genervt auf. Alles, was sie finden konnte, waren Sachen, die sie schon wusste. Geburtstag, Wohnsitz, Arbeitsstelle. Es gab keinerlei Verbindungen zu dubiosen Firmen oder Machenschaften. Nicht einmal ungewöhnliche Kontobewegungen. Einzig die Information einer jüngeren Schwester, die noch zur Schule ging, war neu für Hailey.

Wer also hatte Tessa in der Hand? Für wen arbeitete sie? Und warum?

»Herein«, sagte Hailey, als es an ihrer Tür klopfte.

Tessa trat ein. »Eins der Mädchen fragt nach dir. Sie ist in Zimmer Zehn.«

»Danke.« Sie stand auf und verließ nach Tessa ihr Büro. Das Zimmer war am anderen Ende des Flurs. Dem Stimmengewirr nach zu urteilen, lief der Betrieb auf Hochtouren.

In dem Zimmer saß eins der neuen Mädchen. Sie war noch ziemlich jung – gerade mal zwanzig.

»Hey Monique. Du wolltest mich sprechen?«

Die zierliche Rothaarige nickte. »Kannst du mir noch mal erklären, was genau zu meinen Aufgaben zählt?«

»Neben dem Bardienst und Lapdance nur das, was du machen willst. Du wirst zu nichts gezwungen.« Was sollte die Frage? Das hatte sie ihr doch alles schon erklärt.

Nervös drehte Monique eine Strähne um ihren Finger und ließ sie wieder fallen. »Ja, okay. Aber wenn einer der Gäste mehr will?«

Hailey atmete angestrengt aus. »Dafür hast du den Notknopf an der Tür und neben dem Bett. Der verständigt mein Büro und die Security.« Auch etwas, was ihr mehrfach erklärt worden war.

Plötzlich stutzte sie und rannte zurück in ihr Büro.

KAPITEL 15

Thug konnte es nicht fassen. Er hatte es tatsächlich getan und Hailey seine Liebe gestanden. Fuck. Was hatte er da nur angerichtet? Ihm brach der Schweiß aus. Vor dem Clubhaus zündete er sich eine Zigarette an und inhalierte tief, dabei bemerkte er, dass Haileys Auto nicht mehr auf dem Parkplatz stand. Wo war sie?

Thug drückte die Kippe im Aschenbecher aus, zog die Autoschlüssel aus der Hosentasche und öffnete seinen SUV. Er stieg ein, startete den Motor und fuhr los. Da Hailey vermutlich nicht auf dem Friedhof war, um an Cutters Grab zu heulen, blieb nur noch das *Temple of Sins*. Es beruhigte ihn ungemein, als er ihren Wagen davor parken sah. Vor ein paar Wochen wäre er komplett durchgedreht, wenn sie einfach verschwunden wäre.

Er ging durch den Hauptraum und schaute an den nackten Frauen vorbei. Hätte er sich auch nicht vorstellen können, dass es mal soweit mit ihm kam. Ohne anzuklopfen, marschierte er in Haileys Büro und war überrascht, dass Tessa dort auf dem Schreibtisch herumwühlte.

Erschrocken ließ sie die Blätter fallen. »Thug, mit dir habe ich gar nicht gerechnet.«

»Offensichtlich. Was machst du da?« Er schloss die Tür hinter sich und lehnte sich dagegen.

»Hailey bat mich, ihr etwas zu bringen.« Amüsiert beobachtete er, wie Tessa um den Schreibtisch herumging und sich in Pose brachte.

»Und – hast du es gefunden?« Thug verschränkte die Arme. Ihr Gehabe hinterließ keinen Eindruck bei ihm. Was zum Teufel stimmte nicht mit ihm?

»Nein.« Sie lachte aufgesetzt. »Scheint wohl nicht hier zu sein.«

Er trat einen Schritt vor, als hinter ihm die Tür aufging.

»Wusste ich es doch«, murmelte Hailey. »Du hast genau eine Chance, mir die Wahrheit zu erzählen, bevor ich dich rausschmeiße.« Sie deutete auf den Stuhl vor ihrem Schreibtisch. »Hinsetzen.«

Tessa druckste herum und schielte zur Tür.

»Würde ich an deiner Stelle nicht probieren«, sagte Thug.

Ergeben ließ sich Tessa auf den Stuhl fallen. Missmutig überschlug sie die Beine und setzte eine trotzige Miene auf. Hailey setzte sich auf den Bürostuhl hinter ihrem Schreibtisch, Thug neben Tessa.

»Nach welchen Unterlagen suchst du?«, fragte Hailey und Thug fand, sie sah unverschämt sexy aus, wenn sie diesen wütenden Ausdruck im Gesicht hatte.

Tessa schwieg beharrlich.

»Wir können das auf die einfache oder auf die unbequeme Art machen. Letzte Chance.« Thug zog seine Zigarettenschachtel aus der Jackentasche, steckte sie jedoch zurück, als er Haileys Blick sah.

»Ich werde erpresst.«

»Von wem?«

»Ich weiß es nicht.«

»Womit wirst du erpresst?«, bohrte Hailey weiter.

Erneutes Schweigen.

»Nach welchen Unterlagen suchst du?«

Tessa presste die Lippen zusammen. »Ich weiß es nicht.«

»Du musst doch wissen, wonach du suchen sollst«, rief Hailey wütend aus und beugte sich vor.

Tessa strich sich nervös über den Oberschenkel. »Jegliche Art von Geschäft ist interessant. Hauptsächlich aber die illegalen.«

Thug schnaubte laut durch die Nase aus. »Als würde es hier irgendwas Illegales geben.«

»Das habe ich auch gesagt. Aber sie glaubt mir einfach nicht.«

»Sie?«, hakte Hailey nach.

»Es ist eine Frau, mehr weiß ich nicht.« Tessa verschränkte die Finger miteinander im Schoß. »Die Nummer ist anonym und die Stimme weiblich. Das ist alles, was ich sagen kann.«

Thug und Hailey tauschten einen Blick. Offenbar glaubte sie Tessas Geschichte genauso wenig wie er.

»Gringo«, grüßte ihn die schmierige Stimme Alejandros. »Wie schön, dass du dich zu uns gesellst.«

Cutter verschaffte sich rasch einen Überblick. José saß in seinem Bürostuhl, einer seiner Bodyguards hielt ihm eine Waffe an den Kopf. Alejandro wiederum richtete seine Knarre auf Cutter. Auf dem

Boden lag der zweite Sicherheitsmann des Paten. Ein Loch zierte seine Stirn – das erklärte, warum der Lauf von Alejandros Waffe warm war.

»Auf die Knie mit dir«, befahl Alejandro. »Aber das kennst du ja schon, nicht wahr? Ich kenne deine Geschichte. Deine Jugend. Deine Makel.«

Widerwillig kam Cutter der Aufforderung nach. Sein Herzschlag setzte kurz aus und schlug danach doppelt so schnell. Was genau wusste er?

Cutter kniete sich vor dem Schreibtisch auf den Boden und verschränkte die Hände am Hinterkopf. Er hob den Kopf und behielt sowohl Alejandro als auch den Paten im Blick. Schweiß rann über seinen Rücken. Seine Vergangenheit. Was sollte er darüber wissen?

»Also«, begann José kühl. »Was soll das werden, Alejandro?«

Verwundert stellte Cutter fest, dass der Pate ziemlich entspannt war.

»Du wirst jetzt abdanken, José Ramírez. Deine Geschäfte werden auf mich übergehen.« Er zog die Nase hoch. Immer wieder. Vermutlich Kokain.

Es war das erste Mal, dass Cutter den Paten lachen hörte. Herzhaft. Aus vollem Hals.

»Du?«, japste er zwischen zwei Lachern und klatschte in die Hände. »Herrlich.«

»Was ist daran so lustig?«

»Niemand, der in meinen Kreisen verkehrt, wird dich als meinen Nachfolger ansehen. Das mag bei deinen Kleinkriminellen funktionieren, jedoch nicht mit den Paten der oberen Liga.«

Alejandro lief vor Wut rot an. Wie immer, wenn er sehr aufgeregt war, vermischte er spanisch und englisch. Anhand der Sprachfetzen, die Cutter verstehen konnte, warf er mit wüsten Beleidigungen um sich. Dabei spielten ein Hund und diverse Körperöffnungen eine Rolle. Gut möglich, dass Alejandro auch etwas ganz anderes sagte.

In aller Ruhe zündete sich José eine Zigarre an und fuhr fort, als hätte er nicht gerade eine Schimpftirade über sich ergehen lassen müssen. »Es würde weniger als vierundzwanzig Stunden dauern, bis jemand dich erschießt. Und was dann, Alé? Wer wird die Geschäfte leiten? Hast du Nachkommen?«

Cutter rutschte etwas dichter an den Schreibtisch. Näher zum Brieföffner, mit dem er seit seinem ersten Tag hier liebäugelte. Es war an der Zeit, dass er endlich zum Einsatz kam.

»Du hast mir noch nicht verraten, wo sich deine Geliebte und dein Sohn aufhalten.«

Jetzt wurde es interessant. Das würde Cutter auch zu gerne wissen. Er kreiste kurz mit den Schultern, da seine Position mehr als unbequem war.

»Nicht hier.«

»Das sehe ich auch«, brüllte Alejandro jetzt. Die Ader an seiner Schläfe trat deutlich hervor. »Wo sind sie?«

»Sie werden dir niemals in die Hände fallen. Dafür habe ich gesorgt.« José hob kurz einen Mundwinkel. »Und was jetzt?«

Alejandro ließ die Waffe sinken und fuhr sich gestresst durch die Haare.

José spottete weiter. »Was? Du organisierst das alles, hintergehst mich seit Jahren, und dann hast du nicht mal einen Plan B, wenn etwas nicht so verläuft, wie du es dir vorstellst?«

»Sei leise. Ich muss nachdenken.«

»Siehst du«, sagte José aalglatt und erhob sich von seinem Stuhl. »Das ist der Grund, warum ich der Pate bin, und du ein namenloser Niemand.«

Der Pate zog mit einer fließenden Bewegung eine Waffe aus dem Fach in seinem Schreibtisch hervor. Der Schuss löste sich und die Kugel traf Alejandro mitten in die Stirn. Der Körper sackte zu Boden. Cutter griff sich den Brieföffner, sprang aus seiner knienden Position auf und rammte das spitze Ende in den Hals des Bodyguards, der wie erstarrt neben dem Paten stand und die Situation offenbar nicht so schnell verarbeiten konnte.

Das Blut schoss aus der Schlagader und hinterließ Flecken auf Cutters Hemd. Der Mann fasste sich ungläubig an den Hals und brach mit einem gurgelnden Röcheln zusammen.

»Ich danke dir, Gringo.« José reichte ihm die Hand und er schlug ein.

»Reiner Eigennutz. Ich schätze, jetzt bist du mir auf jeden Fall Gefallen schuldig.« Er grinste und zog den Brieföffner aus dem Hals des toten Bodyguards.

»Du kannst gehen«, sagte Hailey zu Tessa.

»Habe ich noch einen Job?« Ihre Blicke kreuzten sich. Hailey wusste nicht, was sie in den Augen der anderen Frau entdeckte. Bedauern? Angst?

»Fürs Erste.«

Tessa nickte und verließ das Büro. Hailey stieß laut den Atem aus.

»Glaubst du ihr?«, fragte Thug.

»Nein. Außer das mit der Erpressung. Ich habe ihr Telefonat belauscht.« Knapp schilderte sie, was sie gehört hatte.

»Wer könnte Interesse daran haben, was mit unseren Geschäften ist?«

»Spontan fallen mir nur die Raiders ein. Ihnen würde ich es auch zutrauen, dass sie Tessa erpressen.«

»Zu welchem Zweck?« Thug zog seine Jacke aus und warf sie auf den freien Stuhl.

»Vermutlich wollen sie ihre Einnahmequelle zurück. Sie werden von José unterstützt. Ich frage mich, ob er weiß, dass sie wieder in unserem Revier wildern.«

»Schätze nicht.« Thug legte den rechten Knöchel auf dem linken Knie ab. »Wollen wir über den Kuss reden?«

»Nein.« Zum Teufel, das war das Letzte, was sie wollte. Schließlich war sie hierhergekommen, um sich abzulenken.

»Hailey ...«

»Bitte nicht.« Sie hob die Hand und sah ihn flehentlich an. »Das alles zerreißt mich. Ich weiß nicht, wann und ob Cutter zurückkommt. Dass du mir jetzt deine Liebe gestehst, nachdem es so oft schief gegangen ist, macht es nicht besser.«

Thug stand auf, ging um den Schreibtisch herum und kniete sich vor ihr hin. Der Teufelskerl sah aber auch unverschämt gut aus. Wie der Schauspieler Ryan Reynolds – nur verwegener. Was womöglich an den vielen Tattoos lag. Der Charme des Bad Boys umwehte ihn.

»Ich will dir nicht wehtun, Sonnenschein.« Er legte seine Hand auf ihren Oberschenkel und streichelte ihn leicht. »Es tut mir leid. Ich wollte dich nicht unter Druck setzen.«

»Warum hast du es denn gesagt?«

»Weil es mich zerreißt, es nicht zu sagen.«

Hailey starrte an seinem Kopf vorbei auf die Wand. »Das ist so abgefuckt.«

Thug lehnte seine Stirn an ihre Knie. Eine zärtliche Geste, die im starken Kontrast zu seinem harten Äußeren stand. Vorsichtig legte sie ihre Fingerspitzen auf seinen Hinterkopf, streichelte durch das weiche blonde Haar und genoss für einen Moment die Ruhe, die sie beide umgab.

»Es tut mir leid«, flüsterte Thug. »Es ist alles meine Schuld.«

Hailey wollte nicht schwach werden und weder sich selbst noch Thug verletzen. Und doch nahm sie seinen Kopf in die Hände, hob ihn etwas an und küsste ihn.

Ein Fehler. Trotzdem genoss sie seine Lippen auf ihren, seine Finger, die sich einen Weg über ihre Oberschenkel zum Hals bahnten und seinen Körper, der sich jetzt verlangend gegen ihren drückte.

Thugs Zunge drang fordernd in ihren Mund ein. Hailey mochte seine dominante Art.

Ein riesengroßer Fehler.

Thug hob sie hoch und setzte sie auf dem Schreibtisch wieder ab. Ihre Münder bewegten sich eindringlicher. Heiseres Stöhnen umhüllte sie. Haileys Finger krallten sich in sein Shirt. Er hob sie vom Tisch, öffnete ihre Hose und zog sie herunter.

Hailey fühlte sich betäubt. Nebel umgab sie. Was tat sie hier?

Thug drehte sie herum. Ihre Hände fielen auf die Schreibtischoberfläche. Seine Finger strichen kräftig über ihren Hintern. Der Griff wurde fester, als er ihre Beine ein wenig spreizte. Sie spürte seine Zunge, die über ihre Mitte leckte. Hailey stöhnte. Er spielte mit ihr. Neckte sie und brachte sie an den Rand des Wahnsinns.

Sie spürte zwei Finger in sich. Schnell bewegten

sie sich vor und zurück. Seine Zunge leckte unablässig weiter.

»Du bist so feucht für mich, Babe.«

Sie hörte erst den Reißverschluss und dann das Aufreißen des Kondompäckchens.

Mit einem tiefen Stoß drang er in sie ein. Seine Finger gruben sich fest in das Fleisch ihrer Hüften. Er biss ihr in den Hals.

Sex mit Thug war immer ein Erlebnis. Es war eine interessante Mischung aus Lust und Schmerz. Hailey wusste nie, was die Oberhand gewann.

Seine rechte Hand legte sich an ihren Hals. Sie drehte leicht den Kopf und er küsste sie. Verlangend, unermüdlich. Als wäre sie die einzige Frau, die er jemals so küssen würde.

Ein verfluchter Fehler!

Doch sie konnte nicht aufhören. Kam seinen Stößen entgegen, verlangte alles von ihm und noch so viel mehr. Sie brauchte das jetzt. Das Gefühl, nicht allein zu sein und alles um sich herum vergessen zu können. Ein minimaler Schmerz setzte ein. Sie kniff die Augen zusammen und biss sich auf die Unterlippe.

Thugs Stöße kamen in kürzeren Abständen. Seine Hand an ihrer Hüfte verglühte sie.

Thug fühlte alles. Er genoss ihren zarten Körper unter seinen harten Händen. Ihre Zerbrechlichkeit. Seine Finger zuckten an ihrem Hals.

Seine Hand rutschte tiefer zu ihrer Brust. Er knetete sie und spürte, wie sich die Muskeln ihrer feuchten Pussy um seinen Schwanz zusammenzogen.

Thug packte ihre Hüften nun mit beiden Händen. Grub seine Finger tief in das Fleisch, als er sie härter fickte als jemals zuvor. Sein Stöhnen wurde lauter, energischer.

Das fühlte sich so gut an.

Hailey drückte den Rücken durch, bewegte die Hüften.

Er biss sich auf die Lippe und stieß ein weiteres Mal hart zu, als er kam.

»Ach du Scheiße, echt jetzt?«

Thug hob den Kopf und erblickte Savior und Abby an der Tür.

Gemächlich zog er seinen Schwanz aus Hailey, warf das Kondom in den Papierkorb und schloss seine Hose.

»Das ist mehr, als ich jemals von euch sehen wollte«, sagte Abby und blickte überall hin, nur nicht in ihre Richtung.

»Stell dich nicht so an, Prinzessin. Ich hab euch schon bei ganz anderen Aktivitäten beobachtet.« Thug grinste kurz.

Schweigend zog Hailey ihre Hose hoch. Er hatte den blöden Eindruck, den Fick mehr genossen zu haben als sie. Gerne würde er sie drauf ansprechen, aber er hatte schon genug Gefühle vor ihr auf den Boden gekotzt. Er musste jetzt nicht unnötig das Sensibelchen heraushängen lassen.

Hailey schob ihn unsanft zur Seite und setzte sich auf ihren Bürostuhl. Geschäftig sah sie zu Savior und Abby. »Was kann ich für euch tun?«

Innerlich seufzte er. Na schön, wenn sie das Spiel so wollte. Er würde sie jetzt nicht unter Druck setzen.

»Ich bin mal eine rauchen«, verkündete er und ging Richtung Tür.

»Vergiss deine Jacke nicht.« Die kalte Stimme von Hailey bescherte Thug eine verdammte Gänsehaut. Er konnte sich gut vorstellen, wie versteinert ihr Gesicht war. Deshalb sah er sie nicht an, als er die Jacke von der Sitzfläche zog und mit schnellen Schritten das Büro verließ.

Vor der Tür des *Temple of Sins* zündete er sich eine Zigarette an. Genüsslich schloss er die Augen.

»Willst du mich einweihen?«

»Nein«, antwortete er Savior. Was hätte er auch sagen sollen? *Wir haben gefickt?* Das war offensichtlich. *Ich hab ihr meine Liebe gestanden?* Das war etwas, was er selbst noch verdauen musste.

Zu sagen, er würde das machen, war das eine. Den Schritt am Ende zu gehen, etwas ganz anderes.

Scheiße. Was war nur in ihn gefahren? Konnte er Alkohol als Ausrede benutzen? Vermutlich nicht. Er hing an seinen Eiern und Hailey würde ihn garantiert kastrieren, würde er das behaupten.

»Fuck.« Thug schlug mit der Faust gegen die Wand. Er hieß den Schmerz willkommen und wiederholte das noch zwei weitere Male.

»Besser?«

»Nein«, antwortete ehrlich. »Scheiße, was hab ich nur getan?«

»Keine Ahnung«, meinte Savior und zündete sich ebenfalls eine Zigarette an. »Du willst ja nicht drüber sprechen.«

»Einen Gefallen?«, wiederholte José und musterte Cutter auf diese eindringliche Weise, die ihm unangenehm war. »Oder ist das wieder eine Verhandlung?«

»Ich muss nach Hause.«

»Das hier ist dein Zuhause.«

Er atmete tief durch. »Ist es nicht und das wissen wir beide. Ich will zurück zu Hailey. Alles, was mit dem Kartell und seinen Finanzgeschäften zu tun hat, kann ich genauso gut vom Clubhaus aus erledigen. Dazu muss ich nicht hier versauern.«

Der Pate paffte seine Zigarre. Die Augen ließen nicht eine Sekunde von Cutter ab. Er wich dem Blick aus und sah zu Alejandros Leiche. Ein wenig bedauerte er es, dass er so schnell den Tod gefunden hatte. Für alles, was er ihm und besonders Ari angetan hatte, hätte er sehr viel länger leiden müssen.

»Ich werde dich nicht gehen lassen. Das ist mein letztes Wort.« Der Pate nahm sein Telefon und rief jemanden an.

Cutter stand wie versteinert da. Das Blut rauschte rekordverdächtig durch seinen Körper. Er ballte die Hände zusammen und blickte dem Paten ins Gesicht. »Dann solltest du besser mit offenen Augen schlafen.«

»Eine Drohung, Gringo?«

»Ein Versprechen!«

Die Tür öffnete sich und Pedro kam herein. Er riss überrascht die Augen auf, als er die Leichen sah. Er trat über Alejandro hinweg und blieb neben Cutter stehen. »Dein Werk?«

»Nur der da.« Er deutete auf den Bodyguard.

Pedro nickte geschäftig und sagte etwas auf Spanisch. Bevor Cutter realisierte, was Pedro in der

Hand hielt, erklang ein Schuss und der Pate sackte getroffen zusammen. Die Ungläubigkeit stand ihm ins tote Gesicht geschrieben.

Entgeistert sah Cutter zu Pedro.

»Keine Sorge, ich werde dich nicht erschießen.« Er steckte die Waffe weg und sah sich in dem Raum um. »Das ging jetzt alles schneller als erwartet.«

»Du hast das geplant?«

»Es spielte mir in die Hände, dass Alejandro ein überhebliches Arschloch war.« Der kleine Mexikaner verzog die Lippen zu einem sardonischen Lächeln. »Oder glaubst du etwa, er hätte das allein organisieren können - Kontakt zu den anderen Paten herstellen, Geld investieren und das alles? Alejandro dachte nur an sein privates Vergnügen, niemals an die Geschäfte.«

Cutter war sprachlos. Er plumpste auf den Stuhl und massierte sich die Schläfen. »Jetzt bist du der neue Pate.«

»Sí. Es wird meine Partner freuen, dass die Übernahme schneller vonstattenging, als anvisiert.«

Es sind immer diejenigen, von denen man es am wenigsten erwartet, schoss es Cutter durch den Kopf.

»Warum so betrübt? Du hast doch José hoffentlich nicht in dein Herz geschlossen?«

Er lachte. »Nein, das nicht. Wie geht es jetzt für mich weiter?«

Pedro ging um den Tisch herum, schob die beiden Körper achtlos zur Seite und ließ sich auf den Stuhl fallen. »Sag mir, was du willst.«

»Ich will n...« Mitten im Wort brach er ab. Er wollte nach Hause. Mehr als alles andere. Allerdings hatte José ihm Informationen versprochen. Konnte er einfach zurück und dabei immer im Hinterkopf haben, dass er womöglich einen wichtigen Teil seiner Vergangenheit niemals erfahren würde?

»Nun?«

»Ich will nach Hause«, sagte Cutter.

»Ich könnte jemanden wie dich wirklich gut gebrauchen, verstehe aber deinen Wunsch, zurück in die Heimat zu gehen. Bleib noch zwei Tage. Dann hat sich hier soweit alles beruhigt und du bist frei.«

»Danke.« Cutter legte all seine Aufrichtigkeit in dieses eine Wort.

Hailey stieß erleichtert den Atem aus, als ihre Bürotür ins Schloss fiel. Sie war eine gottverdammte Idiotin. Was hatte sie sich nur dabei gedacht? Die Frage konnte sie sich selbst beantworten: Sie hatte gar nicht gedacht!

Abby räusperte sich. »Also – reden wir darüber?«

»Verfluchte Scheiße nein!«, rief Hailey aus und schüttelte zusätzlich den Kopf. »Wir werden niemals und unter keinen Umständen darüber reden.«

»Okay«, flötete Abby mit diesem ätzenden, süßlichen Unterton. Sie überschlug die Beine und musterte ihre rot lackierten Fingernägel.

Hailey verdrehte die Augen. »Es war ein Fehler, bist du jetzt zufrieden?«

»Bist du es denn?«

»Hör auf damit. Du bist Tätowiererin und keine Psychologin.«

»Menschen behaupten, Tattoos haben eine therapeutische Wirkung. Darüber gibt es Studien. Also bin ich, streng genommen, auch Therapeutin.«

Hailey prustete los. »Gut. Ich werde trotzdem nichts weiter zum Thema sagen. Es war ein Ausrutscher.«

»Ihr habt viele davon.«

»Nein, eigentlich nicht.«

Abby wollte gerade etwas sagen, als ihr Smartphone klingelte. Sie runzelte kurz die Stirn und drückte den Anrufer weg.

»Alles in Ordnung?«

»Sicher, ich rufe später zurück.«

»Du bist eine schlechte Lügnerin.«

»Und du viel zu neugierig«, konterte Abby.

»Quid pro quo.«

»Das war Janet. Erinnerst du dich? Sie ist meine Freundin aus der Schulzeit und arbeitet jetzt als Staatsanwältin.«

»Sie hat damals die Hausdurchsuchung durchgeführt, richtig?«

Abby nickte zustimmend und drehte nachdenklich das Telefon in der Hand.

»Was will sie jetzt von dir?«

»Ich habe keine Ahnung. Bestimmt nur ein Tattoo.«

»Du solltest sie besser anrufen. Vielleicht hat sie Informationen für uns?«

»Das mache ich später. Jetzt zu dir: Du und Thug?«

»Es war wirklich nur ein Ausrutscher. Natürlich mag ich ihn, aber mehr als Freund.« Hailey stieß ein tiefes Seufzen aus. »Er hat das verdammte L-Wort gesagt.«

»Scheiße.«

»Gelinde ausgedrückt.« Hailey schloss die Augen und legte den Kopf in den Nacken. »Ich fühle mich so zerrissen.«

Haileys Bürotür wurde aufgerissen.

»ICE!«, rief Savior.

»Jetzt wissen wir, warum deine Freundin dich angerufen hat. Die Einwanderungsbehörde ist hier.« Hailey erhob sich und schlenderte in Richtung Hauptraum. Sie machte sich keine Gedanken über die Papiere ihrer Angestellten. Niemand war illegal hier oder unfreiwillig. Einzig die Kunden bereiteten ihr etwas Kopfzerbrechen. Für das Geschäft an sich war es schlecht, dass das ICE jetzt hier war.

»Miller – United States Immigration and Customs Enforcement«, stellte sich ein älterer Mann vor und hielt ihr einen Dienstausweis vor die Nase. »Bitte holen Sie alle Angestellten in diesen Raum.«

»Lion ist auf dem Weg«, flüsterte Thug hinter ihr und legte Hailey unterstützend eine Hand auf den Rücken.

»Wir warten noch auf unseren Anwalt, dann können wir gerne loslegen.«

Der Mann ihr gegenüber verzog raubtierhaft das Gesicht. »Natürlich warten wir auf den Anwalt. Für alle Fälle haben wir jedoch sämtliche Ausgänge abgesichert und das Gelände weiträumig abgesperrt.«

Savior trat an ihre Seite. »Mann, Sie müssen ja Ressourcen ohne Ende haben.«

»Das dumme Grinsen wird Ihnen noch vergehen.«

»Ich zitiere das mal«, sagte Thug und schrieb etwas auf Haileys kleinen Notizblock aus dem Büro. »Falls das schon als Beleidigung gewertet werden kann.«

»Ich gebe den Angestellten Bescheid.« Gemeinsam mit Abby ging sie nach hinten, klopfte an die Türen und klärte ihre Mitarbeiter über die Situation auf.

Konnte das alles Zufall sein? Hailey belauschte ein Telefonat von Tessa und jetzt das? Sie musste die Frau genau im Auge behalten. Irgendwas stimmte hier ganz und gar nicht. Eventuell sollte sie ihre Theorie, dass die Raiders etwas damit zu tun hatten, noch mal revidieren.

Hailey hielt Abby am Arm fest. »Ruf deine Freundin an. Ich will wissen, warum das ICE hier ist und, ob sie einen Tipp oder sowas bekommen haben.«

Sie nickte und blieb im Flur zurück, während Hailey wieder in den Hauptraum ging. Ihr Blick fiel auf eine nervöse Tessa. Was verheimlichte sie? Wer erpresste sie? Und mit was?

Hailey ärgerte sich, dass sie unkonzentriert und weinerlich nach Cutters *Tod* gewesen war. Mit Sicherheit wäre ihr vieles nicht entgangen, wenn sie sich nicht hätte so gehen lassen. Durfte sie wütend auf Cutter sein? Ihm die Schuld dafür geben, dass sie ihre Trauer als Ausrede benutzt hatte, obwohl es gar nicht gerechtfertigt war?

KAPITEL 16

»Pack deine Sachen. In zwei Tagen verschwinden wir von hier.« Cutter ließ Ari keine Zeit, sondern riss ihre Schränke und Kommoden auf und zog die Klamotten heraus.

»Wir können hier nicht weg. Und sei leise, bevor dich noch jemand hört.« Panik weitete ihre klaren blauen Augen.

»José und Alejandro sind tot. Niemand wird uns aufhalten.« Er sollte erleichtert sein. Voller Vorfreude. Warum fühlte er sich dann so ... betäubt?

»Was hast du getan?« Ari hielt sich die Hand vor den Mund. Schock verzerrte ihre jungen Gesichtszüge. »Ich gebe dir ein Alibi. Du warst das nicht. Hat dich jemand gesehen? Oh Gott, hoffentlich nicht.«

»Ich war es nicht. Aber gut zu wissen, dass du mir helfen würdest. Entspann dich, Nancy Drew.«

»Nancy Drew«, wiederholte Ari langsam. Der Schock war vergessen. Jetzt wirkte sie nachdenklich.

»Alles okay?« Cutter umfasste ihre Schultern und sah ihr eindringlich ins Gesicht. »Du kippst mir jetzt nicht um, oder?«

Sie schüttelte mit einem minimalen Lächeln den Kopf. »Es war ...« Sie brach ab. »Kennst du diese Déjà-vus? Du denkst, du erinnerst dich an etwas, aber im Grunde spielt dein Verstand dir einen Streich? Ich weiß, dass ich Nancy Drew nie gesehen oder gelesen habe, und trotzdem regte sich da diese Erinnerung. Verrückt!«

»Ja«, stimmte Cutter vorsichtig zu. »Verrückt.«

Er setzte sich auf den Stuhl und beobachtete Ari. Ihre Art, sich zu bewegen. Ihre Augen. Wie sie einzelne Strähnen flocht, wenn sie nachdachte.

Konnte es einen Grund geben, warum er sich derart von ihr angezogen fühlte? Nicht auf diese intime Weise, sondern auf die Große-Bruder-Tour?

Cutter musste hier raus. Konnte das wahr sein?

Pedro!

Er sprang vom Stuhl auf und rannte aus dem Haus, Aris Rufe hinter sich ignorierend. Vor der Tür des neuen Paten blieb er stehen. Seine Hand zitterte, als er sie zur Faust ballte und anklopfte.

»Sí?«

Auf wackligen Beinen trat Cutter ein. Sofort kam Pedro auf ihn zu.

»Was ist mit dir? Was ist geschehen?« Er schob ihm einen Stuhl hin. »Setz dich.«

Er plumpste mehr, als dass er sich setzte. »Ari«, brachte er nur hervor.

Pedro zog sich ebenfalls einen Stuhl heran. »Was ist mit ihr? Geht es ihr nicht gut?«

Plötzlich fielen ihm all die Andeutungen ein, die gemacht worden waren. »Alejandro fragte, ob ich sie ficke. José wollte mit einer Heirat Bündnisse stärken. Ich fühle mich mit ihr verbunden.«

»Was ist deine Frage?«

»Ist sie ...« Cutter brach ab. Sammelte seine

Gedanken und kam sich unglaublich dumm dabei vor, diese Frage jetzt zu stellen oder überhaupt in Betracht zu ziehen. »Ist sie meine Schwester?«

Pedro erhob sich, schritt langsam zu einem Bild an der Wand zu seiner Linken und nahm es ab. Er ging damit zurück zu seinem Schreibtisch, legte es mit der Rückseite nach oben ab und griff sich den blutfreien Brieföffner. Das Gemälde schien eine zusätzliche Rückwand zu haben. Vorsichtig durchschnitt er das Papier und zog einen großen gelben Briefumschlag hervor. »Hier drin befinden sich alle Informationen. Deine Vergangenheit. Und wenn du willst, auch die Zukunft.«

Cutters Finger zitterten immer noch, als er die Hand ausstreckte. Der Umschlag fühlte sich schwer an. Wie eine Last. Und gleichzeitig keimte in ihm die Hoffnung, dass sich jetzt alles aufklären würde.

»Lies es dir in Ruhe durch, sobald du nicht mehr so aufgewühlt bist, Gringo, und sei vorsichtig, mit wem du dieses Wissen teilst.«

»Dann ist es also wahr?«, hauchte er. »Aber wer liegt in ihrem Grab? Wen habe ich beerdigt?«

»Alles zu seiner Zeit.«

Cutter presste den Umschlag fest an sich und ging zur Tür. Er wollte gleichzeitig lachen und kotzen über die Informationen, die er jeden Moment mit eigenen Augen sehen würde.

»Eins noch, Gringo.«

Er drehte sich um und musterte Pedro, den neuen Paten des mexikanischen Kartells.

»Juanita wird nicht mit dir kommen. Sie bleibt. An meiner Seite wird es ihr gut gehen.«

Kurz überlegte er, von wem die Rede war. Alejandros Ehefrau – oder vielmehr Witwe. »Kann ich dir in der Hinsicht vertrauen?«

»Sie erwartet mein Kind. Du kannst dich aber auch selbst davon überzeugen und sie aufsuchen. Sie wird dir alles erzählen. Im Übrigen habe ich sie zu dir geschickt, damit du sie außer Landes schaffst.«

»Du wusstest von meinem Plan?«

Lächelnd lehnte Pedro sich in seinem Stuhl zurück. »Das ist der Vorteil, wenn man ausschließlich im Hintergrund agiert. Man sieht viel mehr und kann die Menschen besser einschätzen.«

Cutter nickte und ging zurück zu seinem Zimmer. Mexiko war sowas von scheiße. So viele Intrigen gab es nicht mal bei den Sinners und das wollte nach den vergangenen Monaten schon was heißen.

Hailey fühlte sich rastlos. Dieser ganze Tag konnte einfach nur weg. Während das ICE das *Temple of Sins* durchsucht und die Angestellten überprüft hatte, war sie nach außen die Ruhe selbst gewesen. Innerlich jedoch hatte sie die ganze Zeit über befürchtet, dass auf einmal eine illegal eingewanderte Latina auftauchte und behauptete, dort zur Sexarbeit gezwungen zu werden. Aber nichts dergleichen war geschehen.

Lion, der verdammt noch mal beste Anwalt der Welt, hatte alles dokumentiert und in Erfahrung gebracht, es hätte einen anonymen Tipp gegeben.

Hailey fragte sich, wie dumm die Behörden eigentlich waren. Schon bei der Hausdurchsuchung vor ein paar Monaten war alles über Tipps gelaufen und sie hatten nichts gefunden. Lernten die denn nicht dazu? Oder war das simple Schikane?

Sie presste sich das Kissen auf das Gesicht und schrie hinein. Was für ein beschissener Tag!

Ein Beben ging durch ihren Körper, als sie an den Sex mit Thug dachte. So sehr sie sich auch einredete, dass es ein bedeutungsloser Fehler gewesen war ... schon die bloße Vorstellung an sie beide erregte Hailey.

Dann fragte sie sich, wie es wäre mit Thug und Cutter zu schlafen. Von diesen beiden Männern verwöhnt zu werden.

Sie schloss die Augen, biss sich auf die Lippe und glitt mit ihrer Hand zwischen ihre Beine. Sie stellte sich vor, dass es Cutters waren und Thug sie jetzt küsste. Sie bewegte sich schneller. Hailey wusste, wie sie sich berühren musste, um zu kommen. Das würde gleich vorbei sein.

Und plötzlich war sie ernüchtert. Diese Konstellation würde niemals passieren. Dafür waren sie alle viel zu sehr mit ihren Gefühlen involviert. Das könnte gar nicht gut gehen.

»Was willst du, Hailey?«, fragte sie sich und zog ihre Hand aus dem Slip.

Sie konnte ihre eigene Frage nicht beantworten. Sie liebte Cutter und würde alles dafür geben, dass er wieder an ihrer Seite war. Doch was geschah dann mit Thug? Konnte sie ihn verletzen, um mit einem anderen Mann glücklich zu sein? Das hatte er nicht verdient. Wiederum hatte er auch nie Rücksicht auf ihre Gefühle genommen. Im Gegenteil. Und ein weiterer entscheidender Punkt kam hinzu: Er war jetzt Vater. Auch wenn er davon noch nichts wusste, Cassy würde es ihm jedoch zeitnah sagen. Sie konnte es nicht ewig verheimlichen. Was dann? Sie wären eine Familie, in der Hailey nur das fünfte Rad am

Wagen sein würde. Und ihre Zukunft lag doch bei Cutter, oder?

Irgendwann musste sie eingeschlafen sein, denn ein penetrantes Klopfen an ihrer Tür weckte sie.

»Was ist?«, rief sie und setzte sich auf.

Abby kam freudestrahlend herein. »Steh auf, wir müssen ein Zimmer herrichten.«

»Lass das die Club-Matratzen machen.« Hailey plumpste zurück ins Kissen.

»Sicher? Ich meine, ich kann natürlich Snug fragen, aber ich dachte, für Cutter möchtest du das lieber selbst machen.«

Ihr lag ein bissiger Kommentar auf den Lippen. Dann realisierte sie, was ihre Freundin gerade gesagt hatte. »Cutter kommt nach Hause?«

Abby nickte. »Morgen. Es gibt eine Menge zu tun, also schwing den Hintern aus dem Bett.«

Wie betäubt verließ Hailey das Bett und ging unter die Dusche. Cutter kam zurück. Und sie hatte mit Thug gefickt. Scheiße!

Cutter saß in seinem Zimmer, den Umschlag auf dem Schoß. Bislang war er nicht bereit gewesen, sich all dem zu widmen. War es die Angst, die ihn zurückhielt? Seit Stunden besaß er diese brisanten Informationen, ohne zu wissen, um welche es sich genau handelte.

Er atmete ein und aus. Schließlich riss er den Briefumschlag auf und zog alles hervor. Er verteilte die Blätter auf dem Bett. Fotos, ausgedruckte E-Mails, Kontoauszüge und anderer Schriftverkehr.

Je mehr Cutter las, desto wütender wurde er. Seine Wut ließ ihn nicht klar denken. Anders konnte er sich nicht erklären, warum er Mordgedanken hegte. José war tot – leider. Ihn konnte er nicht mehr zur Verantwortung ziehen. Doch er hatte einen Sohn und jetzt wusste Cutter auch, wer es war. Ebenso wer die Mutter war.

Sorgfältig steckte er alles zurück in den Umschlag, verstaute diesen in seiner Reisetasche und stützte den Kopf in die Handflächen.

Cutter hatte wieder eine Familie. Eine Schwester. Seine kleine Jacky war am Leben. Nur hieß sie jetzt Adrianna. Fuck! Wie sollte er ihr das erklären?

Auf einmal ergab alles einen Sinn. Jede Anspielung hier in Mexiko. Die Verbundenheit zu Ari. Die kryptischen Worte Josés.

Man musste schon ein echt kranker Wichser sein, um so einen Plan zu schmieden.

Cutter stand auf. Er musste es Ari sagen. Je früher, desto besser. Danach würden sie sich sofort auf den Weg nach Hause machen. Scheiß auf die Zwei-Tages-Frist. Er hatte eine Mission und dazu gehörten zwei Leichen.

Auf dem Flur klopfte er wie besessen an die Nachbartür. Skeptisch öffnete Ari ihm die Tür. Er konnte es ihr nicht verübeln. Vermutlich würde es ihm nicht anders gehen.

»Wir müssen reden.«

Ari blieb an der Tür stehen, die Arme schutzsuchend um sich geschlungen. »Du machst mir Angst, wenn du so bist.«

Er lächelte. Oder versuchte es zumindest. »Das brauchst du nicht. Doch für das Gespräch wäre es besser, wenn du dich setzt.«

Mit einem Stirnrunzeln ließ sie sich auf der Bettkante nieder.

»Du bist adoptiert, richtig?« Cutter kannte die Antwort, wollte aber ihr noch mal ins Gedächtnis rufen, dass sie den Menschen, bei denen sie aufgewachsen war, einen Scheiß schuldete. Das war nicht ihre Familie. Noch nie gewesen.

»Ja«, antwortete sie zögernd.

Er nickte. Es wäre so leicht, ihr einfach den Inhalt des Umschlags zu zeigen. Aber das fühlte sich falsch an. Selbst ihm fiel es schwer, das zu verdauen. Wie sollte sie es denn können? Und war es nicht seine Aufgabe als großer Bruder, sie vor Unheil zu bewahren?

»Habe ich dir jemals meinen richtigen Namen verraten?«

»Nein.« Wieder dieses feine Stirnrunzeln. »Nicht, dass ich jetzt wüsste.«

»Mein Name ist John Knott.« Er studierte genau die Gesichtszüge von Ari.

Sie fasste sich an die Schläfen. »Das ist verrückt«, murmelte sie. »Das ist schon das zweite Mal heute, dass ich diese falsche Erinnerung im Kopf habe.«

»Vielleicht ist sie gar nicht so falsch, Ari.« Cutter kniete sich vor das Bett und nahm ihre Hände in seine. Sie zitterten. Waren das ihre oder seine eigenen?

»Du bist einundzwanzig, fast zweiundzwanzig und zu der Adoptivfamilie bist du mit sieben gekommen.«

»Hab ich dir das erzählt?« Auch wenn Ari es als Frage formulierte, so war ihnen beiden die Antwort klar: Nein, hatte sie nicht.

»Dein richtiger Name ist Jacklyn - Jacky – Knott. Du hattest eine Zwillingsschwester Zoey.«

Sie riss ihre Hände los und schubste Cutter beiseite, als sie vom Bett aufsprang. »Nein.«

»Ihr habt die Bücher von Nancy Drew geliebt.«

»Hör auf damit!«

»Und Windräder«, fuhr er unbeirrt weiter. Seine Stimme war nur noch ein Flüstern. Er musste sich zusammenreißen, um nicht in Tränen auszubrechen. »Ihr konntet gar nicht genug davon bekommen. Große, kleine, einfarbige, bunte – euer Zimmer war voll damit.« *Und später auch euer Grab*, fügte er in Gedanken hinzu.

Aris Blick war verwirrt, traurig und gleichzeitig so forschend und wissend. »Wer bist du, John Knott?«

»Ich bin dein Bruder.«

Sie rutschte zu Boden und zog die Knie an die Brust. »Ich habe immer geahnt, dass da etwas in meiner Vergangenheit ist, das keinen Sinn ergibt. Ich hatte manchmal diese Erinnerungen, von denen ich als Kind glaubte, es wären Träume. Da waren ein Mann und eine Frau, die mich aus dem Bett gerissen und in einen Wagen geworfen haben. Danach ist alles verschwommen und undeutlich.«

Vorsichtig setzte er sich ihr gegenüber auf den harten Holzfußboden. Nicht zu nahe und doch dicht genug, damit er sie in die Arme nehmen konnte, sollte sie das wollen.

Eine Weile schwiegen sie, warfen sich immer wieder vorsichtige Blicke zu. Schienen ihre Situation neu zu beurteilen. Und ehe Cutter sich versah, lagen sie sich in den Armen und weinten. Um ihre Vergangenheit; um ihre geliebte Zoey; um das Schicksal, das ihnen übel mitgespielt hatte. Vor allem aber vor Freude. Denn sie hatten einander. Sie waren zusammen. Eine Familie. Jetzt begann ihre Zukunft.

Cutter würde alles daran setzen, dass es Ari gut ging und ihr niemand jemals wieder Leid zufügen würde.

Hailey war aufgeregt. Ihr Herz pochte ganz schnell und sie lief wie Falschgeld von einer Seite des Clubhauses auf die andere. Cutter kam nach Hause. Nur noch wenige Stunden, dann war er hier. Wie sie eine weitere Nacht hatte schlafen können, war ihr schleierhaft.

Zusammen mit Abby hatte sie gestern sein altes Zimmer hergerichtet. Einen Moment hatte sie sich schlecht gefühlt, weil sie sein ganzes Zeug weggeschmissen hatte. Wie hätte sie es ihm erklären sollen? Dann war Abby, die Heldin, gekommen und hatte den großen Karton ins Zimmer gebracht, den Hailey für die Müllabfuhr hingestellt hatte.

Sorgfältig hatte Hailey jedes einzelne Kleidungsstück in den Schrank geräumt. Cutter war penibel und ordentlich. Sie hingegen eine Chaotin.

Wie würde es sein, wenn er wieder hier war?

Würden sie von vorne anfangen?

Alles in ihr spielte verrückt.

Hailey bekam keine Luft mehr. Sie musste raus. Konnte es nicht verkraften, wenn er sie wie eine beste Freundin behandeln würde.

Sie rannte die Treppen herunter und auf den Hof. Für November war relativ schönes Wetter. Die Sonne schien, auch wenn es kalt war.

Sie stieg in ihren Wagen, startete den Motor und fuhr los. Erst wollte sie zu ihrem Büro in das *Temple of Sins* fahren, überlegte es sich jedoch anders. Halsbrecherisch wendete sie auf der Straße und fuhr zu Saviors Elternhaus.

Hailey parkte auf dem Gehweg, da die Auffahrt von Thugs SUV blockiert wurde. Sie runzelte die Stirn, als sie ihn an der Tür stehen sah – auf wackligen Beinen und wild gegen die Tür schlagend.

Was! Zur! Hölle!

Sie riss die Autotür auf und rannte zu ihm. »Was ist los mit dir? Bist du wahnsinnig geworden?«

Thug grinste sie an. Er grinste! Oh Gott. Er war betrunken. »Sonnenschein«, lallte er und zog sie in seine Arme.

Er stank wie eine ganze Kneipe. Hailey schlüpfte unter seinen Armen hervor.

»Hailey«, murmelte er und ließ sich gegen die Tür sinken. »Du warst immer meine große Liebe.«

Ja, dachte sie, *total voll*.

Er begann von neuem gegen die Tür zu hämmern. »Mach auf, Cassy. Lass mich dein Kind sehen. Oder ist es unsers?«

Hailey spannte sich an. Hatte Cassy es ihm schon gesagt? Oder vermutete er es nur?

»Lass sie in Ruhe. Sie hat eine Geburt hinter sich und braucht Zeit für sich.«

Doch Thug hörte nicht. Wie ein Wahnsinniger hämmerte er auf die Tür ein, bis sie glaubte, dass das Holz unter seinen Schlägen nachgab.

»Es reicht!« Sie streckte die Hände aus. »Ich rufe dir ein Taxi und dann fährst du nach Hause.«

»Ich will doch nur reden!«, brüllte er und schlug abermals gegen die Tür.

»Hör auf«, verlangte Hailey und gab dem Mann einen kleinen Stoß. »Steig in meinen Wagen und provozier mich jetzt bloß nicht, sonst reiß ich dir verdammt noch mal deinen Arsch auf.«

Thug murmelte etwas Unverständliches und schwankte zu ihrem Wagen. Sie schüttelte den Kopf.

»Ist er weg?«, fragte Cassy leise von der anderen Seite der Tür.

»Ja. Ist heute irgendetwas vorgefallen?«

»Nein. Er stand plötzlich auf der Veranda, völlig betrunken und wollte Vanessa Joan sehen. Ich habe nicht reagiert und dann wurde er immer wütender.« Cassy schluchzte. »Ich kann hier nicht bleiben.«

»Brich jetzt nichts übers Knie, okay? Ich bringe Thug ins Clubhaus und werde mir etwas einfallen lassen.«

»Danke.«

Hailey nickte, doch mehr für sich selbst, als für Cassy, die es ohnehin nicht sehen konnte. Im Kopf machte sie sich eine Notiz, was sie erledigen musste.

Thug war eingeschlafen, als sie beim Auto ankam. Er sah friedlich aus. Sie kannte seine unruhigen Nächte, die Dämonen seiner Vergangenheit, die ihn nicht schlafen ließen.

Leise schloss sie die Tür, startete den Motor und fuhr los.

»Halt an«, murmelte Thug nach wenigen Metern und sie trat auf die Bremse.

Er riss die Tür auf und kotzte. Na klasse! Hailey kreiste mit den Schultern und versuchte so, die Verspannungen loszuwerden. Es dauerte eine Weile, bis Thug fertig war und sie weiterfahren konnten. Das Spiel wiederholte sich noch zweimal.

Hailey war völlig erledigt, als sie beim Clubhaus ankamen. Es grenzte an ein Wunder, dass sie den schweren Brocken Thug aus dem Auto bekam.

»Wach auf«, keuchte sie und brach unter seinem Gewicht fast zusammen. Sein Arm lag schwer auf ihren Schultern. Er stöhnte etwas und ging mit trägen Schritten weiter.

Sie öffnete die Tür und war einen winzigen Moment erstaunt über die ganzen Menschen, die sich im Orgien-Zimmer befanden.

Dann sah sie den Grund.

Cutter schob Ari ein Stück weg. »Pack deine Sachen zusammen und dann verschwinden wir von hier. Nicht erst in zwei Tagen, sondern heute noch.«

»Geht das denn? Dürfen wir wirklich gehen? Hat das alles ein Ende?«

Er nickte. »Ich hole dich in einer Stunde ab.«

Dann verließ er das Zimmer und ging erneut zu Pedro. Diesmal standen zwei Bodyguards vor der Tür. Offenbar stuften sie ihn nicht als Gefahr ein, denn sie ließen ihn ohne Leibesvisitation eintreten.

»Gringo? Schon wieder?« Er musste es Cutter angesehen haben, denn er sagte: »Du hast den Briefumschlag geöffnet.«

»Stimmt es? Alles, was ich gelesen habe? Ari ist Jacky?«

»Es ist die Wahrheit. Ich bin lange genug an der Seite von José gewesen, um das damals miterlebt zu haben.«

»Du weißt, dass ich seine Familie töten muss.«

Pedro seufzte schwer. »Mir wäre lieber, du würdest es nicht tun.«

»Sie haben mir alles genommen. Es geht nicht anders. José ist tot, aber das reicht mir nicht. Ich brauche meine Rache.« Cutter hoffte auf Verständnis. Pedro musste es oft genug erlebt haben, wenn Familien zerstört wurden, dass die Angehörigen Vergeltung üben wollten.

»Rache wird dir nicht helfen. Oder glaubst du, danach wird es dir besser gehen?«

»Ich scheiß drauf, wie es mir danach gehen wird. In dem Moment wird es sich gut anfühlen. Die Frage ist also nicht, wie mein Wohlbefinden ist, sondern ob das Kartell im Anschluss meinen Tod will.«

Pedro schwieg eine Weile. Jeder Muskel in Cutter spannte sich an. War es das? Hatte er jetzt alles auf eine Karte gesetzt und verloren?

»Ich verstehe deinen Wunsch. Sehr gut sogar. Es war eine Genugtuung, dass ich José erschießen konnte. Demnach lautet meine Antwort: Nein. Das mexikanische Kartell wird nicht deinen Tod wollen.«

Ihm fiel ein Stein von Herzen.

»Aber du solltest dein Glück nicht herausfordern. Zwei Morde – nicht mehr.«

»Ich reise heute noch mit Ari ab.«

»Es wird keine Probleme geben«, versicherte Pedro. Er stand auf und hielt Cutter die Hand hin. »Es tut mir leid, was dir passiert ist. Ich hoffe, du glaubst mir, dass ich ein paar Sachen von dir abwenden konnte, andere hingegen nicht.«

Cutter drückte die Hand. »Von allen Mexikanern warst du das kleinste Übel.«

Pedro lachte. »Nimm Gina mit, ich habe keine Verwendung für sie. Sie befindet sich auf der Krankenstation. Zu gegebener Zeit werde ich mich mit

Savior in Verbindung setzen und über unsere Geschäftsbeziehung reden. Mach´s gut, Cutter.«

»Mach´s gut, Pedro.«

Cutter holte Ari ab. Sie stand bereits aufbruch-
bereit im Flur und es war das erste Mal, dass er sie
aufrichtig lächeln sah.

»Bring schon mal alles zum Auto«, sagte er,
nachdem er sein eigenes Gepäck geholt hatte.

»Wieso? Wohin gehst du?« Mit großen Augen
sah sie zu ihm auf.

»Ich hole noch jemanden und dann brechen wir
sofort auf. Stell jetzt keine Fragen. Dafür ist später
genug Zeit.«

Er ging in Richtung Krankenstation, die vielmehr ein Zimmer war, in der notdürftig Verletzungen behandelt wurden. Cutter wollte sich gar nicht
ausmalen, in welcher Verfassung er Gina vorfinden
würde. Vorsichtig drückte er die Klinke herunter.

Sie lag im Bett, das Gesicht eine Mischung aus
grün und blau. Langsam ging er auf sie zu. Erschrocken riss sie die Augen auf.

»Schon gut«, beruhigte er sie und trat vorsichtshalber einen Schritt zurück. »Bist du in der Lage zu
laufen?«

Zaghaft nickte sie.

Er streckte die Hand aus und half ihr aus dem
Bett. »Dann komm, wir verschwinden von hier.«

Cutter stützte sie auf dem Weg zum Wagen und
griff ihr unter die Arme beim Einsteigen.

»Warum hilfst du mir?«

Er zuckte die Schultern. »Weil ich es kann. Schlaf
ein bisschen, die Fahrt ist lang.«

Er legte die Strecke bis zum Clubhaus fast in
einem Stück zurück. Er konnte es kaum erwarten,

endlich wieder nach Hause zu kommen. Hailey zu sehen. Sie in den Armen zu halten. Thug klar zu machen, dass er seine Chance verspielt hatte und sich verpissen sollte. Mit seinen Brüdern zu reden und zu feiern.

Seine Zweifel bezüglich Hailey und Thug blendete er weitestgehend aus. Er würde kämpfen, sollte es nötig sein.

Zwischendurch rief er Savior an. Schließlich sollte niemand glauben, er sähe Geister, wenn Cutter durch die Tür trat. Außerdem brauchte Gina einen Arzt.

Wie viele Stunden fuhr er schon? Zehn? Zwölf?

Obwohl er todmüde war und seine Augen immer wieder zufielen, hielt er sich wach. Cutter wollte jetzt keine Pause machen. Er durfte es nicht.

Adrenalin schoss durch seinen Körper, als er die Stadtgrenze überquerte. In dreißig Minuten würde er sein Ziel erreichen. Sein Herz raste. Die Handflächen waren feucht.

Das Tor stand offen. Er hatte noch gar nicht richtig geparkt, da wurde die Tür zum Clubhaus aufgerissen und eine Meute Sinners trat heraus.

Cutter wusste nicht, womit er gerechnet hatte. Eigentlich hatte er sich darüber gar keine Gedanken gemacht. Aber nun, da es so weit war, blinzelte er gegen die Tränen an.

Er stieg aus.

Savior kam auf ihn zu und verpasste ihm einen echt fiesen Schlag ins Gesicht.

»Fuck«, murmelte er.

»Den hast du verdient, Arschloch.« Savior riss ihn in die Arme. »Mach so einen Scheiß nie wieder.«

»Hab ich dir das nicht schon in Mexiko

versprochen? Hab ich das kleine Veilchen nicht von dir nicht erst vor ein paar Tagen erhalten?«

Savior hob die Schultern. »Dir muss man alles doppelt sagen. Du scheinst schwer von Begriff zu sein.«

KAPITEL 17

Cutter«, flüsterte Hailey und bekam Herzrasen. Als hätte er sie über den Lärm hinweg gehört, trafen sich ihre Blicke. Er lächelte, bis er Thug neben ihr erkannte. Seine Augenbrauen zogen sich zusammen. Sein Schritt wurde langsamer. Es schien, als würde selbst die Musik im Hintergrund zu einem undeutlichen Rauschen verschwimmen. Alles verblasste, nur Cutter erstrahlte in den schönsten Farben.

Scheiß auf Thug, dachte sie und zog seinen Arm von ihren Schultern. Es plumpste, als der Kerl auf den Boden fiel. Aber das war ihr völlig egal. Hailey ging auf Cutter zu. Erst zögerlich, dann wurde sie immer schneller, bis sie die letzten wenigen Meter in einen Laufschritt verfiel und schließlich in seine Arme sprang.

Es war ein Gefühl, wie nach Hause zu kommen. Obwohl der Club schon immer ihr Zuhause gewesen war, mit Cutter war es mehr als das. Sie klammerte sich mit Armen und Beinen an ihm fest. Genoss seine Arme um ihre Taille. Sein Geruch in ihrer Nase.

Hailey löste sich ein Stück von ihm. Seine blauen Augen funkelten vergnügt. Ihre Lippen trafen voller Wucht aufeinander. Sie war ausgehungert und sehnte sich nach mehr.

»Ich hab dich so vermisst, Baby«, murmelte Cutter an ihren Lippen und lehnte seine Stirn an ihre. »Es tut mir so schrecklich leid. Ich war ein Idiot und hätte auf dich hören sollen.«

»Schhh. Das spielt alles keine Rolle mehr. Du bist hier und nur das ist wichtig.«

»Wir müssen uns unterhalten.«

»Aber garantiert nicht jetzt«, sagte Hailey und zwinkerte. »Dafür ist morgen noch genug Zeit. Lass uns nach oben gehen.«

Unter anzüglichem Gejohle verließen sie das Orgien-Zimmer und gingen in den zweiten Stock, wo sich ihre Räume befanden.

»Zu dir oder zu mir«, fragte Hailey neckend.

Cutter führte sie zu ihrem Zimmer. Die Tür fiel hinter ihnen ins Schloss.

Ihre Lippen trafen erneut aufeinander. Drängender. Energischer. Ihre Zungen umspielten einander. Sie waren eins. Noch immer lagen ihre Beine um seine Hüften. Sie spürte seine Erektion. Sie wollte ihn. Jetzt.

Sie rissen sich gegenseitig die Klamotten vom Leib.

Hailey streichelte vorsichtig mit den Fingern über Cutters Körper. Sie erkundete die neuen Narben und spürte so viel Wut in sich aufsteigen, dass jemand ihm das angetan hatte.

Sanft hob er ihr Kinn an. »Küss mich.«

Er drängte sie nach hinten, ohne die Lippen auch nur eine Sekunde von ihren zu lösen. Seine

Hände glitten über ihre Hüften nach oben zu den Brüsten. Hailey stöhnte.

Cutter küsste ihren Hals, leckte mit der Zunge über die Ader. Sie rekelte sich unter ihm, konnte es kaum noch aushalten. Sie wollte ihn so sehr.

Sie drehte sich mit ihm herum. Hailey grinste bei seinem verdutzten Gesichtsausdruck. Langsam ließ sie sich auf ihm nieder. Genoss seine Größe und das Gefühl, ihn wieder in sich zu spüren. Ihre Finger glitten über seine Brust und blieben dort liegen, während sich ihr Becken auf und ab bewegte. Sie stöhnten.

Cutter kam ihren Bewegungen entgegen. Seine Hände ruhten fest auf ihren Hüften. Schweiß rann über seine Stirn. Hailey wurde schneller. Sie biss sich auf die Unterlippe und ließ den Kopf in den Nacken fallen. Sein Griff wurde fester. Sie spürte ihren Höhepunkt herannahen. Es fehlte nicht mehr viel. Cutter kniff in ihre Brustwarzen. Ein leichter Schmerz durchzog Hailey und ließ sie kommen. Sie stöhnte laut und war sich beinahe sicher, das ganze Clubhaus würde sie hören. Die überwältigende Flut an Gefühlen ebbte ab und sie kippte nach vorne.

Hailey küsste ihn und murmelte schläfrig: »Ich bin froh, dass du wieder da bist.«

Thug öffnete müde die Augen. Warum lag er auf dem Fußboden? Sein Schädel hämmerte und dem Geschmack in seinem Mund nach zu urteilen, sollte er sich schämen.

Er rappelte sich vom Boden auf, durchquerte das Chaos im Orgien-Zimmer und schleppte sich träge in seine Räume. Nachdem er sich die Zähne geputzt und geduscht hatte, legte er sich ins Bett.

Obwohl sich eine bleierne Müdigkeit in ihm ausbreitete, fiel es Thug schwer, einzuschlafen. Er verschränkte die Arme hinter dem Kopf und starrte an die Decke.

Wochenlang hatte er sich nichts sehnlicher gewünscht, als dass Cutter wiederkam und Hailey aus ihrem Loch der Einsamkeit holte. Savior hatte ihm gesagt, dass Cutter zurückkehrte und was ging in Thug vor? Er konnte nur daran denken, dass er Hailey dann nicht mehr besaß. Obwohl – hatte er sie denn überhaupt jemals richtig gehabt? Sie hatte schon immer mehr für Cutter empfunden.

Und was sagte es eigentlich über Thug selbst aus, dass er sich nicht freute, seinen totgeglaubten Bruder wieder im Club zu haben?

Fuck! Er war so ein Wichser. Erst wollte er nichts sehnlicher, als Hailey glücklich zu sehen, und jetzt, wo es soweit sein würde, versank er im Selbstmitleid.

Gefühle waren sowas von Scheiße. Wann hatte dieser Alptraum überhaupt angefangen?

Schaudernd fiel ihm ein, dass er noch einen kleinen Ausflug gemacht hatte.

Warum zum Teufel war er besoffen zu Cassy gefahren? Was hatte er sich dabei gedacht?

Er legte die Hände aufs Gesicht. Totales Desaster.

Abstand – alles, was er brauchte, war Abstand. Von Hailey. Dem Club. Er musste endlich wieder klar werden im Kopf und das ging nicht, wenn jeder ständig um ihn herumschwirrte. Sein Entschluss stand fest.

Es klopfte leise an seiner Tür. Verwundert stand er auf, durchquerte erst das Schlafzimmer und dann sein Büro.

»Hailey? Was machst du hier?«, fragte er beim Öffnen und merkte selbst, wie abweisend er klang.

»Kann ich reinkommen?«

Thug wusste, er würde es zutiefst bereuen. Und trotzdem stieß er die Tür auf und ließ sie eintreten. Ihr süßer Duft drang direkt in seine Nase und er presste die Lippen fest aufeinander, um keine Dummheit zu machen.

Unschlüssig blieb sie in seinem Büro stehen.

»Was kann ich für dich tun?«

Sie hob die schmalen Schultern und in Thug erwachte das unbändige Verlangen, sie in den Arm zu nehmen. Er ballte die Hände zusammen.

»Cutter ist nicht alleine gekommen.« Hailey stieß einen Ton aus, der sehr nach Verachtung klang.

Als sie nicht weitersprach, hakte er nach: »Wen hat er mitgebracht?«

»Seine kleine mexikanische Freundin. Zumindest vermute ich, dass es sich bei ihr um die Blondine handelte, die neben ihm im Bett lag.«

»Was erwartest du jetzt von mir?« Thug wusste nicht, was er machen sollte. Einerseits konnte er sich nicht vorstellen, dass Cutter seine Geliebte mitbringen würde. Andererseits - wenn Hailey das glaubte, würde sie Thug vielleicht doch noch eine Chance geben?

Abermals hob sie die Schultern. »Nichts.«

Er schloss kurz die Augen. »Ich kann das nicht, Sonnenschein. Ich kann nicht in die Rolle des besten Freundes schlüpfen, bei dem du dich ausheulst. Cutter hat das jahrelang gemacht – dich geliebt in dem Wissen, nur dein bester Freund zu sein. Aber ich kann das nicht. Ich kann und will ihn nicht in dieser Rolle ersetzen.«

Sie ließ den Kopf hängen. »Es tut mir leid. Ich wusste einfach nicht wohin. Ich wollte mit Abby reden, aber sie und Savior sind ... beschäftigt.«

Er rieb sich mit der Handfläche über das Gesicht. Am liebsten würde er Cutter eine Abreibung verpassen, die sich gewaschen hatte. »Komm her.«

Hailey umarmte ihn. Er hielt sie fest und ließ sie weinen. Auch wenn sich alles in ihm zusammenzog, so war er doch kein Arschloch und ließ sie mit ihrem Kummer allein. Das hätte der alte Thug getan. Der, den es vor Cutters vermeintlichen Tod gegeben hatte. Der neue hatte gesehen, wie schnell er Hailey hätte verlieren können und das war etwas, das er niemals wollte. So sehr sein Herz auch dabei schmerzte, dass sie ihres an jemand anderen verschenkt hatte.

»Cutter?« Irgendwer rüttelte an ihm. Träge öffnete er die Augen. Er war zuhause und hatte das erste Mal seit Monaten wieder vernünftig geschlafen.

»Was ist passiert?«

»Da war jemand an der Tür.«

Cutter blinzelte schläfrig und sah Ari an, die neben ihm auf dem Bett kniete.

»Sorry«, murmelte sie. »Ich wollte dir keinen Schrecken einjagen.«

»Schon gut.« Er stand auf und ging zur Tür, hinter der natürlich niemand mehr war. Sein Blick glitt zu Haileys Zimmer. Er war ihr eine Menge Erklärungen schuldig. Ganz besonders, warum er nicht bei ihr geblieben war in der Nacht.

»Werden wir hier leben?«, fragte Ari vorsichtig.

Er nickte. Ehrlich gesagt, hatte er sich darüber noch gar keine Gedanken gemacht. Für ihn war klar gewesen, dass es zurück in den Club ging. Aber konnte er das von seiner Schwester verlangen?

»Außer du willst nicht. Dann können wir uns auch ein Haus oder sowas suchen.« Er lächelte etwas gezwungen. »Das müssen wir nicht jetzt entscheiden.«

Nachdem sie sich beide fertig gemacht hatten, gingen sie zur Küche. Cutter blickte sofort zu dem Bildschirm, der am Tisch stand. Die Aufnahmen zeigten den Bereich vor dem Tor. José hatte ihm die Bilder gezeigt. Er wusste, was seine Familie an dem Ort vorgefunden hatte.

Savior und Abby kamen in die Küche, in eine Diskussion vertieft.

»Guten Morgen«, sagte Cutter laut und grinste über Abbys erschrockenen Gesichtsausdruck.

Sie umarmte ihn. »Es ist so schön, dass du wieder da bist. Aber wenn du sowas noch mal machst, bringe ich dich höchstpersönlich um.«

»Keine Sorge, ich bleibe. Ich kann es einfach nicht länger verantworten, dich mit diesem Langweiler allein zu lassen.«

»Hast du keinen Job zu erledigen?«, fragte Savior und musterte ihn. »Sieh zu, dass du dich mit Hailey über die Buchhaltung austauschst. Du hast einiges nachzuholen.«

»Nun gönn ihm doch ein paar freie Tage«, forderte Abby.

»Freie Tage? Die hatte er zu Genüge in den letzten Monaten, oder täusche ich mich?«

»Tyrann!«

»Leute, ehrlich, das habe ich vermisst«, meinte Cutter und grinste. »Mexiko war echt scheiße.«

Abby warf verstohlene Blicke zu Ari.

»Eigentlich wollte ich es als erstes Hailey erklären, aber da ihr beide schon mal hier seid.« Cutter deutete auf Ari. »Das ist meine Schwester.«

Savior und Abby tauschten einen Blick, bevor sie von Cutter zu Ari sahen.

Savior ergriff als erstes das Wort. »Wie schwer wurdest du in Mexiko verletzt?«

Er verdrehte die Augen. »In letzter Zeit nicht sehr heftig. Ihr kennt beide die Geschichte meiner Schwestern. Was ich aber in Mexiko erst erfahren habe, ist, dass Ari also Jacky damals nicht in dem Haus gestorben ist, sondern vorher nach Mexiko verkauft wurde.«

»Das ist bewiesen?«, fragte Savior sofort.

»Ist es. Ich habe sämtliche Beweise gesehen und mitgebracht.«

»Fuck«, brummte der Anführer der Sinners. »Das ist ...«

»Ja«, stimmte Cutter zu.

Abby war weniger zurückhaltend. Sie ging zu Ari, nahm sie in die Arme und verkündete feierlich: »Willkommen in der Familie.«

Es rührte ihn, dass seine Schwester so gut aufgenommen wurde. Die Sinners waren nun auch ihre Familie.

Als sie gemeinsam gefrühstückt hatten, und Cutter und Ari ein paar Einblicke ins mexikanische Leben geben mussten, löste sich die Runde auf. Es war an der Zeit, dass er Hailey fand und ihr erklärte, wer Ari war.

Cutter fand Giant bei seinem Dad Rollins am Tresen vor. Sie schwiegen sich an. Natürlich. Es waren beides keine Männer vieler Worte.

»Könnt ihr ein Auge auf Ari werfen? Ich muss weg und ...«

»Geh. Erklärungen später.« Rollins stellte ein Glas ins Regal. »Schön, dass du wieder da bist, Junge.«

Cutter suchte überall nach Hailey. Im Clubhaus, in den Laufhäusern, in allen anderen Geschäften, die den Sinners gehörten. Doch sie war nirgends zu finden und das Smartphone lag in ihrem Zimmer.

Er bezweifelte zwar, dass sie sich in dem neuen Kampfsportzentrum befand, fuhr aber trotzdem hin. Vielleicht konnte Grind ihm sagen, wo sie sich sonst aufhalten könnte. Ihr Auto stand zwar nicht auf dem Parkplatz, dafür aber Thugs. Nach der Aktion mit dem Kuss gab es ohnehin Klärungsbedarf zwischen ihnen. Cutter war zurück, es gab keinen Grund mehr für Thug, Hailey am Rockzipfel zu hängen.

Das Innere sah wirklich toll aus. Alles war modernisiert und mit neuen Sportgeräten ausgestattet. Es überraschte ihn, Thug gemeinsam mit Grind im Boxring zu sehen.

»Hey!«, rief er über die Musik hinweg und ging auf die beiden zu. *40,000 Leagues* schallte aus den Lautsprechern und so sehr er die Musik auch mochte, er war froh, als sie ausgeschaltet wurde.

Grind kam sofort auf ihn zu und umarmte ihn. Daran würde er sich wohl gewöhnen müssen.

»Kann ich übernehmen?«, fragte Cutter und deutete mit dem Kinn auf die Handpratzen.

»Bin mir nicht sicher«, murmelte er und schaute zwischen den beiden Männern hin und her.

»Gib sie ihm«, verlangte Thug.

»Kennst du dich damit aus?«, fragte Grind.

»Ich hab in Mexiko ein wenig geboxt. Mein Trainer war ehemaliger MMA-Fighter.«

»Am besten gibst du ihm gleich die Boxhandschuhe.«

Grind wurde blass. »Jungs, ernsthaft, das ist keine gute Idee.«

»Was soll schon passieren?«, meinte Cutter und grinste. »Hast du Sportklamotten hier? Dann gehe ich mich umziehen und du legst mir alles hin.«

Hailey war todmüde. Nachdem sie sich bei Thug ausgeheult hatte, war sie zurück in ihr Zimmer gegangen und hatte noch ein paar Minuten geschlafen, ehe ein Notruf aus dem *Temple of Sins* gekommen war. Irgendwelche Typen hatten vor dem Laden randaliert und die Cops hatten auf den Anruf nicht reagiert. Sie hatte Dom mitgenommen, der zum Glück schon wach gewesen war. Wäre sie alleine hingefahren, hätten die Kerle sie wohl kaum ernst genommen.

Nachdem sich alle beruhigt hatten, die Kerle und ihre Angestellten, war sie mit Dom zurück zum Club gefahren. Dort hatte sie gleich der nächste Anruf erreicht: Cassy.

Also war sie auch dorthin gefahren. Es war gut, dass sie abgelenkt gewesen war, so hatte sie keine

Zeit zum Nachdenken gehabt. Doch jetzt, in der Einsamkeit ihrer Gedanken gefangen, rotierten tausende Fetzen durch ihren Kopf. Einer extremer als der andere.

Beim Betreten des Clubhauses hörte sie schon ein helles Lachen und alles zog sich in ihr zusammen. An der Bar saß diese Ari.

Hailey winkte Rollins und Giant zu und ging eiligen Schrittes zur Treppe. Eine zierliche Hand griff nach ihrem Ellbogen und sie erstarrte.

»Können wir reden?«

»Sicher«, antwortete sie knapp. »Komm mit.«

In der Küche bereitete sie sich einen Tee zu. »Möchtest du auch einen?«

»Gerne.«

Hailey stellte eine Tasse vor der anderen Frau ab und setzte sich zu ihr an den langen Tisch. Eine Weile schwiegen sie, dann ergriff Ari das Wort: »John war mir in den letzten Monaten eine große Stütze.«

Am liebsten hätte Hailey jetzt schon das Gespräch abgebrochen. *John*. Wie kam Ari dazu, ihn so zu nennen? Sie kannte ihn doch überhaupt nicht!

»Ich wurde ... mir wurde Schlimmes angetan und er hat mich beschützt. Immer.«

»So ist er«, sagte Hailey. »Ein Beschützer.«

»Ja.« Wieder schwiegen sie eine Weile und abermals war Ari diejenige, die als erstes sprach. »Als wir aus dem Keller heraus durften, haben wir uns ein Zimmer und ein Bett geteilt.«

Am liebsten hätte Hailey ihren Tee wieder ausgekotzt. Es gab keinen Grund, warum ihr das jetzt auch noch unter die Nase gerieben werden musste.

»Aber es lief nie etwas zwischen uns.«

Ungläubig sah Hailey die andere Frau an.

»Es stimmt«, beteuerte sie. »Wir hatten diese

Verbindung, die sich keiner von uns erklären konnte, aber es war nie irgendwas sexuelles zwischen uns.«

Hailey nippte an ihrem Tee, damit sie keine Antwort geben musste. Alles, was ihr dazu einfallen würde, wäre das Wort Lügnerin.

»Ich erinnere mich an dich. An deine rosa Haare. Du warst bei uns zu Besuch und hast aus *Nancy Drew* vorgelesen, als John mit ...« Ari brach ab und räusperte sich mehrfach. »Als John mit unserer Mutter gestritten hat.«

Mit zitternden Fingern stellte Hailey die Tasse auf den Tisch. Sie sah Ari an. Studierte die Augen, die Gesichtszüge. Konnte das wirklich sein? Wie war das möglich? Sie hatte den Leichnam von Zoey gesehen. Demnach konnte nur Jacky vor ihr sitzen.

»Jacky?«, fragte sie leise.

»Ich bin länger Adrianna als Jacky, aber ja.« Sie trank einen Schluck aus der Tasse, während Hailey noch immer diese Information verdaute. »John kann dir das alles besser erklären. Ich dachte nur, du solltest wissen, dass wir nicht ... du weißt schon.«

Hailey erhielt gar keine Gelegenheit, darauf zu reagieren. Denn wie ein wildgewordener Irrer stürmte Savior in die Küche und deutete anklagend mit dem Finger auf sie. »Du!«

Ari fing am ganzen Leib an zu zittern und Hailey legte beruhigend die Hände auf ihre. »Bist du irre, hier so reinzustürmen? Du machst ihr Angst.«

Tatsächlich blieb Savior verunsichert stehen. »Ich hatte gerade Grind am Telefon. Mein Vize und mein totgeglaubter Buchhalter schlagen sich wortwörtlich die Köpfe ein. Daran bist du schuld. Wir fahren da jetzt hin und dann wird endlich Klarheit in euer Dreier-Was-Auch-Immer geschaffen.«

Paralysiert folgte Hailey ihrem Boss. Thug und Cutter schlugen sich die Köpfe ein? Sie war total überfordert mit der Information.

Savior legte die Strecke bis zum Sportzentrum in kürzester Zeit zurück. Hailey hatte Angst vor dem, was sie gleich zu sehen bekam.

Auf wackligen Beinen betrat sie die Halle und schlug sich die Hand vor den Mund. Die Männer im Ring prügelten gnadenlos aufeinander ein. Geschockt von dem Bild, das sich ihr bot, blieb sie stehen.

»Seid ihr völlig bescheuert?«, brüllte Savior und stürmte in den Ring, um die beiden auseinanderzubringen. »Ihr solltet lieber dankbar dafür sein, dass sich alles zum Guten gewendet hat mit den Tacofressern. Stattdessen schlagt ihr euch die Köpfe ein. Ich sollte euch verdammt noch mal aus dem Club schmeißen und den Vogelfrei-Status erklären, ihr blöden Arschlöcher.«

»Es war überfällig«, sagte Thug.

»Überfällig? Willst du mich verarschen?« Saviors Halsschlagader trat so deutlich hervor, dass Hailey Angst hatte, sie platzte gleich. Er drehte sich zu ihr. »Entscheide dich, Hailey. Ich habe auf diese ganze Scheiße keinen Bock mehr. Cutter oder Thug – wen wählst du?«

Cutters Herz raste. Zum einen von der sportlichen Anstrengung. Zum anderen, weil Hailey hier war.

Ihr sorgenvoller Blick setzte ihm zu. Savior hatte recht. Was taten sie hier? Er spuckte den Mundschutz auf den Boden und zog die Boxhandschuhe aus.

»Eine Entscheidung, Hailey«, verlangte Savior mit harter Stimme.

Es war zermürbend, dass sie nichts sagte. Fiel es ihr so schwer?

»Hailey! Eine Entscheidung! Jetzt!«

Sie sah zu Thug und Cutter spürte sein Herz zerbrechen. Er hatte alles verspielt.

»Es tut mir so leid«, flüsterte sie erstickt.

»Schon okay, Sonnenschein.« Thug klang gebrochen. »Du brauchst nicht weinen.«

Cutter war verwirrt.

»Sag den Namen, Hailey.«

»Nun hör doch endlich auf!«, verlangte Thug.

»Nein. Sie soll den Namen nennen, damit jeder hier es hört und dann ist ein für alle Mal Schluss mit dem ganzen Heckmeck.«

»Cutter«, murmelte sie und wischte sich die Nase am Ärmel ab. »Es ist Cutter.«

Für einen Moment stand die Zeit still. Niemand sagte etwas oder rührte sich.

Thug klopfte ihm auf die Schulter. Nicht sanft – zugegeben. Aber bei weitem nicht so hart wie die Schläge vorher. »Nun geh schon, bevor sie da unten noch zusammenbricht.«

Cutter sprang aus dem Ring und rannte auf Hailey zu. Er nahm sie in die Arme, gab ihr Trost und quasselte irgendwelche beruhigenden Worte. Hoffte er jedenfalls.

Sie hatte ihn gewählt und nicht Thug. Er verstand nur nicht, warum sie jetzt so aufgewühlt war und weinte.

»Hailey, was ist los?«

»Es tut mir alles so schrecklich leid. Hätte ich mich eher entschieden und mich nicht immer auf dieses Gefühlschaos eingelassen, wäre das alles gar nicht passiert.« Ihre Fingerspitzen strichen über die Verletzungen in seinem Gesicht.

Cutter nahm ihre Hand in seine und hauchte einen Kuss auf ihre Handfläche. »Das ist nicht deine Schuld. Wir haben alle Fehler gemacht. Aber wir leben in der Gegenwart und nicht in der Vergangenheit. Liebst du mich, Hailey?«

»Ja«, sagte sie und blickte ihn aus den braunen Augen aufrichtig an. »Natürlich liebe ich dich.«

»Dann lass uns heute hier und jetzt neu beginnen. Wir schließen mit all dem, was war, ab und starten neu.«

Sie nickte lächelnd. »Okay. Unser Neuanfang.«

Er nahm ihr Gesicht in die Hände und küsste sie verlangend.

Aus dem Augenwinkel bemerkte er, wie Thug an ihnen vorbeiging. Cutter wollte etwas sagen, aber Savior stellte sich mit verschränkten Armen zu ihnen und räusperte sich vielsagend.

»Hier ist jetzt alles klar? Es gibt keine Zweifel mehr und kein vielleicht sollte ich doch lieber oder hätte ich mal?« Savior maß sie beide mit einem unnachgiebigen Blick.

Hailey lächelte. »Kein Zurück.«

Der Anführer der Sinners nickte grinsend. »Na endlich. Es ist die richtige Entscheidung.« An Cutter gewandt sagte er: »Wir müssen uns noch über Mexiko unterhalten. Ich will alles wissen, auch die unschönen Sachen.«

»Werden wir. Aber später – bitte!«

Savior blickte die beiden abwechselnd an. »Genießt erst mal eure Zeit. Der Alltag kommt früh genug.«

Die Würfel waren gefallen. Thug blickte nicht zurück, als er an Hailey und Cutter vorbeiging. Sie hatte sich entschieden und er würde es ihnen allen leicht machen und verschwinden. Sein Innerstes zog sich zusammen, aber er wusste, auch dieser Schmerz ging vorbei. Er hatte Schlimmeres überstanden.

Im neuen Clubhaus konnte Thug von vorne beginnen. Niemand kannte ihn dort und würde ihm mit alten Vorurteilen begegnen.

In seinem Schlafzimmer holte er seine Reisetasche aus dem Schrank und packte Klamotten ein sowie alles das, was er in nächster Zeit brauchen würde.

Thug setzte sich aufs Bett und zog die oberste Schublade seines Nachttisches auf. Ein Bild von Hailey und ihm lag obenauf. Er war kein Romantiker und würde das Foto einrahmen oder sich irgendwo an die Wand hängen. Es hatte einen kleinen Riss am unteren Rand und die Ecken waren geknickt.

Irgendwann in naher Zukunft konnte er das Bild mit Sicherheit ansehen, ohne diesen verfickten Herzschmerz zu spüren. Und bis es so weit war, würde er es in seiner Arbeitsmappe verstauen.

Er stand auf und sah sich noch einmal um. Ein ganzes Leben verpackt in zwei Reisetaschen und einem Rucksack.

»Du wolltest hoffentlich nicht gehen, ohne dich zu verabschieden.«

Thug drehte sich auf dem Flur zu Hailey um. Sie war nicht alleine. Abby und Savior standen neben ihr, genauso wie Grind und Cutter.

Er hob die Schultern. »Ich dachte, das macht es für alle einfacher.«

»Denken war noch nie deine Stärke«, sagte Savior und zog ihn in eine Umarmung. »Pass auf dich auf und bleib sauber. Du kommst zurück, wann immer du dich dafür bereit fühlst.«

Er brachte nicht mehr als ein knappes Nicken zustande. Genau das hatte er vermeiden wollen. Diese Emotionalität und Gefühlsduselei.

Abby wischte sich verstohlen eine Träne weg, bevor sie Thug umarmte. »Wenn du wieder da bist, gehen wir in eine Karaokebar und singen Taylor Swift.«

»Macht nicht den Anschein, als wollte sie, dass du zurückkommst«, lachte Grind und schlug ihm auf die Schulter.

Selbst Cutter zog ihn in eine Männerumarmung. »Danke, dass du auf Hailey aufgepasst hast und für sie da warst. Das werde ich dir niemals vergessen.«

Wieder brachte er nur ein Nicken zustande. Was sollte er darauf auch sagen? Gern geschehen? *Ich würde es wieder machen?* Das schien ihm nicht passend.

Cutter machte Platz für Hailey. Ihre glasigen Augen brachen ihm das Herz. »Ich bring dich noch nach draußen.«

Schweigend gingen sie den Flur entlang, durch das Orgien-Zimmer und hinaus auf den Hof zu Thugs Auto. Er verstaute seine Taschen im Kofferraum und drehte sich danach zu Hailey um.

»Machs gut, Sonnenschein.«

Sie warf die Arme um ihn und klammerte sich fest. »Versprich mir, dass du wieder nach Hause kommst.«

»Irgendwann ganz bestimmt.«

»Pass auf dich auf.«

»Und du auf Cutter, damit er nicht noch mal so eine dumme Aktion abzieht.« Vorsichtig löste er die Arme von seinem Hals.

»Du meldest dich, wenn du angekommen bist?«

»Natürlich, und jetzt geh rein, sonst stehen wir morgen noch hier.« Langsam ging sie rückwärts in Richtung Clubhaus.

Thug stieg ins Auto und blickte in den Rückspiegel. Sie war stehen geblieben. Er seufzte laut und schaltete das Radio ein. Es lief irgendeine Schnulze über gebrochene Herzen. Er schaltete es wieder aus und fuhr durch das Tor, das sich sofort hinter ihm schloss.

Ein neuer Abschnitt begann.

KAPITEL 18

Cutter stieg die Treppen zum Keller hinunter. Er hatte erfahren, dass Damian dort unten in einer der Zellen saß. Das war seine Gelegenheit. Er könnte es zu Ende bringen. Hier und jetzt. Heimlich. Niemand würde es bemerken. Und selbst wenn – wer könnte ihm verübeln, dass er den Spross des Paten ermordete, nach allem, was Cutter wegen dieser Familie hatte durchstehen müssen?

»Ah, der verlorene Sohn kehrt nach Hause zurück«, triumphierte Damian arrogant, als würde er auf einem Thron sitzen anstatt auf einer durchgelegenen Pritsche. Alles in Cutter zog sich hasserfüllt zusammen. Es war, als würde sich all die Wut, der Frust und die Verzweiflung der letzten Jahre zusammenballen und ihm die Luft zum Atmen abschnüren.

»Wie schön wäre es, wenn auch die Tochter nach Hause kehren könnte.«

Cutter hob einen Mundwinkel. »Du meinst Jacky? Nein, warte. Du kennst sie ja unter dem Namen Adrianna. Die Tochter, um bei deinen Worten zu bleiben, ist zurück.«

Etwas an Damian veränderte sich. Seine Arroganz fiel ab und machte einem neuen Ausdruck Platz: Sorge.

»Sie ist hier? In diesem Sündenpfuhl?« Mit einem Satz war er an den Gitterstäben seiner Zelle und umklammerte diese. Die Adern an seinem Handrücken traten deutlich hervor. »Bring sie weg von diesem Ort. Sie ist viel zu unschuldig.«

Cutter nickte. »Unschuldig ist sie, da muss ich dir recht geben. Deshalb wirst du sie niemals wiedersehen. Niemals.«

»Wird das nun die Große-Bruder-Nummer, in der du mir erklärst, dass du mich umbringst, wenn ich ihr zu nahe komme?«

Wieder hob er nur einen Mundwinkel. »Ich schätze, das brauche ich gar nicht. Denn du sitzt in einer Zelle und die Wahrscheinlichkeit, dass du sie lebend verlässt, ist genauso gering wie die Tatsache, dass José von den Toten aufersteht.«

»Er ist tot? War es Alejandro?« Damian war keine Emotion anzuhören.

»Alejandro ist ebenfalls tot. Pedro ist der neue Pate des Kartells, du wirst also deinen Platz als Nachfolger niemals einnehmen«, erklärte Cutter und musterte den Mann in der Zelle. Von seiner Arroganz hatte er nichts verloren, selbst innerhalb dieser grauen Wände wirkte er, wie das blühende Leben. Wenn man von den dunklen Augenringen und den Stoppeln im Gesicht mal absah. Er konnte sich beim besten Willen nicht vorstellen, dass Abby und er Geschwister waren. Lag es einzig an der Erziehung, dass sie beide so unterschiedlich waren?

»Ich habe Adrianna immer gut behandelt«, sagte Damian nach einer Weile. »Sie ist mir wirklich wichtig. Darf ich sie sehen?«

»Nein, darfst du nicht. Du und deine ganze elende Familie werden der meinen nicht mehr zu nahe kommen.«

Damian stieß ein Lachen aus. »Und wie willst du Francine davon abhalten? Ich bin mir sicher, sie wird längst alle Hebel in Bewegung gesetzt haben, um mich hier herauszuholen.«

Cutter hob die Schultern. »Sicher? Die Mexikaner sind nicht mehr auf eurer Seite und überleg mal - wie lange sitzt du hier schon? Ich glaube, sie hat dich aufgegeben, um ihren Arsch zu retten.«

Damian streckte sich. Gemächlich ließ er sich auf der Pritsche nieder und schloss die Augen. »Francine hat immer einen Plan B und C. Merke dir meine Worte: Das ist noch lange nicht vorbei. Ihr solltet euch besser auf ein gewaltiges Inferno vorbereiten.«

Hailey saß in ihrem Büro im *Temple of Sins*. Ihre Gedanken drehten sich jedoch nur um Cutter. Sie konnte nicht glauben, dass sie nun endlich in ihre Zukunft starten würden. Kein Zurück – den Blick nur nach vorne gerichtet. Sie hatte sich nie für die Sorte Frau gehalten, die darüber philosophierte Schmetterlinge im Bauch zu haben. Und doch – alleine der Gedanke an Cutter reichte, um sie in ihrem Innern wild tanzen zu lassen.

Es klopfte an ihrer Tür und ein Lächeln legte sich auf ihre Lippen, als Cutter eintrat. Er kam um den Schreibtisch herum, beugte sich zu ihr hinunter und küsste sie.

»Dom, Giant und Ari sind auch hier.«

»Ari?«, wiederholte Hailey überrascht.

Cutter verdrehte die Augen. »Sie ließ sich einfach nicht davon abbringen. Würde es nach mir gehen, wäre sie in ihrem Zimmer geblieben.«

»Müssen die Gene sein«, murmelte sie und lächelte Cutter unschuldig an.

»Das hab ich gehört.«

»Solltest du auch.«

»Freches Mädchen.«

»Das liebst du doch an mir.«

»Ganz genau.« Sein Blick verdunkelte sich und er zog sie für einen Kuss heran. Die weichen Lippen pressten sich besitzergreifend auf ihre. »Das müssen wir später fortführen.«

Sie verließen das Büro, das sie vorsichtshalber abschloss, und gingen zur Bar, an der die anderen bereits saßen.

»Ich möchte hier anfangen«, platzte es sofort aus Ari heraus, als Hailey und Cutter sie erreichten. »In Mexiko habe ich auch an der Bar gearbeitet.«

Cutter holte tief Luft.

Hailey drückte seine Hand. »Nur an der Bar! Nicht in anderen Bereichen.«

Ari lief rot an. »Natürlich nichts anderes.«

»Bist du dir sicher, dass du das willst?« Cutter sah sehr beunruhigt aus, was Hailey hingegen amüsierte.

»Soll ich den ganzen Tag in dem Clubhaus sitzen?«

»Ja?«, antwortete er eher zögernd.

»Du musst verrückt sein, wenn du das glaubst.«

Hailey blickte zum Eingang. Savior und Abby traten ein und sie merkte sofort, dass etwas nicht stimmte. Die beiden hielten immer Händchen oder suchten den Körperkontakt des anderen. Jetzt passte zwischen sie ein Lastwagen. Savior steuerte sofort die Bar an und Abby stellte sich zu ihr.

»Alles in Ordnung bei euch?«, fragte Hailey leise.

Sie schnaubte abfällig. »Nein. Erinnerst du dich daran, dass Janet mich angerufen hatte?«

»Deine Freundin, die bei der Staatsanwaltschaft arbeitet? Ja, klar. Wieso?«, wollte sie sofort alarmiert wissen.

»Nun, offenbar gibt es dort eine neue Chefin und die will unbedingt, dass die Sinners im Knast landen. Also setzt sie mit Hausdurchsuchungen alles daran, Beweise zu finden.«

»Wir sind vorsichtig. Niemand wird uns etwas nachweisen können. Wir sind nicht so dumm und halten alle unsere Geschäfte auf Papier fest.«

»Das habe ich ihr auch schon erklärt«, mischte sich Savior ein und reichte Abby ein Glas.

»Und ich habe dir erklärt, dass wir gewarnt sein sollten, wenn selbst Janet beunruhigt ist.«

»Hör auf, Schneewittchen. Sie hat nichts gegen uns in der Hand.«

»Ich hätte gerne deinen Optimismus.«

»Ich weiß«, sagte Savior gespielt fröhlich. »Ich bin eben eine unverbesserliche Frohnatur.«

»Und ein Träumer, wenn du das echt glaubst«, gab Cutter grinsend von sich und wich lachend dem halbherzigen Schlag von Savior aus.

Hailey entging nicht, wie Ari das Geplänkel gebannt beobachtete, während Giant sie nicht aus den Augen ließ. Er sah zu ihr, lief rot an und schaute demonstrativ in die andere Richtung.

»Sagtest du nicht, dass Dom auch hier ist?«

Cutter sah sich um. »Wir sind gemeinsam hergekommen.«

»Vielleicht amüsiert er sich hinten?«, meinte Abby.

»Gut möglich.«

Saviors Ausdruck wurde ernst. »Thug wird für eine Weile weg sein. Wir müssen zusehen, dass jemand seine Tätigkeiten übernimmt.«

Sofort regte sich Haileys schlechtes Gewissen. Es war nur dazu gekommen, weil sie sich für Cutter entschieden hatte.

»Mit diesem Gedanken hat er schon länger gespielt«, ergänzte Savior noch. »Das hat nichts mit euch zu tun. Thug wollte bereits seit einer Weile Abstand und ich halte das für eine gute Idee.«

Hailey zog ihr vibrierendes Smartphone aus der Hosentasche. Cassy hatte ihr eine Nachricht geschickt und gefragt, ob Hailey zu ihr kommen könne.

Nachdenklich steckte sie es zurück. Sie hatte zwar wenig Lust darauf, verabschiedete sich dennoch von ihrer Familie und machte sich auf den Weg zu Cassy.

Cutter saß mit Savior in seinem Büro und berichtete von der Zeit in Mexiko. Angefangen bei der Folter, Ari, und der anschließenden Tätigkeit für das Kartell. Er erzählte, dass Alejandro der nächste Pate hatte werden wollen und Pedro nun diese Position innehielt.

»Traust du ihm?«, fragte Savior und drehte eine einzelne Zigarette in den Händen.

»Mehr als ich es bei José getan habe.« Cutter legte den rechten Knöchel auf das linke Knie. »Immerhin hat er mich gehen lassen. Es gab keine Auflagen – ich durfte sogar Ari mitnehmen und Gina hat er mir auch gleich noch aufgehalst. Er hat mir die Unterlagen gegeben, die meine Vergangenheit erklären und er ist daran interessiert, mit den Sinners Geschäfte zu machen.«

Savior schloss kurz die Augen. Als er sie wieder öffnete, erschrak Cutter über den Ausdruck in ihnen. »Es tut mir unendlich leid, Bruder. Ich werde mir das nie verzeihen können.«

Er neigte irritiert den Kopf zur Seite. »Was meinst du?«

»Dass ich dir nicht geholfen habe. Dass ich dich in dieser Hölle gelassen habe. Wenn ich anders entschieden oder gleich auf Hailey gehört hätte ...«

»Hör auf, Boss.« Cutter deutete auf sich. »Sehe ich so aus, als hätte mich die Zeit dort zerstört?« Er stieß ein kleines Lachen aus. »Es gab da diesen Moment, in dem ich mir wirklich den Tod gewünscht habe, aber ohne das alles, hätte ich meine kleine Schwester nicht zurückbekommen. Für sie würde ich jede Minute noch mal durchstehen.«

»Du bist viel stärker als wir anderen zusammen.«

»Es ist ungerecht, dass zu meiner immensen Stärke auch noch das tolle Aussehen kommt.«

»Spinner«, gluckste Savior und zündete sich seine Zigarette an. Er wurde wieder ernst. »Ich mache mir Sorgen um Dom. Ihn hat das alles schrecklich mitgenommen und selbst jetzt, nachdem du zurück bist, wirkt er fahrig und abgelenkt. Ich brauche ihn bei klarem Verstand.«

»Ich werde mit ihm reden.«

»Danke.« Savior musterte ihn ein weiteres Mal. »Dir geht es wirklich gut?«

Cutter lächelte. »Ich habe die Frau, die ich liebe an meiner Seite sowie meine kleine Jacky. Ich bin wieder bei meiner Familie. Wie könnte es mir nicht gut gehen?«

Er nickte. »Gut, dann mach dich an die Arbeit und verschwinde. Schließlich wirst du nicht fürs Herumsitzen bezahlt.«

»In letzter Zeit wurde ich gar nicht bezahlt«, stellte Cutter richtig.

»Ich bezahle kein Urlaubsgeld. Selbst schuld, wenn du lieber deine Zeit in Mexiko verbringst.«

»Wie geht es Gina?« Er erinnerte sich an die Autofahrt und das apathische Starren. Sie hatte nicht ein Wort gesagt und auch jetzt war sie noch nicht aus ihrem Zimmer gekommen.

Savior wirkte unbeeindruckt. »Sie wird wieder. Doc meinte, sie hat ein paar Prellungen und blaue Flecken. Sie verneint, vergewaltigt worden zu sein. Sobald es ihr besser geht, wird sie gehen.«

»Das denkst du?«

»Ich lasse ihr keine andere Wahl. Sie hat den Club und mich hintergangen, ich habe keine Verwendung für sie.«

Cutter verließ das Büro und machte sich auf die Suche nach Dom. Er fand ihn in seinem Zimmer – noch im Bett liegend. Es war fast Mittag. Kurzerhand öffnete er die Jalousien und das Fenster.

Dom brummte irgendwas Unverständliches.

»Aufstehen, Schlafmütze.«

»Verpiss dich.«

»Na, na. Wer wird denn gleich so ein Grummel sein?«

»Was willst du?« Dom richtete sich auf und Cutter musterte die kleinen Kratzer auf seiner Brust.

»Hast du jetzt ne Katze?«

»Haben wir nicht alle ne Muschi irgendwo rumlaufen?«

Cutter verzog das Gesicht. »Jetzt bist du obszön. Los steh auf, ich will meinen besten Freund zurück und nicht dieses Ekel, zu dem du geworden bist. Ich warte vor der Tür.«

Dom ließ sich zurück in die Kissen fallen. Fuck. Mit den Handballen rieb er sich über die Augen und stand schließlich auf. Er stieg unter die Dusche und stellte das heiße Wasser an. Er musste dringend den Geruch der Frau loswerden. Das Wasser brannte auf seinen Kratzern, die er nicht nur auf der Brust hatte. Ein Lächeln stahl sich in sein Gesicht, als er an die grauen Augen dachte. Er musste unbedingt Hailey fragen, wer die Neue in ihrem Laden war. Sie war ihm vorher nie aufgefallen. Zweimal hatte er sich mit ihr vergnügt und verdammt, es war der beste Fick seit langem gewesen. Genau das, was er gebraucht hatte. Für einen Augenblick hatte er all den Scheiß um sich herum vergessen können.

Dom machte sich keine Illusionen darüber, ob ihre Worte oder Gesten ernst gemeint gewesen waren. Er hatte sie bezahlt, nett zu ihm zu sein. Und trotzdem hatten diese beiden Begegnungen dafür gesorgt, dass seine Alpträume für einen Moment aufgehört hatten. Keine explodierende Bombe. Kein Kampfgefecht. Kein Arzt, der ihm sagte, keine Schönheitsoperation der Welt könnte sein Gesicht und den Hals wiederherstellen. Kein Vorgesetzter, der ihm erklärte, seine Karriere bei der Spezialeinheit der Entschärfer von Brand und Sprengvorrichtungen sei nun vorbei.

Er stieg aus der Dusche und blickte in den Spiegel. Sein hässliches Gesicht schaute ihm entgegen. Dom ballte die Hände zusammen, unterdrückte den Drang, die Faust hineinzuschlagen. Jahrelang hatte er sich damit abgefunden, entstellt zu sein, nie eine Familie zu haben und für den Sex bezahlen zu müssen, weil keine Frau bei ihm geil werden würde. Und dann war Cutter ermordet worden. Es war wie ein Loch gewesen, in das er tiefer und tiefer hineingerissen wurde. Eine Abwärtsspirale, die all seine sorgfältig abgesperrten Hintertüren aufgesprengt hatte. Doppel fuck. Alles war wieder hochgekommen. Er hatte für Hailey da sein wollen, sie stärken und trösten, stattdessen hatte er genauso gejammert wie sie.

»Bist du eingeschlafen?« Cutter klopfte an seine Tür.

»Ich bin gleich da.« Dom zog sich an und atmete einmal tief durch. Er hatte seinen besten Freund zurück. Hailey war wieder glücklich. Alles war gut – und wenn er sich das oft genug einredete, glaubte er irgendwann daran.

Cutter grinste, als er in den Flur trat. »Das blühende Leben.«

»Halt die Klappe.«

»Hab ich dir schon erzählt, wie ich in Kolumbien die Soldaten abgezogen habe? Ich schwöre,

Alejandro hat sich fast eingepisst vor Angst, als ich das Messer in der Hand hatte.«

Dom verdrehte die Augen. Doch tief in seinem Innern lächelte er. Er hatte es vermisst, von seinem besten Freund vollgequatscht zu werden. Nicht mehr allein zu sein, gab ihm das Gefühl, wieder neue Hoffnung schöpfen zu können.

Sie stiegen die Treppe hinunter und platzten in einen Streit.

Abby drehte sich mit feuchten Augen zu ihnen. »Könnt ihr Savior bitte klar machen, dass er jetzt auf der Stelle abhauen muss?«

Dom hob fragend eine Augenbraue und blickte zu Lion, dem Anwalt der Sinners, der an der Wand lehnte.

»Ich werde nicht wie ein Feigling fliehen!«, brüllte Savior.

»Was geht hier vor sich?«, fragte Cutter.

»Bist du bei klarem Verstand?«, wollte Savior von Dom wissen.

»Natürlich«, antwortete er sichtlich verwirrt.

»Dann übertrage ich dir hiermit die Leitung der Sinners.«

»Was?« Doms Herz setzte einen Schlag aus.

»Kilian«, flehte Abby und krallte sich zitternd in dessen Shirt. »Bitte lass uns abhauen. Noch können wir es schaffen.«

Sirenen erklangen in der Ferne.

»Wir nehmen den Geheimweg in deinem Büro«, sagte sie schnell und hielt ihm die Hand hin. »Komm.«

Savior lächelte traurig und küsste ihre Fingerknöchel. »Du weißt, dass das nicht geht, Schneewittchen. Ich liebe dich, aber das kann ich nicht machen.«

Sie schluchzte laut auf, folgte ihm jedoch nach draußen in den Hof.

WAS ZUR HÖLLE GING HIER VOR SICH?

Erneut blickte er fragend zu Lion, der mit schmalen Lippen den Kopf schüttelte.

Cutter und Dom tauschten einen besorgten, verwirrten Blick. Immerhin war er nicht der Einzige, der keinen Schimmer hatte, was vor sich ging. Sie folgten Savior nach draußen.

Die Cops fuhren mit fünf Einsatzwagen auf ihren Hof. Zwei schwarze Limousinen folgten.

»Ich sagte ja«, kam es schmierig von Damian. »Francine hat immer einen Plan B und C.«

»Ich hätte dich erschießen sollen«, meinte Cutter kalt. »Aufgeschoben ist nicht aufgehoben.«

»Wir werden sehen.« Damian lachte und stieg in eine der schwarzen Limousinen, die sofort losfuhr.

»Wie ist er herausgekommen?«, fragte Dom.

Savior hob die Schultern. »Ich habe ihn herausgelassen. Damit ist Freiheitsberaubung schon mal kein Thema mehr für die Staatsanwaltschaft.«

Die Hintertür der zweiten Limousine öffnete sich. Eine Frau im dunkelblauen Kostüm stieg aus.

»Scheiße«, entkam es Dom.

»Madison?«, keuchte Lion. Der alte Mann sah auf einmal sehr blass aus.

Ihr kaltes Lächeln durchzuckte Dom wie ein Stromschlag. Sie verschaffte sich einen Überblick, blieb kurz an Dom hängen, bevor sie von Abby und Savior zu Lion sah. »Hallo Vater.«

Madison kam auf die kleine Gruppe zu, dicht gefolgt von Janet, Abbys Freundin aus Schulzeiten. »Ist es nicht faszinierend, wie sich alle hier versammeln, Janet?«

»Sirenen rufen diese Angewohnheit hervor.«
Savior verschränkte die Arme vor der Brust. »Was
können wir für Sie tun?«

»Gar nichts«, entgegnete Madison. »Ich habe
alle Antworten, die ich brauche.« Ihr kalter Blick
glitt zu Janet. »Falls es nicht klar sein sollte: Du bist
gefeuert.«

Lion ergriff das Wort. Anerkennung schwang in
seiner Frage mit. »Eine Falle?«

Madison blickte ihren Vater emotionslos an.
»Eine List, um den Maulwurf in meiner Behörde zu
identifizieren.«

»Wer bist du?«, rutschte es Dom heraus. Eine
Prostituierte war sie jedenfalls nicht, so viel stand
fest. Obgleich er nicht wusste, ob ihm die Alternative besser gefiel.

»Ich bin die neue Staatsanwältin.« Die grauen
Augen durchbohrten Savior. »Und Ihr Name steht
auf meiner Liste ganz oben.«

DANKSAGUNG

Ich danke allen Leser*innen, die sich in die Welt der Sinners entführen lassen und sie auf jede erdenkliche Art und Weise unterstützen. Es macht mich immer wieder sprachlos, wie viele Nachrichten ich bekomme, weil Savior und Co. euch derart begeistern.

Ein großer Dank geht an meine Blogger. Ihr seid eine Wucht und ohne eure Hilfe und Unterstützung wären die Sinners nicht da, wo sie sind! Ein Danke reicht gar nicht aus, um zu sagen, wie viel es mir bedeutet, dass ihr an meiner Seite seid.

Manuela – mein Fels in der Brandung.

Tamara – meine liebste und treueste Testleserin.

Ein großer Dank geht auch an Nicole, die Jacky / Jacklyn ihren Namen gegeben hat. Es ist so toll, dass du immer bei den verrückten Aktionen dabei bist und damit die Sinners unterstützt.

Yvonne B. da wohnen wir nur so wenige Kilometer voneinander entfernt und haben es immer noch nicht geschafft, uns zu treffen. Jetzt wird es langsam Zeit für unseren Kaffee. Vielen Dank, dass du an der Seite der Sinners bist!

And last but not least: Many thanks to 40,000 Leagues for letting me name you and your songs in my book. You are amazing and keep up the good work!

ÜBER DEN AUTOR:

Kate wurde 1986 an der schönen Ostseeküste geboren. Obwohl sie durch und durch Küstenkind ist, schlägt ihr Herz für die Berge. In den Highlands fühlt sie sich genauso heimisch wie im restlichen Schottland. Ihre Geschichten handeln von Frauen, Männern und der großen Liebe – gemischt mit einer Prise Spannung und Tod. Sie ist Mitglied der Mörderischen Schwestern.

Links

www.KATEDARK.de
www.facebook.com/katedarkautorin
www.instagram.com/kate_dark_autorin

AUTORENTIPPS

Manuela Schörghofer

Manuela Schörghofer ist durch und durch Rheinländerin und macht ihre Heimat deshalb gerne zum Schauplatz ihrer Geschichten. Ihre Passion ist schon seit Kindertagen das Schreiben von Erzählungen aus vergangenen Zeiten. Sie schreibt mitreißende Mittelalterromane mit Herz und spitzer Zunge und freut sich über Besuche auf ihrer Website.
www.schörghofer.de

Kate Delore

Das unter dem Künstlernamen Kate Delore bekannte deutsche Model wurde 1987 auf einem Bauernhof in Oberbayern geboren. Ihre Passion zum Schreiben entdeckte sie während ihrer Modeltätigkeit in den Pausen und langen Wartezeiten bei Film- und Fotoproduktionen. Da ihr Bericht aus dem Modelleben großen Zuspruch fand, startete sie daraufhin erfolgreich eine neue Karriere als Buchautorin.
www.kate-delore.com

Alyssa McNamara

Heiße Bad Boys und taffe Ladys – das ist die Welt von Alyssa McNamara. Ihre Passion liegt im Bereich Romance Thrill und Dark Romance. Besucht gerne die Verlagsseite.
www.weltenbaumverlag.com

Anne Oldach

Anne Oldach ist eine Rostocker Jugendbuchautorin. Sie liebt es, mit Worten Fantasiebilder zum Leben zu erwecken, ihre Leser in fremde Welten zu entführen und sie emotional zu berühren.
www.anne-oldach.de

Qendresa Deva

Qendresa Deva lässt gerne ihre Figuren leiden und spielt mit ihnen Psychospielchen. Besonders faszinieren sie Wendungen, die unvorstellbar sind. Das Schreiben dient ihr als Ausgleich zum Alltag als liebevolle Mutter.
www.instagram.com/qendis_buchstabenchaos

Ella Nikolei

Ella Nikolei ist schon immer ein kreativer Mensch gewesen. Beim Schreiben mag sie sich nicht auf ein Genre festlegen. Ihre Geschichten gehören Kategorien wie Fantasy und Romance, aber auch Crime an. Sie liebt es, sich in den verschiedenen Genres auszuprobieren und diese auch zu vermischen.
www.amazon.de/Ella-Nikolei/e/B07DZK7C1F/

WEITERE ROMANE VON KATE DARK

www.amazon.de/Kate-Dark/e/B01M06IBOL

Blackwood Obsession – Du bist Mein

Kalter Verrat

Sinner City – King of my Heart

Sinner City – Queen of my Soul

Gottes Vollstrecker

Links

www.KATEDARK.de
www.facebook.com/katedarkautorin
www.instagram.com/kate_dark_autorin